# Love Boom Bang

Silvia Bacher
HÖLLENSCHMERZ

ISBN 978-3-903095-04-5

www.loveboombang.at • office@loveboombang.at

Satz & Layout: Ralph Edenhofer
Cover: Love Boom Bang, Fotolia

Silvia Bacher

# HÖLLENSCHMERZ

Ein Tag, und Isabells Leben gerät abermals aus den Fugen ...

Ich widme dieses Buch
allen Freunden spannender Krimiliteratur.
Ihr habt mich immer wieder motiviert,
Isabells Geschichte weiterzuerzählen.

Und natürlich Daniel,
meinem größten Fan und ehrlichen Kritiker!

*„Alles was man vergessen hat, schreit im Traum um Hilfe."*
Elias Canetti, 1905-1994

# Inhalt

# Prolog

*Wo bin ich?*
Isabell konnte sich nicht bewegen, war an Armen und Beinen gefesselt. Wie ein Paket verschnürt lag sie am Rücken da. Und es war dunkel, nicht ein Lichtstrahl durchbrach diese dicke, schwarze Finsternis. Es stank nach Schimmel, alten Lebensmitteln und ganz sicher war da noch Unappetitlicheres dabei. Sie versuchte sich zu orientieren, irgendein Detail zu erkennen. Lag sie auf einem Bett? Einer Matratze auf dem Boden? Sie bewegte ihre Finger, Gott sei Dank, das funktionierte. Sie versuchte selbiges mit ihren nackten Zehen. Auch die ließen sich bewegen. Wo waren bloß die Schuhe geblieben? Hatte sie sie verloren, wenn ja wann, wo? Isabell drehte den Kopf auf die Seite und versuchte trotz der undurchdringlichen Dunkelheit etwas zu erkennen. Einen Lichtstrahl unter einer Tür vielleicht. Irgendetwas, woran sie ihre Augen heften konnte. Aber da war nichts. Auch auf der anderen Seite ihres Lagers nur Schwärze. Ihre Hände waren vorne am Körper gefesselt und sie konnte die Arme bewegen, auch wenn ihr dabei ein scharfer Schmerz bis in die Schultern fuhr. Sie führte die Hände zum Mund, um herauszufinden, womit sie eigentlich gefesselt war und schmeckte Metall. Handschellen also, nichts wovon man sich einfach mal so befreien konnte. Nun versuchte sie die Knie anzuziehen und die Beine abzuwinkeln, aber das ging nicht. Ein klein wenig konnte Isabell ihre Füße bewegen, aber weit kam sie nicht. Es schepperte dabei. *Nicht gut, meine Beine sind angekettet.* Isabell versuchte den Oberkörper anzuheben und sich aufzusetzen, aber sofort unterließ sie das, denn unerträgliche Schmerzen vom Hals abwärts am Rücken ließen sie innehalten. Um welche Art Verletzungen es sich handelte, konnte sie nur mutmaßen, es fühlte sich aber absolut grauenhaft an, wie Millionen Messerstiche, die gleichzeitig auf ihren Körper

trafen. Isabell schnüffelte, ob sie Blut riechen konnte, aber nein, kein Blut. Dafür andere, sehr unangenehme Gerüche, einer davon kam direkt von ihrer Unterlage. Es stank grässlich, nach alten, vergammelten Kleidungsstücken, die wohl auch mit Urin und anderen, noch weniger erfreulichen Ausscheidungen beschmutzt waren. Kurz wurde ihr übel, allein der Gedanke, worauf sie da lag, verursachte Brechreiz. Doch Isabell war eine rationale Frau und wollte nicht auf die ohnehin schon abscheuliche Unterlage kotzen. Sie schluckte ein paarmal und konzentrierte sich wieder. Wie nur kam sie hierher? Sie musste versuchen sich zu erinnern. *Weißt du noch wer du bist?* Witzig. Obwohl momentan konnte sie selbst das nicht ganz genau sagen, wusste nur, dass irgendjemand sie in ein großes Auto gezerrt hatte, von der Straße weg. Am Tag, am helllichten Tag! Sie war doch gerade einkaufen, kam aus der Apotheke. Hatte sich mal wieder über den langhaarigen Typen drinnen geärgert, weil er immer so doofe Fragen stellte. Ob sie das Medikament wohl auch keinem Kind geben würde, wie urkomisch. Ihr Sohn war bereits 22 Jahre alt. Und als sie aus der Apotheke zu ihrem Auto gehen wollte, das schräg gegenüber auf der anderen Straßenseite parkte, da wurde sie plötzlich von hinten gepackt und in einen Wagen geworfen, einem Van oder wie die Dinger heißen. Oder besser noch einem Kastenwagen, denn als die Tür zuging, war es stockdunkel. Sie wusste auch nicht, ob ihre gerade gekauften Kopfschmerztabletten und die Brieftasche mit in den Lieferwagen geworfen wurden oder auf der Straße liegen geblieben sind. Handtasche hatte sie wie üblich keine dabei. Das wäre gut, dann würde jemandem die pinke Geldbörse und die Packung Tabletten auffallen, einem Passanten oder einem Kunden, der wie sie aus der Apotheke kam oder hineinging. Wahrscheinlich war die Polizei ohnehin schon auf der Suche nach ihr. Auch ihr Sohn musste ja bemerken, dass sie nicht heimkam. Wie viel Zeit war vergangen? Das wusste

Isabell nicht, es konnte eine Stunde her sein oder aber auch einen Tag. Sie war betäubt worden, spürte einen Einstich im Oberarm und dann nichts mehr. Daran konnte sie sich jetzt jedenfalls wieder klar erinnern. Auch die Trockenheit im Mund war wohl ein klares Indiz dafür, dass ihr irgendein Mittel verabreicht wurde, von dem sie erstmals selig schlief. Um dann in einem Albtraum aufzuwachen. Isabell hörte Schritte.

# 1. KAPITEL

*„Vergessen ist Gefahr und Gnade zugleich."*
Theodor Heuss, 1884-1963

## Ein Freitagnachmittag im August

In der Kirche war es sehr still, dunkel und kühl. Es roch nach Weihrauch und altem Holz. Isabell ging nicht hierher um zu beten. Sie war nicht gläubig. Und kannte keine Gebete mehr so richtig. Damals, als Kind, da hatte sie gebetet, aber eigentlich nur weil sie musste. In der Schule oder vor der Erstkommunion oder der Firmung. Ihre Eltern legten Wert auf diese Traditionen. Danach ging sie nie mehr in die Kirche, außer zu Hochzeiten oder Taufen in ihrer Familie. Doch heute stand sie da und ganz bewusst hatte sie diesen heiligen Ort betreten. Heilig zumindest für die, die daran glaubten, an Gott, Jesus, an all diese doch eher brutalen biblischen Geschichten von Mord und Verrat. Sie kam heute hierher, um eine Kerze anzuzünden und den Geist zu vertreiben. SEINEN Geist. ER war jetzt schon sieben Jahre tot und doch suchte er sie in ihren Träumen immer wieder heim. Sie fand keine Ruhe. ER wohl auch nicht, was vielleicht angesichts der Tatsache, wie er starb, nicht weiter verwunderlich war. Doch daran wollte Isabell jetzt nicht denken, jetzt musste er aus ihrem Kopf und ihrem Leben endlich endgültig verschwinden. Sie nahm eine der Kerzen, nicht ohne vorher ein 50-Cent-Stück in den Geldkasten geworfen zu haben, und stellte sie zu den vielen anderen, bereits brennenden. Mit ihrem Feuerzeug entzündete sie das Teelicht und schloss die Augen. *Geh weg, geh weg, finde deinen Frieden!* Ein paarmal hintereinander sagte sie sich diesen Spruch in Gedanken. Dann öffnete sie die Augen, blickte noch einmal in Richtung Altar, der schon sehr protzig mit viel Gold und handgemalten Figuren beeindruckte, und mit dem durchscheinenden, bunten Tiffanyglas im Hintergrund beinahe strahlte, und verließ den ruhigen Ort. Heute schien die Sonne, es war heiß, fast unerträglich nach der angenehmen Kühle in der Kirche. Isabell wandte sich nach links zur Parkgarage, wo sie ihr Auto parkte. Sie nahm die Menschen um sich nicht wahr, die lachten, stritten oder einfach nur miteinander redeten. Sie hörte nichts und konnte auch nicht sehen, ob sie beobachtet wurde. Mit gesenktem Kopf gelangte sie an den Eingang zur Tiefgarage und betrat diesen ohne sich noch einmal umzusehen. Sie lief die Treppen nach unten zum Geldautomaten, steckte den Parkschein in den Schlitz, zahlte vier Euro, *was für ein Wucherpreis*, und ging eine weitere Etage nach unten zu ihrem Auto. Sie bemerkte nicht den Mann, der ihr schon von der Kirche weg gefolgt war, der leise denselben Weg nahm. Isabell stieg in ihren alten Audi und fuhr zum Ausgang. Noch immer war ihr nicht bewusst, dass sie beobachtet wurde. Sie fuhr nach Hause und hoffte, dass SEIN Geist sie nicht mehr in ihren Träumen bedrängte. Doch der Mann, der ihr nachstarrte, war alles andere als ein Geist. Sehr dünn und ausgemergelt lehnte er an einer kalten Betonsäule. Vom Gesicht war nur der untere Teil zu sehen, ein unrasiertes, ungepflegtes Kinn, der Rest wurde von einer überdimensionalen Sonnenbrille verdeckt. Die bereits ergrauten Haare standen kurz geschoren vom Kopf ab und waren fettig. Alles in allem erweckte der Mann keinen besonders gesunden oder erfreulichen Eindruck, weswegen er sich auch in der dunklen Ecke hinter der Säule versteckte, bis er sich von ihr löste und hinter den Autos durch den Ausgang verschwand.

Isabell kam vor ihrem Haus an, einem kleinen Bauernhäuschen am Stadtrand, welches sie mit ihrem erwachsenen Sohn Patrick bewohnte. Sie liebte das kleine Haus und den Garten, wo sie viele Rosen gepflanzt hatte. Es war zwar nicht besonders luxuriös und ihre Mitbewohner bestanden aus Ameisen, Spinnen und ab und zu Mäusen, aber sie hatte eine schöne Terrasse und wenige Nachbarn. Seit sie hierhergezogen waren, versuchte Isabell möglichst ruhig und unauffällig zu leben, ihr Freundeskreis hielt sich in überschaubaren Größen. Erst seit zwei Jahren pflegte sie wieder intensivere freundschaftliche Kontakte und zog sich nicht mehr komplett aus dem sozialen Leben zurück. Vorher, vor jetzt fast sieben Jahren, musste sie sich erst wieder finden, musste einen Weg finden ihre Vergangenheit so gut als möglich zu vergessen, um weiterleben zu können. Denn vor sieben Jahren geschah das Unaussprechliche, geschah das, was sie sich selbst nie verzeihen konnte und können wird. *Aus, Schluss, nicht schon wieder. Lass endlich los.* Sie musste sich jedesmal gedanklich zwingen, nicht an diesen einen Tag im Sommer vor sieben Jahren zu denken, nicht an all das Blut, ihre grausame Tat, und alles was darauf folgte. Den Albtraum, der sie nach wie vor in ihren Träumen verfolgte. Sie durfte aber zu keiner Therapie, die ganz bestimmt helfen würde. Nein, es wäre ja möglich, dass sie sich verquatschte, dass der Psychologe Dinge aus ihrem vergangenen Leben, die sie so belasteten, in einer Gesprächstherapie oder bei einer Hypnose erfragte. Und auch wenn Ärzte zur Geheimhaltung gegenüber ihren Patienten verpflichtet waren, das, was sie zu erzählen hatte, würde vielleicht nicht beim Therapeuten bleiben. Nicht wenn er ein reines Gewissen behalten wollte.

Isabell sperrte die Tür auf, was sich jedes Mal aufgrund des verzogenen Schlosses schwierig gestaltete. Sie musste kräftig gegen die Holztür drücken, nur so ließ sich der Schlüssel im Schloss drehen. Einer ging bereits kaputt, denn sie musste auch ganz schön viel Kraft anwenden. Drinnen angekommen steckte sie den Schlüssel ins Schloss und drehte ihn sofort zweimal um. Nie fühlte sie sich sicher. Das Sicherheitsschloss ließ sie noch auf, immerhin kam Patrick bald von seiner Vorlesung an der Uni zurück. Isabell hatte unterwegs noch eingekauft und stellte die Sachen auf der Küchenplatte ab. Die Küche liebte sie, sie war klein, aber gut ausgestattet, hell und bereits im Haus, als sie hier einzogen. Sie räumte Hähnchenfilets, Tomaten, Milch und Sahne in den Kühlschrank, das Kochen konnte noch warten. Im Kühlschrank fand sie eine geöffnete Flasche Roséwein, genau das Richtige jetzt. Sie schenkte sich ein Glas ein und ging damit durch den großen Wohn/Schlaf/Arbeitsraum, der den Großteil des Hauses einnahm. Hier fand das hauptsächliche Leben statt, hier setzte sie sich mit Patrick auf die Couch und schaute sich mit ihm einen Film oder eine Dokumentation an, hier arbeitete sie nach wie vor als Texterin und hier schlief sie auch in ihrem romantischen Himmelbett. Der Raum maß fast fünfzig Quadratmeter, eierschalengelb gestrichen, und mit den Raumteilern und den urgemütlichen Holzmöbeln ließ es sich hier sehr gut wohnen. Der Hauptraum hatte eine Tür zum Bad und dahinter befand sich Patricks Zimmer. Eine Glastür führte auf die Terrasse. Die Terrasse mit Garten war eindeutig Isabells Lieblingsort. Hier hatte sie keine Nachbarn, sondern nur eine große, eingezäunte Wiese mit Bäumen am Rand. Ihr kleiner Garten war außerdem mit einem Holzzaun umgeben, ein Zaun im Zaun sozusagen. Aber die Wiese gehörte nicht zum Grundstück. Hin und wieder kam der Besitzer, ein Bauer, und mähte das Gras, wenn es gar zu hoch wurde, ansonsten sah Isabell keine Menschenseele hier. Ihr Reich liebte sie, die gemütlichen Möbel ebenso wie die wunderschönen Rosen, die gerade in Weiß, Gelb, Rosa, Pink und Rot blühten. Dazwischen wuchsen Spieren, Lilien, Flachs und allerhand Bodendecker. Große Blumentöpfe mit Fuchsien, Palargonien und Margeriten rundeten das Gesamtbild ab, es blühte an allen Ecken und Enden. Isabell setzte sich und blickte auf all das Grün und die Blüten und versuchte ein wenig abzuschalten. So sehr sie den Sommer liebte, immer wieder kam auch die Erinnerung zurück. An die Nacht im Wald, die Angst danach. Die vielen Vorwürfe und ungezählten Tränen. Seit damals trug sie keine Shorts mehr. Gut, so ganz passte sie wohl auch nicht mehr in kurze Hosen, aber nicht ein dickerer Hintern war der Grund, dass sie ihren Kleidungsstil geändert hatte. Noch war sie schlank. Doch sie ging bereits mit Riesenschritten auf die fünfzig zu. Da mussten Shorts oder Miniröcke nicht mehr sein. Aber vielmehr wog, dass sie in jener verhängnisvollen Nacht Jeansshorts getragen hatte, die danach im Müll landeten, denn sie konnte sie nicht einmal mehr ansehen. Heute kleidet sie sich eher sittsam, auch im Sommer reichten ihre bequemen Hosen bis zum Knie, mindestens. Überhaupt mochte sie lieber Kleidung, die mehr verhüllte als preisgab. Weite Blusen, weite Kleider, weite, lange T-Shirts, damit der Po auch bedeckt war. Damit fühlte sie sich wohler. Und so ziemlich alle ihre Kleidungsstücke waren schwarz. Die einzige Farbe, die sie mochte. Auch jetzt, auf der Terrasse, trug sie ein schwarzes Top und Jeans. Sie legte die Beine über einen zweiten Rattansessel und nahm einen Schluck vom Wein. Gar nicht schlecht, lässt sich trinken. Sie versuchte so wenig wie möglich ihr Heil im Alkohol zu finden, wohin das führte wusste sie. Aber so ganz konnte und wollte sie die irgendwie barmherzige Betäubung nicht aufgeben, immerhin dachte sie so wenigstens nicht permanent an das Unaussprechliche. Manchmal schweiften ihre Gedanken dann hin zu Männern, hin zu einer schönen, befriedigenden Beziehung. Aber auch das blieb ihr verwehrt, nicht dass es die letzten Jahre an Interessenten gemangelt hätte. Sie war nicht bereit, mehr als unkomplizierten Sex wollte sie nicht. Sobald ein Mann aber eine Partnerschaft anstrebte, zog Isabell sich zurück, nicht ohne den Mann zu verletzen. Aber das konnte sie nicht verhindern. Niemand durfte ihr zu nahe kommen und ihre Vergangenheit kennenlernen, das Monster in ihr aufspüren.

Von ihrer einstigen umwerfenden Schönheit, die Männer in ihren Bann ziehen konnte, war nicht mehr viel zu sehen, zumindest dachte Isabell das. Ihr Haar musste regelmäßig gefärbt werden, da ihr Naturhaar mittlerweile schlohweiß nachwuchs. Sie trug einen schulterlangen Bob. Und konnte sich nicht so recht im Spiegel ansehen, denn blondes Haar stand ihr einfach nicht. Schon lange hatte sie sich für diese Haarfarbe entschieden, es machte die aufwändige Färberei einfacher. Isabell dachte pragmatisch und praktisch. Und doch: dunkle Haare standen ihr einfach besser. Auch die ersten Fältchen zeigten sich, besonders um die Mundpartie, was ihr einen strengen Ausdruck verlieh, und überhaupt wurde ihre vormals so schlanke Figur rundum irgendwie breiter. Alles in allem aber sah man auf dem schwarzen Gartenstuhl eine attraktive Blondine in mittleren Jahren, nur sie selbst sah sich nicht so. Isabell nahm noch einen Schluck Wein und stand auf, hatte sie doch neben dem weißen Zierstein ein Unkrautpflänzchen ausgemacht. Das musste sofort entfernt werden, freier Nachmittag hin oder her. Ordnung musste sein, auch wenn sie diese im Haus manchmal etwas schweifen ließ. Vor ein paar Jahren durfte kein Staubkörnchen in der Wohnung zu sehen sein, jetzt nahm sie das schon wesentlich lockerer. Und das tat irgendwie auch gut. Nicht immer perfekt zu sein ersparte doch einigen Stress. Isabell setzte sich zurück auf den Stuhl und genoss den Blick über die Wiese zu den Bäumen. Plötzlich lief es ihr kalt den Rücken hinunter. Ein ungutes Gefühl in der Magengegend machte sich breit, doch sie wusste nicht woher das kam. Schnell stand sie auf und ging zum Zaun um in alle Richtungen zu blicken. Sie fühlte es, sie wurde beobachtet. Doch konnte sie niemanden ausmachen, die Baumstämme verdeckten keinen ganzen Menschen und ansonsten gab es keine Verstecke auf der Wiesenfläche. Doch das Gefühl blieb, jemand kam ihr ziemlich nahe, näher als sie es sich wünschte. Sie spürte die Gefahr und konnte sie doch nicht einordnen. Isabell hastete in die Wohnung und überprüfte die Haustür und jeden einzelnen Raum. Niemand, wie auch. Die Tür war verschlossen. Kein Fenster geöffnet. Die Rollos unverändert. Sie hob ein Rollo ein Stück an, um nach draußen zu sehen. Nichts. Doch in der näheren Umgebung konnte sich ein Stalker ganz gut verstecken. Nur wieso spürte sie das so intensiv? Ganz langsam, aus den Tiefen ihres Gehirns, bahnte sich ein Gedanke an die Oberfläche: ihr Peiniger, der, den sie fast und doch nicht ganz getötet hatte. Sie hatte es immer gefühlt, er lebte. Und er würde Rache nehmen. Oh nein. Er hatte sie gefunden. Konnte das sein? Wie? Sie wohnte seit Jahren nicht mehr in der Stadt, in der alles geschah. Noch nicht einmal denken konnte sie den Stadtnamen. Wie war es möglich, dass er sie aufspüren konnte? Nein, nein, das ist einfach nicht möglich. *Du hast nur ein Geräusch gehört, darum hat sich eine Gänsehaut gebildet und es ist dir kalt den Rücken runtergelaufen. Das ist doch schon seit Urzeiten so, ein reiner Schutzmechanismus aufgrund unerklärlicher, möglicherweise gefährlicher Geräusche. Könnte ja ein wildes Tier kommen.* Doch tief im Innern blieb dieses klitzekleine Körnchen, dieser Same der Angst, dass ihr ganz persönlicher Feind sie gefunden hatte, hier in Dillingen, wohin sie nach vielen Jahren zurückgekehrt war. Nein, nein, nein. Dieser Albtraum konnte nicht von vorn beginnen, mit der Vergangenheit zu leben war dramatisch genug. Isabell schaute sich abermals in der Wohnung um, sogar unter die Betten und in die Schränke, aber hier drin war niemand außer sie selbst. Das ungute Gefühl jedoch ließ sich nicht vertreiben und so ging sie auf die Terrasse und in den Garten. Alles war ruhig, friedlich. Ein paar Vögel zwitscherten vergnügt, eine Biene summte irgendwo in den Rosenblüten. Idyllisch, fast schon kitschig. Schwer ließ sie sich in ihren Stuhl fallen und konnte das Zittern nicht vermeiden. Sie versuchte sich eine Zigarillo anzuzünden, vor ein paar Jahren hatte sie mit dieser unguten Eigenschaft begonnen, aber ihre

Hände konnten den Glimmstängel nicht halten. Die Zigarillo fiel zu Boden. *Na Klasse.* Als sie es endlich geschafft hatte, die kleine Zigarre vom Boden aufzuheben, zündete sie diese mit viel Mühe mit ihrem Benzinfeuerzeug an. *Erstmal ein tiefer Zug, beruhige dich.* Doch wie sich beruhigen, wenn das Gefühl nicht nachließ, die Gewissheit, dass ihr ein Kampf bevorstand, wahrscheinlich der Letzte. Für sie oder ihn, ihr Monstrum aus der Vergangenheit. Isabell inhalierte den Rauch tief. Sie wusste nicht, wie nahe ihr der Kontrahent bereits gekommen war.

## Seine Rache ist gekommen ...

Er stand im meterhohen Gras, versteckt hinter einer baufälligen Steinmauer im Areal einer unbenutzten Tischlerei, oder was auch immer dieses Objekt einmal gewesen war. Das alte Holzgebäude am östlichen Rand des Anwesens bot ihm einen Unterschlupf und zugleich einen hervorragenden Blick auf ihre Terrasse. *Jetzt hab ich dich, Miststück.* Lange hatte es gebraucht, sich zu erholen, der Tod war ihm näher als das Leben damals, als sie versuchte, ihn zu töten. Irgendwie hatte er aber überlebt, in seiner Höhle, und sich wieder gefangen. Frauen, wie sollte eine dumme Pute wie sie es auch schaffen, ihn umzubringen? Lachhaft. Besonders gut erging es ihm allerdings nicht die letzten Jahre und seine Leidenschaft, Frauen zu erniedrigen, ihnen Gewalt anzutun, musste zu oft hintangestellt werden. So staute sich eine ganze Menge auf, bis er endlich wieder zuschlagen konnte. Die Flucht danach aber benötigte seine ganze Kraft, denn die letzte misshandelte Frau hatte sein Gesicht gesehen, die Narbe, die Augen, die Nase. Sie konnte ihn beschreiben, kam sein Gesicht dem ihren doch sehr nahe. Außerdem schaffte er es nicht mehr, so wie einst, im tiefen Wald versteckt zu campieren. Er erholte sich nie ganz von den schweren Verletzungen von damals. Manche Stellen, wo ihn der Schürhaken, oder war es das Messer, am Rücken getroffen hatte, heilten nicht, entzündeten sich und schmerzten auch heute noch, Jahre danach. Schuld daran war diese eine Frau da drüben, diese Schlampe. Sie würde all seine Wut, seinen Hass zu spüren bekommen und diesmal wäre nicht er es, der wie ein verletztes Tier in den Untergrund abtauchen muss.

Noch einmal führte er sich jene schicksalhafte Nacht vor Augen, wo er nicht einmal von den Polizisten im Haus entdeckt wurde und auf nächtlichen Spaß mit der Auserwählten hoffte.

Sie mehrmals zu vergewaltigen, in ihr schmerzverzerrtes, um Hilfe bittendes Gesicht zu blicken, in schreckgeweitete Augen, das war sein persönlicher Antrieb, sein Motor, seine Sucht. Alles wäre perfekt gewesen, hätte das Luder ihn nicht stattdessen überwältigt und schwer verletzt. Mit Wehmut dachte er an den Augenblick zurück, wo er sie im Wald das erste Mal entdeckte. Mitten in der Nacht, bei der Beseitigung ihres Ehemannes. Allein die Tatsache, dass sie ein mordendes weibliches Wesen war, erregte ihn dermaßen, dass er nicht an sich halten konnte und sie noch im Wald angriff. Welch köstliche Minuten waren das, mitten im Dickicht, nur er und sie und ein paar Tiere, die teilnahmslos aus den geheimnisvollen Schatten zusahen. Ihr Geruch nach Angst, ihr verzweifelter Versuch, sich zu wehren und doch keine Chance zu haben, regten ihn an. Sie musste wie er sein, noch schlimmer, denn sie hatte ihren Mann ermordet. Das hatte er noch nie getan, eine Frau umgebracht. Er verletzte, vergewaltigte, aber er tötete nicht. Er hatte sich wohl in diesem Augenblick in die kleine zarte Frau verliebt, sie war ihm gleichgestellt und das war seine Definition von Liebe, eine andere kannte er nicht. Er war ohne Zuneigung aufgewachsen, erlebte nur Prügel und ein Leben im dunklen, kalten Keller auf einer dreckigen Pritsche. Lernte von seiner Mutter nur Grausamkeit. Einen Vater hatte er nicht und die vielen Männer, die seine Mutter besuchten, sahen ihn nicht. Auch wenn sie direkt neben ihm standen. Sie hatten anderes im Sinn. Wollten harten Sex für Geld, nicht mehr. Als seine Mutter ihn einmal an einen Mann verkaufte und dieser ihn auf die schrecklichste Weise missbrauchte, die sich ein Kind nur vorstellen kann, entwickelte er sich wahrscheinlich zu dem Menschen, der er heute war. Er wusste, dass er ein Monster war, ein böser Wolf in Menschengestalt, ein Soziopath, aber das störte ihn nicht. Er führte ein Leben, das ihm gefiel und noch viel besser wurde, als er auf sie traf. Er konnte nach der Vergewaltigung im Wald nicht von ihr lassen, verfolgte sie. Fand sie. Und musste sie abermals spüren. Doch er trieb es auf die Spitze, hinterließ kleine Botschaften, um ihre Angst zu schüren und bis ins Unerträgliche zu steigern, wenn er dann endlich über sie herfallen konnte. Nur er wusste, dass sie ihren Mann entsorgt hatte, damit konnte er sie erpressen. Alles war plötzlich so wundervoll, doch diese Hure machte ihm einen Strich durch die bestens durchdachte Rechnung. Mit dem Angriff hatte er nicht gerechnet und schon gar nicht damit, dass sie ihm noch einmal in den Wald folgen würde und erneut zustach. Ihn unbedingt töten wollte. *Ja, Pech für dich, Schätzchen. Ich habe überlebt. Und warte jetzt auf dich, ich habe Geduld. Ich kriege dich und diesmal wirst du nicht vorbereitet sein.*

## Am Abend

Patrick und seine Mutter hockten gemütlich auf der maisgelben Couch vor dem Fernseher und lachten über einen der unzähligen Pointen einer amerikanischen Fernsehserie. Zwar kannten sie die Witze schon auswendig, denn die Serie lief seit Jahren an jedem Nachmittag, aber das gemütliche Zusammensitzen gehörte zu den alltäglichen Traditionen der beiden. Sie besprachen den Tag, wie es an der Uni so gelaufen ist oder mit welchen Kunden Isabell sich herumärgern musste, weil diese die Textanforderungen plötzlich änderten. Diese gemütliche Zweisamkeit liebten sie. Gerade mussten sie über einen Dialog lachen, als es an der Tür läutete. Isabell zuckte zusammen, Patrick fragte:
„Wer kann das sein?“
„Keine Ahnung, kannst du mal nachsehen?“
Widerwillig stand Patrick auf, denn soziale Kontakte, vor allem die Kommunikation mit Fremden, zählten nicht zu seiner Leidenschaft. Er öffnete die Tür, ein Mann stand da.
„Hallo, was gibt's?“
„Guten Tag, ist Ihre Mutter zuhause? Ich bin von der Polizei, genauer Kriminalpolizei, Chris Peters mein Name.“
Patrick dreht sich direkt um und rief nach seiner Mutter. Isabells Herz sank in Richtung Bauch.
„Guten Tag, was kann ich für Sie tun?“
„Sind Sie Frau Bach?“
„Ja.“
„Es gab vor ein paar Jahren einen Vorfall, in den Sie involviert waren. Ein Einbrecher. Die Kollegen vermuteten damals einen sehr gefährlichen Mann, der schon länger sein Unwesen trieb. Dann wurde es still bis vor ein paar Tagen hier in Dillingen eine Frau brutal vergewaltigt wurde und wir vermuten, es handelt sich beim Täter um eben diesen Mann.“
Isabell schluckte.

„Er dürfte hier in der Gegend sein und da ich von meinen Kollegen erfahren habe, dass er damals sogar in Ihrem Haus war, dachte ich, ich sehe bei Ihnen vorbei.“
„Und machen mir Angst.“
„Entschuldigen Sie, das war nicht meine Absicht. Aber irgendwie sah es damals so aus, als wenn er Sie ausgesucht hätte und es nicht dazu kam, weil die Polizisten ihn vertrieben haben. Sie wohnten nicht mehr lange auf dem Bauernhof, habe ich erfahren, zu der Zeit ist Ihr Mann tragisch zu Tode gekommen und Sie sind weggezogen. Kein guter Ort für Sie.“
*Wenn du wüsstest ...*
„Es tut nicht gerade gut zu hören, dass ich möglicherweise schon wieder in Gefahr bin.“
„Wir können nichts ausschließen, aber auch nichts Definitives sagen, außer vielleicht, dass eventuell Vorsicht geboten ist.“
Welch hochtrabende Worte. *Vorsicht geboten ist, dass ich nicht lache.* Isabell musterte den Polizisten in Zivil genauer. Groß, breite Schultern, stahlblaue Augen, unrasiertes eckiges Kinn. Er sah sehr gut aus, sehr männlich.
„Ist Ihnen in letzter Zeit etwas aufgefallen? Ein Mann, der Sie vielleicht beobachtet?“
„Nein, allerdings hatte ich heute das Gefühl beobachtet zu werden, obwohl ich nichts sehen konnte. Also Niemanden.“
„Inwiefern Gefühl?“
„Naja, ich bekam eine Gänsehaut um ehrlich zu sein, es lief mir eiskalt den Rücken runter. Ein ungutes Gefühl eben, aber es gab keinen Grund dafür.“
Patrick stand nicht weit weg von den beiden und hörte alles mit.
„Wir werden die Gegend hier absuchen, da stehen ein paar leerstehende Häuser und Scheunen herum, ideale Verstecke.“
„Gut. Ich habe keine Waffe, wenn er kommen sollte bin ich hilflos.“

Ganz spontan kamen die Worte aus ihrem Mund. Patrick nahm seine Mutter in die Arme.
„Ich bin ja da und wenn ich nicht da bin, sperrst du dich ein!"
Der Kriminalist beobachtete Mutter und Sohn. Wie schön, dachte er, das ist ehrliche Liebe. Die gibt es nur zwischen einem Kind und seiner Mutter. Sein eigener Sohn sprach seit Jahren kein Wort mit ihm, weil seine Mutter ihm den Floh ins Ohr gesetzt hatte, dass er ein echtes Arschloch ist. Prima. Polizisten sind ja immer schlechte Menschen, vernachlässigen die Familie. Ein Klischee, aber aus seiner Sicht komplett unwahr. Er dachte, dass es das schönste für ihn wäre, eine Familie zu haben.
„Genau, Sie sind einfach vorsichtig und wir machen unseren Job und durchsuchen die Umgebung. Keine Sorge, wenn er hier irgendwo ist, werden wir ihn finden!"
*Bullshit, er hat sich damals auf meinem Dachboden versteckt und selbst die Spezialeinheit hat ihn nicht gefunden.* Aber das sagte Isabell natürlich nicht laut.
„Ist es okay wenn ich mir Pfefferspray besorge?"
„Absolut in Ordnung. Wissen Sie wo Sie es kaufen können?"
„Ja, im Jagdshop."
„Ich melde mich nochmal, wenn wir mit der Durchsuchung fertig sind."
„Gut. Auf Wiedersehen."
Isabell hätte am liebsten die Tür mit ganz viel Schwung zugeschlagen, aber das wäre wohl unhöflich gewesen. Er konnte nichts dafür und er sah gut aus. Komisch, Polizisten fand sie immer attraktiv, nur außer diejenigen, die einen dicken Bauch vor sich hertrugen. Grundsätzlich aber war sie Männern und Beziehungen bisher erfolgreich aus dem Weg gegangen. Komisch, wieso kribbelte es in ihrem Bauch? Das ist ein Polizist, hallo, gerade er kann dir gefährlich werden! Patrick blickte sie besorgt an.

„Kann es echt sein, dass dieser Typ von damals dir hinterherspioniert hat?“
„Ich weiß es nicht, aber möglich ist alles. Oh Gott, bitte nicht!“
„Warten wir mal ab, ob die Polizisten ihn hier in der Gegend finden.“
Die Sitcom flimmerte ungesehen im Fernseher vor sich hin, Isabell und Patrick setzten sich zwar wieder auf die Couch, aber ohne Interesse an dem, was sich vor ihnen tat.
„Ich mach dir einen Tee.“
„Danke.“
Während Patrick sich in der Küche zu schaffen machte, hing Isabell ihren Gedanken nach. Alles stürzte auf einmal auf sie ein. Die schreckliche Nacht im Wald, wo sie nach der unaussprechlichen Sache am Fluss auf ihren Peiniger traf, die brutale Vergewaltigung, den Psychoterror danach und wie sie dem Mann Tage danach in den Wald gefolgt war, um ihn zu töten. Was ihr wohl nicht gelang. Sie hatte es geahnt, gespürt. Er lebte noch. Nun verfolgte sie nicht nur ihr toter Mann in ihren Träumen, jetzt verfolgte sie ein ziemlich realer Mann und wollte höchst vermutlich nur eines: Rache. Isabell schüttelte sich, aber das Zittern ließ nicht nach. Und er war ihr bereits so nahe gekommen! Sie konnte Patrick all das aber nicht erzählen, er wusste von nichts. Nicht dass sie die Leiche ihres Mannes in den Fluss geschafft hatte, nicht dass sie danach vergewaltigt wurde, nicht wie sie ihren Kontrahenten im Haus, in dem sie damals lebten, mit einem Schürhaken fast außer Gefecht gesetzt hatte. Aber eben nur fast. All das und natürlich auch die schreckliche Wahrheit, dass sie ihren Mann umgebracht hatte, all das wusste ihr Sohn nicht und das musste auch so bleiben. Die ganzen Jahre hatte sie ihre Geheimnisse gut verbergen können, niemand schöpfte Verdacht. Sie lebte zurückgezogen, arbeitete hart und wenn sie traurig war, konnte das jeder nachvollziehen. Auch wenn sie wütend war. Immerhin hatte sie

ihren Mann unter tragischen Umständen verloren. Wie tragisch wusste allerdings niemand, außer ihr. Und ein Geheimnis dieser Dimension jahrelang mit sich herumzutragen war schon schwer genug. Dass nun alles von vorne beginnen würde, das war kaum zu ertragen. Dieser schreckliche Mensch hatte sie beobachtet, wie sie die Leiche entsorgte, allein das bedeutete Gefahr, denn er kannte ihr Geheimnis. So wie es aussah, vergewaltigte er öfter Frauen, was für ein entsetzliches Monster in Menschengestalt. Sie stand keinem Laien gegenüber, keinem Amateur, der sie einfach weil sie da war, damals im Wald, vergewaltigt hatte. Hier handelte es sich um einen Gewaltverbrecher mit Erfahrung, mit keinem Fünkchen Menschlichkeit, frauenverachtend obendrein. Auch wenn es noch keinen Beweis gab, wusste sie, dass er da war. Sie hatte ihn gefühlt. Das Finale konnte beginnen. *Besser es wird beginnen, auch wenn mir so gar nicht danach ist.*
„Ich hab dir einen Kräutertee gemacht, das beruhigt."
„Danke, bist ein Schatz."
„Du brauchst keine Angst haben, ich bin ja auch noch da."
Gerade das machte die Sache noch gefährlicher, ahnte sie doch, dass er ihren Sohn bestimmt nicht zimperlich behandeln würde, wenn er sich ihm in den Weg stellen sollte.
„Das ist ein gutes Gefühl", sagte sie stattdessen. Wozu auch noch Patrick Angst machen? Sie umarmte ihren Sohn, den erwachsenen jungen Mann, voller Kraft und Energie. *Er ist mir gut gelungen, brav, fleißig, respektvoll mit anderen und er sieht auch noch gut aus.* Ein wenig stolz war sie schon auf ihren Sohn. Und sie liebte ihn unendlich, nicht auszudenken, wenn ihm etwas passieren würde. Nein, niemals. Es galt zu verhindern, dass ihr Sohn und das Monster aufeinander trafen, aber höchstwahrscheinlich suchte sich ihr Feind einen Zeitpunkt aus, wo sie allein im Haus oder wo auch immer war, wenn er zuschlug. Sie musste ab jetzt echt vorsichtig sein, denn er verfolgte sie

bestimmt überallhin. Außer er hatte kein Auto, dann konnte sie ihm vielleicht damit entkommen. Sie musste unbedingt eine Liste erstellen, schließlich war sie ja die Königin der To-Do-Listen. Im Grunde hatten ihr genau diese exakt aufgeschlüsselten Listen das Leben gerettet. Aber sofort konnte sie nicht loslegen, Patrick saß neben ihr und durfte nichts mitbekommen. Das musste warten.

„Ich geh mal alle Fenster und Türen kontrollieren. Die Klimaanlage werde ich wegräumen, dann können wir das Fenster auch ganz schließen."

Das Schlauchende der mobilen Klimaanlage ragte aus dem gekippten Fenster, hier konnte ein Mann mit Leichtigkeit einbrechen. Genau genommen konnte er das bei jedem der Fenster, denn sie waren uralt, aus Holz und ließen sich nach außen öffnen. Ja, nach außen, was an sich schon ein Witz war. Eine komplette Fehlkonstruktion und kein Mensch wusste, was sich der Architekt dabei gedacht hatte. Leider sah der Vermieter keinen Grund, die Fenster zu erneuern. Zumindest versprach er zwar dauernd, das ganze Haus zu revitalisieren, nun, geschehen war bis heute nichts. Mit einem entsprechenden Werkzeug war es bestimmt ein Leichtes, eines der Fenster aufzustemmen. Das einzig Gute dabei war, dass sämtliche Fenster auf den Parkplatz und die Zufahrt ausgerichtet waren. Also ungesehen konnte niemand so einfach einbrechen, denn die Nachbarhäuser standen ziemlich nah, nur durch die schmale Straße und ein paar Büsche getrennt. Nachts würde sie ab sofort das Gassenlicht anlassen, egal wenn sich die Stromrechnung dadurch erhöhte. Das gab immerhin ein wenig Sicherheit, aber nicht gerade viel. Sie wusste, nichts wird ihren Todfeind davon abhalten, sie zu erwischen. Mit ihr all das zu tun, was er sich wahrscheinlich schon jahrelang ausmalte und die Vergewaltigung an sich war höchstwahrscheinlich die geringste Peinigung. Allein daran zu denken, jagte ihr Schauer über den Rücken.

„Ich lasse mir ein Bad ein", sagte Isabell und stand auf. Es war zwar noch nicht spät, aber bei einem Bad konnte sie immer gut entspannen.
„Lass mich das machen. Ich geb dir Melisse rein, das magst du ja ganz besonders."
„Oh ja, fein, danke."
Jetzt wogen all diese Kleinigkeiten doppelt und dreifach: ein wohltuender Badezusatz, eine Kerze, ein wenig Harmonie. *Lange werde ich so nicht mehr leben, nicht, wenn die Polizei den Typ nicht findet.*

Ihr Bullen seid ja echt zu dumm. Er hockte in einem uralten, leeren, verstaubten Wandschrank. Da die Polizei keine Hunde dabei hatte, die ihn hätten aufspüren können, blieb er unbemerkt. Noch nicht einmal ins baufällige Gebäude kamen sie, weil die Tür verschlossen war. Die er natürlich zugesperrt hatte. Es war zum Lachen, ein altes, unbewohntes Haus, besser ein Nebengebäude, mit Schlüssel im Schloss! Besser konnte es nicht gehen. Aber fortan musste er wohl vorsichtig sein, im Dunkeln verharren, denn die Nachbarn würden jetzt mehr auf Fremde achten. Kein Problem, ich kann unsichtbar sein. Und ich kann warten.

# 2. KAPITEL

*„Wer das Leben nicht schätzt, der verdient es nicht“.*
Leonardo da Vinci, 1452-1519

## Montagmorgen

Isabell saß am Computer und arbeitete. Gerade zerbrach sie sich den Kopf, wie sie den Werbetext am besten hinbekam. Für einen Innenarchitekten. Er wollte einen schlagkräftigen Slogan und einen aussagekräftigen Flyertext. Soweit so gut, eigentlich stellten solche Anforderungen für sie kein Problem dar, denn sie hatte mittlerweile viel Erfahrung und verfügte über unbegrenzte Kreativität beim Schreiben. Doch heute lag die Sache anders, heute wusste sie, dass sie höchstwahrscheinlich beobachtet wurde. Und so schweiften ihre Gedanken dauernd ab, die Konzentration lag irgendwo bei Null. Patrick musste schon sehr früh zur Uni, eine Prüfung stand an und danach besuchte er eine Vorlesung. Nachdem er das Haus verlassen hatte, verschloss Isabell die Haustür, wie immer zweimal und auch das Sicherheitsschloss legte sie vor. Selbst die Terrassentür blieb zu, auch wenn Isabell beinahe erstickte, denn auch die Fenster bleiben ungeöffnet. Es war um neun schon extrem heiß und der Ventilator verteilte eigentlich nur die warme Luft im Raum. Egal. Isabell trug ein sommerlich leichtes Kleidchen in, natürlich, Schwarz, und Flip Flops. Damit ging es, die Hitze war erträglich. Sie suchte in ihren vorhandenen Dateien nach ähnlichen Texten, um eine Inspiration zu bekommen. Wie sie sich so durch die verschiedensten Dokumente klickte, hörte sie ein Geräusch. *Was war das?* Sie konnte es nicht einordnen. Kam es vom Parkplatz oder der Terrasse? Und überhaupt, was war das für ein Geräusch? Schritte, ein Kratzen? Isabell saß stocksteif da und lauschte. Sie rekapitulierte wie und von wo ihr Gegner

kommen würde. Das Haus wurde links und rechts von einem anderthalb Meter hohen Maschendrahtzaun begrenzt, an den Vorderfronten befand sich einerseits der Parkplatz mit Zufahrt und andererseits die große Wiese mit den Fichten und Nussbäumen. Alles eingezäunt mit dem stabilen Maschendraht. Den zu überwinden konnte für einen erwachsenen Mann allerdings jetzt nicht die Herausforderung sein. Verstecke? Nun, auf der überdachten Terrasse standen eine Rattangarnitur mit vier Stühlen und eine Schwebeliege, drumherum hatte Isabell verschiedenste Blumen gepflanzt und Stauden und in den großen Blumenkübeln wuchs auch so einiges. Sich darin zu verstecken war unmöglich. Ihre Terrasse wurde begrenzt von einem zwei Meter hohen Holzzaun links mit wildem Weinbewuchs und rechts von einer Pergola mit echtem Wein. Daneben lag ein kleiner Schuppen, davor ihr Gemüsegarten und auf der anderen Seite stand eine weitere Sitzgarnitur in Plastik. Grün und auch schon ziemlich in die Jahre gekommen, aber mit den neuen Sitzpolstern, der Tischdecke und den Blumen am Tisch durchaus einladend. Keine Verstecke. Unter dem Tisch, lachhaft. Aber sie musste nachsehen. Ihr Garten wurde von einem etwa einen Meter hohen Lattenzaun umgeben. Ganz leicht zu überwinden. Aber immerhin da. Isabell ging zur Terrassentür, die völlig aus Glas mit einem weißen Kunststoffrahmen bestand und blickte hinaus, so weit es möglich war. Gerade als sie die Tür öffnen wollte, läutete es an der Tür. Isabell erschrak heftig und die Atmung setzte aus. Wahrscheinlich blieb auch das Herz kurzzeitig stehen, denn sie verspürte ein unangenehmes Ziehen in der Brust. *Nimm dich zusammen, denkst du er läutet bevor er dich angreift? Schwachsinn, geh ruhig zur Tür und schau nach, wer da ist. Bestimmt die Post oder so.* Es war nicht der Postbeamte, es war der Polizist von Freitag. Peters lächelte Isabell freundlich an.
„Guten Tag Frau Bach. Ich wollte vorbeikommen und Ihnen den Stand unserer Suche mitteilen."

„Hallo, und?"
*Sehr freundlich, was ist los mit dir? Der Typ ist doch schnuckelig und wird dir sicher nichts tun.*
„Entschuldigen Sie, ich bin nur ein wenig durch den Wind. Möchten Sie einen Kaffee?"
„Danke, das wäre nett."
Isabell öffnete die Tür etwas weiter und ließ den Kriminalbeamten eintreten. Während sie den Kaffee zubereitete stand Peters in der Küche und beobachtete Isabell, ihre zitternden Hände.
„Ist alles in Ordnung?"
„Nein, seit Freitag nicht mehr. Ich fühle mich beobachtet und ich habe gerade, bevor Sie geläutet haben, ein Geräusch gehört. Wahrscheinlich höre ich auch nur Gespenster."
„Wo?"
„Ich weiß es nicht, aber ich denke draußen, im Schuppen."
Das war ideal, den großen Mann vorzuschicken und nachzusehen, ob ihr Widersacher echt bereits im Schuppen auf sie wartete. *Mädchen, du bist spitze, immer diese spontanen Einfälle!* Nur halfen die eben nicht immer.
„Ich sehe nach."
„Bitte."
Isabell ging voran durch den Wohnraum, nicht ohne sich umzusehen, ob wohl auch alles seine Ordnung hatte. Nichts wäre ihr unangenehmer, als wenn dieser attraktive Polizist Staub entdecken würde. Du hast echt einen Vogel, schalt sie sich. *Ist doch egal, es geht jetzt sicher nicht um meine Qualitäten als Hausfrau.* Sie zeigte ihm die Scheune, die Tür stand offen, wie immer. Peters ging voraus. Er bemühte sich nicht leise zu sein, das hätte auch wenig Sinn, denn der Einbrecher hatte sie längst gehört, wenn er sich denn im Abstellraum befand. Die Hand an der Waffe, die er sichtbar an einem Gürtel trug, ging er in die Scheune. Isabell wagte es nicht, zu atmen. Der Raum maß

keine zehn Quadratmeter und war vollgestellt mit einem Rasenmäher, zwei Trimmern, allerhand Kübeln und Werkzeug. Es roch nach Heu und Staub. Aber der kleine Raum beherbergte mit Sicherheit keinen Menschen, vielleicht ein paar Mäuse und sicher viele Spinnen, die sich aber allesamt lieber versteckt hielten.
„Hier ist nichts. Darf ich mich weiter umsehen?“
„Natürlich, ich mache den Kaffee fertig.“
Während Isabell den Kaffee zubereitete, sah sich Peters draußen um. Was er zu sehen bekam, freute ihn wenig. Sollte der Kriminelle tatsächlich noch immer irgendwo in der Gegend sein, wäre es ein leichtes, hier reinzukommen. Und zwar ungesehen von der Außenwelt, den Nachbarn oder auch zufällig Vorbeikommenden. Zwar umspannte das ganze Anwesen ein hoher Maschendrahtzaun, aber für einen Menschen wie diesen wäre das kaum ein Problem. Isabell kam mit dem Tablett mit den zwei Tassen, einem Milchkännchen und Zucker auf die Terrasse und stellte alles auf den Tisch ab.
„Haben Sie den Mann gefunden?“
„Nein, noch nicht einmal irgendwelche Einbruchsspuren in den alten, leerstehenden Gebäuden hier in der Siedlung. Tut mir leid, aber wahrscheinlich ist das eine gute Nachricht. Er ist sicher nie hier gewesen.“
„Ich weiß nicht was ich sagen soll, ich hatte auf etwas anderes gehofft.“
„Machen Sie sich keine Sorgen, hier ist meine Karte. Wenn Sie etwas bemerken, rufen Sie mich an.“
„Wenn er schon hier drin ist, wird ein Anruf zu spät kommen.“
Peters sah sie mit seinen stahlblauen Augen an. Wieder kribbelte es im Bauch. *Jetzt ist aber genug.*
„Wir sollten nicht überreagieren, vielleicht ist es wirklich so, dass er längst wieder über alle Berge ist.“
„Wie sieht er aus?“

Isabell war selber erstaunt über diese Frage, aber sie brauchte Gewissheit.
„Nun, wir haben ein Phantombild, warten Sie, ich hole es."
Peters kam rasch zurück und reichte ihr ein schwarzweiß gezeichnetes Bild. Sie erschrak zutiefst, das war er. Die Augen. Die schiefe Nase. Der ungepflegte Bart. Die dunkle, böse Aura die ihn umgab. Mein Gott, fast ließ sie das Blatt fallen, so sehr zitterten ihre Hände. Natürlich bemerkte Peters ihre Reaktion.
„Kennen Sie diesen Mann?"
„Nein, nein, aber er macht mir Angst. Es ist, als wenn ich dem Bösen direkt ins Gesicht starren würde."
„Er sieht nicht gerade vertrauenerweckend aus. Ich weiß. Dazu ist er groß und wenn auch sehr schlank, so doch sehr stark. Die Frau hatte keine Chance."
Natürlich hatte sie die nicht, er war ein Monster, ein Ungeheuer. Keine Frau könnte ihn abwehren. Aber diese hatte noch Glück, er ließ sie am Leben. Dieses Glück werde ich nicht haben.
„Wenn ich mir überlege, dass er einfach über den Zaun klettern könnte. Das ist kaum eine Hürde, oder?"
„Eher nicht, außerdem stehen links und rechts keine Häuser, also sind auch keine Nachbarn da. Rechts ist eine ungemähte Wiese, daneben die alte Tischlerei und links nichts als ein paar Bäume. So schön Sie hier leben, nein, schwer ist es nicht, hier reinzukommen."
„Na, das macht Freude. Da fühle ich mich gleich viel sicherer."
Der Polizist schenkte Isabell ein charmantes Lächeln, aber gleichzeitig zeigte er sich besorgt.
„Ich werde veranlassen, dass auf jeden Fall weiterhin verstärkt in der Gegend Streife gefahren wird. Mehr können wir momentan nicht tun."
„Er muss mich schon angreifen, oder eine andre Frau, dass sie mehr unternehmen."

„Nun, im Grunde ist das leider richtig. Was sollten wir auch tun, wenn wir nicht wissen, ob er sich tatsächlich hier in der Nähe aufhält."
Isabell nickte. *Ich weiß ja, dass ihr unfähig seid, habt es ja schon mal bewiesen.* Und da war der Scheißkerl schon im Haus. Natürlich sagte sie das nicht.
„Sicher, ich werde einfach vorsichtig sein."
„Gut, ich muss dann mal wieder."
Peters stand auf und sah sie mit seinen blauen Augen intensiv an, es kribbelte verdächtig in ihrer Magengegend. *Cool bleiben, er ist ein Bulle.*
„Ich werde in den nächsten Tagen bei Ihnen vorbeischauen. Meine Karte haben Sie ja schon, rufen Sie mich sofort an, wenn Sie etwas Verdächtiges sehen oder hören. Jederzeit, in Ordnung?"
Isabell nahm die Visitenkarte, die am Tisch lag, in die Hand. Chris Peters stand in dicken Druckbuchstaben da, Kriminalkommissar. Und eine mobile Telefonnummer. Mehr nicht. Gut, mehr brauchte es auch nicht, obwohl sie es schon interessieren würde wie er lebte, wo hatte er Familie? Frau, Kinder? *Stopp!*
„Danke."
Der gut gebaute, große Mann verließ ohne ein weiteres Wort die Küche und stieg in sein Auto, einen schwarzen Audi. *Wie passend. Seiner ist nur ein wesentlich jüngeres Modell. Egal, wen interessiert, was der Typ für ein Auto fährt? Na mich. Ruhe.* Isabell schloss die Tür, wie immer mit mehreren Vierregelungsmaßnahmen. Erstmal musste sie Ordnung in ihre Gedanken bringen um dann weiterzuarbeiten. Um sicher zu gehen kontrollierte sie erneut alle Fenster und Türen. Zu, alles zu. Gut. Dann setzte sie sich an ihren Schreibtisch und versuchte sich am Text, der ja bald fertig sein sollte. Doch immer wieder schweiften ihre Gedanken ab ... entweder zeigte sich ein attraktives, sehr männliches

Gesicht mit blauen Augen oder ein hässliches, unrasiertes, mit einem grässlichen Grinsen und schiefer Nase, das ihr eine Gänsehaut verursachte. *Jetzt beherrsch dich, der Kunde wartet auf seinen Flyer.* Isabell nahm all ihre vorhandene Konzentration und schon kamen die Worte wie von selbst. In ein paar Minuten war der Text fertig, zumindest sollte der Kunde erst darüber lesen und ihr sein Feedback dazu geben. Dann konnte sie entweder daran weiterarbeiten oder aber die Rechnung ausstellen, wobei zweiteres natürlich der Idealfall war. Sie schickte dem Innenarchitekten eine freundlich formulierte Mail mit Anhang und versuchte sich an der nächsten Arbeit. Diesmal handelte es sich um einen Text für eine Homepage, es sollte ein attraktiver Internetauftritt für einen Gasthof werden. Schon öffnete sie ein Dokument und entwickelte im Kopf bereits die passenden Slogans, als etwas gegen die Terrassentür krachte. Das dumpfe Geräusch riss Isabell aus ihrer Arbeit, stocksteif saß sie da, die Finger immer noch auf der Tastatur. Kaum traute sie sich ihren Blick in Richtung Glastür zu richten. Nichts, da war nichts. Doch das was da nicht war, konnte ganz nah sein. Gleich neben der Tür. Ihr ganzer Körper zitterte, sämtliche Haare stellten sich auf. *Ruhig, bleib ruhig. Vielleicht war es ein Vogel, das passiert öfter.* Sie legte die Hände um ihren Körper. Atmete tief durch. Das hatte sie gelernt, sich zu beruhigen, zu atmen. Sonst würde sie irgendwann komplett durchdrehen. Denn der Schrecken der Vergangenheit saß tief. Ließ sie nicht los. Sie wartete ein paar Minuten, gab keinen Laut von sich und lauschte. Das Radioprogramm lief leise im Hintergrund. Draußen blieb es still. *Das ist ja auch total verrückt, welcher Verbrecher kommt am Vormittag?* Er, er würde sich das trauen, er würde nicht lange fackeln, denn er wusste bestimmt, dass sie alleine zuhause war. Sollte sie mutig sein und nachsehen? Auf die Terrasse gehen, ihre einstige Idylle, den Lieblingsplatz? Oder doch besser einfach hier zur Statue erstarrt sitzen bleiben, auf ewig. Diese Option kam gar nicht infrage, Isabell wusste, dass sie sich ihrem Peiniger ohnehin würde stellen müssen, vorher gab es keinen einzigen Tag der Ruhe mehr für sie. Sie ging mit wackeligen Schritten auf die Terrassentür zu und blickte erst vorsichtig nach draußen. Dann ging sie näher an die Tür, um einen besseren Blickradius zu haben. Aber ganz viel neben der Tür blieb einfach uneinsehbar. Nach vorne war nichts zu sehen, also nichts Verdächtiges. Nur der Garten, die Wiesenfläche davor, ein paar Bäume. Sie musste nach draußen um zu wissen, was das Geräusch verursacht hatte. Isabell nahm all ihren Mut zusammen und drehte den Türknauf gegen den Uhrzeigersinn bis ganz nach unten. Mit einem Ruck öffnete sie die Tür, machte sie ganz weit auf und machte einen vorsichtigen Schritt nach draußen. Rechts stand die Rattangarnitur, die Nebengebäudetür war wie immer offen. Links sah sie zur anderen Sitzgarnitur, auch hier nichts Verdächtiges. Etwas mutiger geworden schritt sie ganz auf die Terrasse. Es war nichts zu sehen. Jetzt blieb nur noch der Blick in den Abstellraum. *Na gut, los jetzt.* Sie wackelte mehr als sie ging. Nichts, alles stand an seinem Platz. Da lag doch was, dort, in der kleinen Kuhle zum Kräuterbeet. Isabell ging darauf zu und entdeckte einen braunen Vogel, wahrscheinlich einen Spatz. Tot. Das arme Tier war gegen das Glas geflogen und im Schock noch das Stück bis hierher. Isabell schaltete ihre Gefahrensirene im Kopf aus, zog sich Arbeitshandschuhe an und warf den toten Vogel weit über den Zaun in ein nahes Gebüsch. Irgendwelche Tiere würden das Tier fressen, somit wurde der Kreislauf der Natur wieder geschlossen. Noch einmal überblickte sie die gesamte Wiese bis zum Zaun. Zwischen der Tischlerei, wo sich ihr Peiniger laut Polizei möglicherweise aufgehalten hatte, und dem eingezäunten Grundstück lag noch eine weitere Wiesenfläche, die einem anderen Bauer gehörte. Daran schloss sich ein alter Bauzaun. Da aufseiten der Tischlerei jede Menge

Unkraut in enormer Höhe wucherte, sah man die Gebäude nur schemenhaft. Isabell aber wusste, dass er genau da auf sie lauerte, sie spürte es. Sie spürte seinen Blick in dem Moment. Es lief ihr kalt den Rücken runter, kurz schloss sie die Augen. *Na gut Arschloch, ich bin hier. Soll ich wieder zu dir kommen?* Allein der Gedanke ließ sie frösteln, obwohl es sicher gefühlte 35 Grad hatte. Schnell wandte sie sich um, nahm eine Zigarette aus der Packung, die immer griffbereit auf dem Gartentisch lag, und nahm einen tiefen Zug. Zum Hinsetzen fehlte ihr die Ruhe, so ging sie im Garten auf und ab und rauchte die Zigarette zu Ende. Eine Besserung allerdings verspürte sie nicht. Sie drückte die Kippe mit viel Kraft aus und zerquetschte die Reste bis zur Unkenntlichkeit. Danach ging sie in die Wohnung, schloss die Glastür und lehnte sich dagegen. *Wie viel Zeit bleibt mir noch?*

## Beobachtung

Da steht sie. Blond, wie lächerlich. Mit dunklen Haaren hatte sie ihm besser gefallen. Die dunkelbraunen Haare brachten ihre Augen so schön zum Leuchten, wenn sie ihn angstvoll anblickten. Er zog ihr Bild mit dem Fernstecher ganz nah heran, sah ihre Angst, konnte sie beinahe riechen. Sie sah immer noch gut aus, hatte sich wacker gehalten für ihr Alter. Schlank war sie immer noch, es sollte also kein Problem werden, sie zu überwältigen. Im Schritt regte sich sein Penis. Ein feines Gefühl. *Du wirst bereuen, dass du mich nicht getötet hast. So wie ich es bereue, dich nicht umgebracht zu haben. Das wäre schön gewesen, zu sehen wie das Leben aus dir fließt. Zu sehen wie deine Augen starr werden, milchig. Ich werde dich ficken und dabei töten. Genau das werde ich tun. Aber ich muss noch den passenden Ort finden, für unser gemeinsames Finale. Bald Schlampe, bald.* Er zog sich zurück in sein Versteck und packte das Fernglas in den Militärrucksack. Dieser Ort war nicht mehr sicher, zu viel und zu oft sah er Polizeiautos, er musste sich einen anderen Unterschlupf suchen. Einen, wo er das Miststück fesseln und missbrauchen konnte, lange, nach Lust und Laune, einen, wo man ihre Schreie nicht hörte. Er hatte schon einen bestimmten Platz im Sinn, es war Zeit aufzubrechen.

## Mittwochnachmittag

Gerade tippte sie die letzten Worte. Fertig, zumindest für heute. Es war schon spät. Fast vier Uhr. Patrick kam bald nach Hause und sie hatte noch nicht einmal eingekauft. Isabell stand auf, reckte sich und suchte sich im Schrank schnell eine ausgehfähige Kleidung. Das ausgeleierte Kleid, das sie gerade trug, eignete sich weniger, um damit auf die Straße zu gehen. *Ein wenig Eitelkeit steht mir zu.* Schnell fand sie ein weniger ausgewaschenes wie immer schwarzes Sommerkleidchen und zog sich rasch um. Den Blick in den Spiegel mied sie, denn er würde ihr ein ziemlich übermüdetes Gesicht mit dunklen Ringen unter den Augen präsentieren. Erholsam und tief schlafen konnte sie schon seit Jahren nicht, aber jetzt schlief sie kaum noch. Jedes noch so kleine Geräusch weckte sie aus ihrem ohnehin schon leichten Schlaf, sodass sie jeden Morgen mehr müde als wach in den Arbeitstag startete. So auch heute. Irgendwann um Mitternacht hörte sie ein Kratzen in der Abstellkammer. Die Wände waren dünn und der kleine Raum grenzte direkt an ihr Bett. Ihr Herz blieb für Sekunden stehen, sie lauschte. Wahrscheinlich eine Maus, nachher hörte sie nichts mehr, bis sie ein wenig wegdöste und schon bald wieder durch ein undefinierbares Geräusch im Garten geweckt wurde. So ging das Nacht für Nacht. Ob sich ein Igel draußen herumtrieb oder eine Katze, sie wusste es nicht, denn nachsehen kam nicht infrage. Isabell zog sich ihre geblümten Keilsandalen an und wollte gerade nach der Handtasche greifen, als jemand den Türknauf hinunterdrückte. Sie erstarrte zur Salzsäule. Doch gleich darauf läutete die Türglocke.

„Wer ist da?“

„Ich bin‘s, mach auf.“

*Patrick, es ist nur Patrick.* Isabell öffnete ihrem Sohn die Tür.

„Du bist käseweiß.“

„Ich bin nur nervös.“
„Mum, er wird nicht vorher läuten!“
„Nein, sicher. Ich kann nur nicht nach draußen sehen, und du weißt ja, ich schließe jetzt immer ab.“
„Schon gut, ist ja auch besser. Obwohl der Typ ja wahrscheinlich nicht mehr in der Gegend ist. Was gibt's zu essen?“
Nur weil er sich nicht mehr hier herumtrieb, hieß das nicht, dass er nicht herkam, zu ihr. Doch Patrick sagte sie das nicht, erzählte ihm nichts von ihren Befürchtungen und ihrer tief verankerten Angst.
„Ich habe noch nicht eingekauft. Gehen wir zusammen und trinken unterwegs einen Kaffee?“
„Perfekt, ich bring nur die Bücher ins Zimmer.“
Sie kauften für ein schnelles Essen ein paar Putensteaks, Avocados und Sahne. Danach setzten sie sich auf die Terrasse des kleinen Cafés gleich neben dem Supermarkt. Isabell fühlte sich nicht wohl. Schon im Geschäft hatte sie das Gefühl, beobachtet zu werden. Und jetzt erst recht. Obwohl sie alles sehen konnte, den Parkplatz, die Geschäfte darum herum, die Straße, die Bushaltestelle. Es war nichts Verdächtiges zu entdecken, und doch. Die Menschen gingen ins Geschäft, kamen wieder heraus, stiegen in ihre Autos, fuhren weg. Neue Autos kamen an. Parkten mehr oder weniger elegant ein. Alles wie immer.
„Was sagst du dazu?“
Isabell hatte ihren Sohn nicht gehört, scheinbar erzählte er ihr die ganze Zeit schon etwas.
„Sorry, ich hab nicht zugehört. Fang nochmal an. Was wolltest du mir erzählen?“
Und Patrick erzählte von seinem Tag an der Uni und dem Professor, der so leise sprach, dass man kaum etwas hören konnte. Das Mikrofon funktionierte nicht, oder besser war nicht angestellt, und er bemerkte es wohl nicht. Erst am Ende der Vorlesung, als alle Studenten nicht mehr nur gelangweilt herumsaßen

sondern sich bereits lautstark miteinander unterhielten, stellte er fest, dass ihn niemand hören konnte. Vielleicht auch gar nicht wollte, denn das Thema war mehr als einschläfernd. Da drückte er auf den An-Knopf und rief in den Saal „Wer möchte etwas zum Thema sagen?“ Von einer Sekunde auf die andere war es still, denn die Lautstärke ähnelte einem Düsenjet, der direkt durch den Hörsaal flog. Das war lustig, Patrick lachte herzlich.
„Wir waren echt perplex. Und dann haben alle gelacht.“
„Na wenigstens war‘s spaßig.“
„Tja, aber der Prof‘ ist schon sauer, jetzt müssen wir eine Arbeit schreiben, allein für diese Vorlesung. Irgendwas zum Thema Geschichte der Betriebsführung. Super. Keiner weiß was der Prof‘ erzählt hat.“
Isabell lachte, solche Alltäglichkeiten lenkten sie von ihren Gedanken ab, der ständigen Furcht und Übervorsichtigkeit. Sie nahm einen Schluck ihres Kaffees und sah aus den Augenwinkeln eine Gestalt. Wieder setzte ihr Herz für einen Schlag aus. *Wenn das so weitergeht, hört es irgendwann ganz auf zu schlagen oder du bekommst arge Herzrhythmusstörungen oder was es so an Herzerkrankungen gibt.* Die ganz in Schwarz gekleidete Gestalt versteckte sich gewissermaßen hinter dem Pfeiler an den Radständern. Gewissermaßen, denn wahrscheinlich stand er, es handelte sich definitiv um einen Mann, groß, Bart, einfach da und wartete auf seine Frau oder sein Kind, das gerade ein paar Kleinigkeiten einkaufte. Doch der Mann hatte etwas an sich, das Isabell nicht gefiel. Sie konnte nicht sagen was genau es war, aber das Gefühl ließ auch dann nicht nach, als der Typ in ihre Richtung sah und direkt in ihre Augen. Zumindest nahm sie es so wahr. Wahrscheinlich schaute er irgendwohin, sie saß ziemlich verdeckt von einem Sonnenschirm mitten unter vielen Gästen und konnte sie gar nicht wirklich sehen, Aber nichtsdestotrotz, irgendetwas war komisch an ihm. Die geduckte Haltung, der Armeerucksack. Isabell konnte ein Zittern nicht verhindern.

„Ist alles in Ordnung, du bist ganz weiß im Gesicht."
„Ich dachte ich habe jemanden gesehen, aber ganz sicher habe ich mich geirrt."
„Jemanden?"
„Ihn, den Typen, den Landstreicher, den du weißt schon."
„Den Vergewaltiger?"
Patrick drehte sich in die Blickrichtung seiner Mutter.
„Da ist niemand."
Er hatte recht, der unheimliche Mann stand nicht mehr hinter der Säule. Hatte er überhaupt da gestanden? Oder gaukelte Isabells Angst ihr schon eine Gestalt vor, die gar keine war? Ein Gespenst? Trotzdem, das Gefühl der Bedrohung ließ sich nicht abschütteln.
„Du hast recht, wahrscheinlich war da auch niemand."
„Mum, du musst dich entspannen, hier sind ganz viele Leute. Es ist helllichter Tag. Er kann dir nicht hierher folgen und überhaupt, wie sollte er wissen, dass du da bist?"
*Ich bin mir sicher, dass er mich seit Tagen beobachtet*, aber das wollte sie Patrick nicht sagen. Er wusste höchstwahrscheinlich genau Bescheid, wann sie wohin ging oder fuhr. Wie er das schaffte, blieb ihr ein Rätsel, aber sie war sich sicher, dass er es irgendwie schaffte. Die Bedrohung kam ihr jeden Tag ein Stück näher und damit das nächste, wahrscheinlich letzte Kapitel zwischen ihr und dem Monster.
„Ich versuch's ja, ich versuche den Typen aus meinen Gedanken zu bekommen. Ist nur nicht so einfach. Er hat mich damals schon zu Tode erschreckt und es kann ja immerhin sein, dass er am Tod deines Vaters schuld ist."
Sie konnte es nicht verhindern, dass eine Träne ihren Weg die Wange hinab bahnte. Es war nicht nur das schlechte Gewissen, das sie seit Jahren plagte, seit jenem schwerwiegenden Tag im Sommer. Es war auch immer noch Trauer. Die Trauer um den Mann, den sie zuletzt hasste, den sie zum Teufel wünschte, wo

er ja schließlich auch gelandet war. Nie vergaß sie den Anblick des toten Körpers auf der kalten Metallliege in der Pathologie, nie die geschlossenen Augen. SEINE Augen, braun und tiefgründig, Augen, in die sie sich einst verliebt hatte. Für immerzu. Durch ihre Schuld. *Jetzt sei nicht so hart zu dir, er hat schon auch Schuld an der Gesamtsituation gehabt, er hat dich herausgefordert! Ja, natürlich, aber das Kissen ...*

„Wir wissen gar nichts, es wurde nichts gefunden. Und den Mann konnte keiner befragen, er verschwand ja auch wieder."

„Ich weiß, ich weiß. Genau das ist es ja, was mir Angst macht. Nichts ist je aufgeklärt worden. Warum er im Haus war, was er wollte. Es bleibt alles offen."

„Da nützt es aber nichts, wenn du dir solche Sorgen machst. Verlass dich ein bisschen auf die Polizei, die haben gesagt er ist nicht mehr in der Gegend. Und du weißt schließlich nicht, ob es derselbe Mann gewesen ist, der damals im Haus war. Du hast ihn jetzt nicht genau gesehen und damals auch nicht."

Doch, mehr als das. Damals bin ich ihm mehr als nur nahe gekommen. Und ich habe ihn anhand des Phantombildes identifiziert. Er ist es. *Aber mein Schatz, dir werde ich das nicht erzählen.*

„Du hast ja Recht. Lass uns den Kaffee austrinken und heimfahren."

„Ja, lass uns noch eine rauchen."

Mit der Raucherei hatte sie nicht alleine angefangen. Anfangs rauchten Patrick und sie ab und zu eine Zigarre, und die auch noch gemeinsam und in Raten, jetzt pafften sie filterfreie Zigarillos. Die waren günstiger und auch an der Tankstelle zu bekommen. Isabell nahm einen tiefen Zug, die Wirkung allerdings blieb aus. Doch konnte sie ihre Hände beschäftigen, immer die Kaffeetasse oder das Wasserglas hin und her zu schieben sah auch komisch aus. Ihre Finger zitterten, aber sie hatte es durch jahrelange Übung gut im Griff. Und ganz ohne Therapie. Isabell lernte mit ihrer Angst und ihrer Vergangenheit umzugehen.

Sie musste sich sehr oft verstellen, öfter als es ihr lieb war. Im Job ging es recht einfach, da sie die meisten Kunden nie persönlich kennenlernte. Aber sie legte großen Wert auf soziale Kontakte, Freundinnen und den engen Umgang mit ihrer Familie. Ihr Umfeld wusste nichts vom Geschehen und würde es auch niemals erfahren. Nicht ihre Mutter, nicht ihre Schwester, nicht ihre Freundinnen. Mit Männern vermied sie allzu enge Kontakte. Da konnte also nichts passieren.

Immer wieder ging ihr Blick wie von unsichtbarer Hand gesteuert zur Betonsäule. Aber alles was dahinter auszumachen war, bestand aus dem Hinterrad eines Fahrrads, das daran lehnte. Langsam beruhigte sich Isabell tatsächlich, auch wenn sie die latente Gefahr nicht verdrängen konnte. Sie drückte ihre Zigarillo aus. Patrick machte es ihr gleich, gemeinsam betraten sie die Bäckerei des Cafés, wählten ein Stück Apfelkuchen zum Mitnehmen und Isabell bezahlte. Das ungute Gefühl, beobachtet zu werden, verließ sie keine Sekunde, als sie mit ihrem Sohn in Richtung Auto ging, den Kuchen verstaute und sich ans Steuer setzte. Sie wusste, er war da. Auch wenn sie ihn nicht sehen konnte.

## Er ist da

*Ja, schau dich nur um, Schlampe. Ich bin da, ich bin dir ganz nah, spürst du's? Sicher spürst du das, ich sehe es dir an. Aber hier werde ich dich nicht holen, noch hast du das nicht zu befürchten. Aber bald, sehr bald.* Er stand halb verborgen hinter der Ecke eines unbewohnten Gebäudes auf der anderen Straßenseite. Zusätzlich wucherte hier meterhohes Unkraut. Wie praktisch, es gibt so viele leerstehende, vernachlässigte Gebäude hier. *Da macht es doch richtig Spaß, dich zu beobachten, Miststück.* Ungesehen zog er sich ganz hinter das Gebäude und zu seinem Unterschlupf zurück. Mitten in der Stadt quasi und niemand konnte ihn sehen, das war perfekt. Doch das war noch nicht der ideale Ort für sein Vorhaben. Trotz aller Vorsichtsmaßnahmen konnte möglicherweise jemand ihre Schreie hören. Und auch das Auto konnte er hier nicht optimal verstecken. Aber er hatte bereits ein anderes Versteck ausgekundschaftet und heute galt es ohnehin noch etwas zu erledigen, das seinem Ego und seinem Geschlecht sehr gut tun würden. Eine blonde Frau wartete bereits auf ihn, wie er sich darauf freute. *Das ist die Kür vor dem Finale, Schlampe, an der Gefangenen im Turm, ich werde üben.* Die Erregung nahm überhand, schnell drehte er sich um und verschwand im Gebüsch.

# 3. KAPITEL

*„Angst haben wir alle. Der Unterschied liegt in der Frage wovor?"*
Frank Thiess, 1890-1977

## Freitag

Jetzt war es bereits eine Woche her, seit sie das erste Mal mit dem Gefühl, beobachtet zu werden, konfrontiert wurde. Alles blieb ruhig, nichts geschah. Sie fasste sogar wieder so viel Mut, die Terrassentür tagsüber geöffnet zu lassen, auch wenn sie alleine zu Hause war. Und Pfefferspray hatte sie auch noch keines besorgt. Gerade beendete sie einen Textauftrag, es handelte sich um einen pflegeleichten Kunden, der mit allen ihren Vorschlägen sofort einverstanden war. Seine Internetseite würde wohl nächste Woche online gehen, die Texte gefielen ihm sehr. Solche Kunden gefielen wiederum Isabell, machte es ihre Arbeit doch unkompliziert und schön, denn das Lob seitens des Auftraggebers freute sie auch heute noch. Fertig, speichern. Isabell reckte sich auf ihrem Stuhl. Fein, die Uhr zeigte gerade einmal Mittag und sie hatte die Arbeit für die ganze Woche bereits geschafft. Jetzt wollte sie sich einen Kaffee auf der Terrasse genehmigen, ein Zigarillo rauchen und ein wenig abschalten. So richtig entspannen konnte sie zwar nicht, aber ein halbwegs angenehmes Gefühl, bei sommerlichen, aber optimalen Temperaturen im Garten zu sitzen, stellte sich doch ein. Isabell bereitete sich einen kohlrabenschwarzen Espresso zu und setzte sich mit der Minitasse auf einen der bequemen, gut gepolsterten Rattanstühle im Schatten. Ein wenig rührte sie in der Tasse, denn schwarz bedeutete gleichzeitig süß, so wie sie ihren Kaffee liebte. Sie zündete sich die kleine dunkelbraune Zigarre an und paffte ein paar Züge. Die Tasse in der Hand hörte sie plötzlich ein Rascheln. Sie schaffte es, die Tasse ohne den Inhalt zu verschütten auf den Unterteller zu stellen. Ihre Hände zitterten unkontrolliert, sie fühlte den altbekannten Kloß im Hals. Wahrscheinlich war der zu einem gewaltigen Felsen angewachsen, wenn sie all die Zeit zusammenrechnete, in der sie sich fürchtete. Fürchten musste. Sie blieb noch ein paar Sekunden sitzen, dann bewegte sie sich zum Zaun vor, um in alle Richtungen sehen zu können und notfalls schnellstens im Haus zu verschwinden. Nichts. Sie konnte nichts sehen. Doch, da kam eine Katze aus den Farnen direkt am Teich. *Wieder nur eine Katze, und du machst dir in die Hose. Lächerlich.* Aber nein, lächerlich war gar nichts. Patrick saß im Unihörsaal und kam erst am späten Nachmittag nach Hause. Wenn sie darüber nachdachte, wäre es die logische Konsequenz, dass ihr Feind den Moment abwartete, wenn sie sich allein im Haus befand. Egal ob Tag oder Nacht, und da ihr Sohn meistens zuhause schlief, war es nur nachzuvollziehen, dass ein Übergriff am Tag stattfinden würde. Diese Erkenntnis war nun nicht gerade förderlich, jetzt kam die Angst mit doppelter Wucht. Isabell schnappte sich ihre Tasse, schnippte die Zigarre über den Zaun und lief mehr als sie ging ins Innere. Die Terrassentür schloss sie sorgfältig. Sie stürmte durch die ganze Wohnung, verschloss das Fenster in Patricks Zimmer, welcher Leichtsinn, es offen zu lassen, und kontrollierte die Tür. Sie war nachlässig geworden, das wurde ihr jetzt bewusst. Ihr Herz pochte hart gegen die Rippen. Das schmerzte beinahe. Langsam ging sie in die Küche und schenkte sich ein Glas Whiskey ein, einen sehr feinen irischen. *Alkohol, jetzt schon? Na und? Es ist Freitagmittag, ich bin mit der Arbeit fertig und habe Angst, ich brauche eine Beruhigung.* Sie nahm einen Schluck. Sie dachte an die letzten Jahre, ja, oft war sie sehr knapp davor zur Alkoholikerin zu werden. Zwar musste sie zugeben, dass sie das noch nicht wirklich schlimm fand, aber sie hasste Abhängigkeit und Alkoholismus war und blieb eine Sucht mit starker Abhängigkeit.

Aber sie hatte auch heute immer Alkoholisches im Haus, auch wenn sie meistens mehr zum Genuss trank. Jetzt nicht, jetzt musste der Branntwein sie beruhigen. Und er tat seine Wirkung. Ein behagliches, warmes Gefühl breitete sich im Bauch aus. Isabell nahm ihr Glas und setzte sich an den Küchentisch. Die Fensterfront zu ihrer Linken wurde durch gelbe, sehr rustikale Metallrollos uneinsichtig und auch halbwegs einbruchssicher. Allerdings konnte sie nicht nach draußen sehen, aber wenn sie es genau bedachte, wollte sie das im Moment gar nicht. Durch die geschlossenen Rollos war es in der Küche zudem kühler als draußen. Und dunkler. Die Küche wurde in ein sanftes Gelb getaucht. Sie trank ihren Whiskey in kleinen Schlucken und bald schon verspürte sie eine Leichtigkeit, die ihr sonst verwehrt blieb. Das ist das Gefährliche am Alkohol, schalt sie sich, aber manchmal muss es einfach sein. So konnte das nicht weitergehen. Sie stellte das Glas in den Geschirrspüler, trank ein Glas Wasser leer und überlegte, was nun zu tun war. Zuhause bleiben? Weiter fürchten? Wegfahren? Wohin? Shoppen? Nein, das nicht, sie hasste einkaufen. Unruhig schritt sie in der kleinen Küche auf und ab. Sie könnte zur Apotheke fahren, ihre Kopfschmerztabletten waren fast aufgebraucht. Das ist eine gute Idee, aber die Apotheke öffnete erst in einer Stunde wieder. Bis dahin konnte sie sich vis-à-vis ins Café setzen. Sie betrachtete ihre Kleidung, kurze Jeans, die über das Knie reichten und ein schwarzes Top. Passt, so geht es. Isabell zog sich autotaugliche Flip Flops an, in denen ihre Füße guten Halt hatten und die über eine eher harte Sohle verfügten. So ausgestattet verließ sie mit ihrer pinken Brieftasche das Haus, sperrte die Tür zweifach ab, wie immer. Patrick besaß seinen eigenen Schlüssel, sollte er früher als erwartet nachhause kommen. Sie setzte sich ins heiße Auto. Den ganzen Tag brannte die Sonne gnadenlos auf das Autodach, hier hatte es zumindest 50 Grad. Sie ließ die Tür offen, öffnete dazu das

Seitenfenster und Sonnendach und startete den Motor. Erst als das Gebläse ihr die warme Luft ins Gesicht blies, schloss sie die Tür und fuhr los. Die Apotheke war nicht allzu weit entfernt, aber für einen halbstündigen Fußmarsch, der ihr sicher gutgetan hätte, war es einfach viel zu heiß. Sie gelangte in den Stadtteil mit den Geschäften, fuhr eine langgezogene Linkskurve und parkte direkt vor der noch geschlossenen Apotheke. Darum fand sie auch spontan einen Parkplatz. Isabell stieg aus dem Audi, verschloss den Wagen und ging in das gegenüberliegende Café mit dem beschaulichen Namen Rosi. Wer auch immer Rosi sein mochte, die Terrasse lag im Schatten, das freute Isabell. Sie bestellte sich ein Mineralwasser mit Zitrone und holte sich die Tageszeitung. Schon wieder gab es Unruhen in Israel, in Afrika und Südkorea. Die Menschen konnten einfach nicht in Frieden miteinander oder nebeneinander leben. Kriege wohin man blickte, es war deprimierend die Zeitung zu lesen. Dabei hatte sie ihren eigenen Krieg auszufechten, einen schlimmen Krieg mit einem sicheren Ende. Denn einer von ihnen beiden würde dann tot sein, anders konnte dieser ihr persönlicher Krieg nicht enden. Isabell dachte über den Tod nach. Hatte sie Angst davor zu sterben? Eigentlich nicht. Sie war schon tot gewesen, vor langer Zeit. Eine Gaumenmandelentfernung mit 15 Jahren ging ziemlich schief. Isabell wachte mit vielen Schläuchen im Körper auf, konnte nicht selbständig atmen. Ihr Herz hatte aufgehört zu schlagen. Doch die Erinnerung daran war alles andere als negativ. Noch heute fühlte sie diese unheimlich schöne, unbeschreibliche Ruhe und Zufriedenheit. Ein Gefühl, das man im Leben nie erreichen kann, selbst dann nicht, wenn alles gut läuft, man glücklich ist. Sie wusste auch noch, dass sie diesen wunderbaren, hellen Ort nicht mehr verlassen wollte, nicht zurückkehren in die Weltlichkeit. Doch die Ärzte ließen das nicht zu, konnten sie nicht aufgeben, das junge Leben, das alles Schöne doch noch vor

sich hatte. Und so wachte sie auf, links und rechts an ihrem Bett standen ihre Eltern, die Mutter verweint, der Vater mit ernstem Gesicht. Sie liebte ihre Eltern über alles und lebte einfach weiter. Nun, so einfach war es wohl nicht und medizinisch befand sie sich in einem sehr ernstzunehmenden Zustand, aber Isabells Alter und ihre Gesundheit ließen den Körper rasch heilen. Doch was geblieben war, das war dieses wunderbare Gefühl des Loslassens. Trotzdem fürchtete sie sich vor dem Tod. Ihren Sohn konnte sie nicht allein lassen auf dieser traurigen Welt. Für ihn musste sie da sein. Darum kam es gar nicht infrage, dass sie starb. Sie zündete sich ein Zigarillo an und blätterte weiter in der Zeitung. Nur Negatives, nichts Freundliches, nichts Lustiges. Und dann die Politiker des Landes. Nun, das war zumindest lachhaft. Dieses Streben der Machthaber nach noch mehr Macht und dabei den normalen Bürger zu vergessen wurde dermaßen offen auf den höchsten politischen Ebenen ausgeführt, dass es glatt schon wieder komisch war. Isabell kam zur letzten Seite, den Seitenblicken, den Stars oder Möchtegernstars. Dieser Teil der Tageszeitung las sich zumindest angenehm, wenn er auch komplett überflüssig war. Wen interessierte es schon ob der Superschauspieler sich eine neue Villa um zwanzig Millionen kaufte?
„Hallo, Frau Bach."
Isabell zuckte zusammen. Der Polizist.
„Oh, hallo."
„Wie geht es Ihnen?"
„Danke der Nachfrage, gut."
„Haben Sie noch irgendetwas gesehen?"
Ja, habe ich. Das sollte sie sagen. Oder besser: ich weiß dass er da draußen auf mich wartet.
„Nein nichts, Gott sei Dank."
Peters schaute sie ernst an. Sie gefiel ihm. Etwas rau und kurz angebunden, aber bestimmt hatte sie ein butterweiches Herz.

„Das ist gut. Darf ich mich kurz zu Ihnen setzen?"
„Gerne."
Isabells Herz pochte. Der Kriminalist wurde ihr immer sympathischer. Vorsicht, sie durfte nicht mit ihm flirten. Ihn keinesfalls zu nahe an sich heranlassen. Aber das war schon schwer, allein seine blauen Augen, man konnte doch tatsächlich darin versinken.
„Der Mann scheint verschwunden zu sein. Wie vom Erdboden verschluckt. Keiner hat ihn gesehen. Es ist, als wenn er nie da gewesen wäre."
Sicher ist er da. *Und er wird noch bleiben, bis ...*
„Vielleicht wurde er einfach nur in der falschen Gegend gesucht."
„Ja, das ist möglich. Was verschlägt Sie in diesen Teil der Stadt?"
„Ach, ein paar Einkäufe und ich muss in die Apotheke. Die sperrt erst in einer halben Stunde auf."
„Da habe ich Glück gehabt."
Isabell sah ihn fragend an.
„Entschuldigen Sie, dass war wohl nicht so passend. Aber ich freue mich dennoch, Sie zu sehen."
Jetzt wurde ihr warm in der Bauchgegend.
„Sie müssen sich nicht entschuldigen. Auch wenn Sie ein Polizist sind, noch dazu einer, der wohl auch mal schlechte Nachrichten überbringt, sind Sie schon sympathisch."
Ups, jetzt war es raus. Verdammt. Peters strahlte sie an.
„Das freut mich zu hören."
Isabell spürte wie sie rot wurde. Bestimmt sah sie jetzt aus wie eine überreife Tomate. *Ablenken, schnell.*
„Was führt sie hierher?"
„Ich hab um drei einen Termin auf dem Polizeiposten. Wir gehen die ganzen Überwachungsprotokolle durch. Vergleichen sie. Mal sehen, vielleicht ist den Kollegen ja doch etwas aufgefallen, aber die Chancen stehen eher schlecht."
„Aha."

Was sollte sie dazu auch sagen?
„Was machen Sie nachher?"
Oh, sollte das ein Date werden?
„Ich werde was kochen und dann habe ich sozusagen frei."
„Was halten Sie davon, wenn ich Sie so um sechs abhole und wir etwas trinken gehen? Ein wenig plaudern, mal privat?"
„Also, ja, eigentlich gerne. Ich bin nur nicht so gut in so was."
„In so was?
„Na, einem Date. Das ist doch eines, oder?"
Peters grinste.
„Ja, das sollte eines werden. Und keine Sorge, ich habe so wenige Dates, dass ich auch ein wenig eingerostet bin. Aber dann gleicht es sich wunderbar aus."
Peters lächelte. Es war ein warmes Lächeln, das auch seine blauen Augen erreichte.
„Gut, dann haben wir jetzt ein Date. Um sechs. Ich bin gespannt."
*Was Besseres fällt dir nicht ein?* Peters stand auf und nahm ihre Hand und drückte einen hauchzarten Kuss auf die Handfläche.
„Ich freue mich, bis später."
Der Polizist entfernte sich vom Tisch. Er drehte sich noch einmal um. Und lächelte sie an. Isabell spürte ein wunderbares Prickeln in der Bauchgegend. Sie wusste, dass das nicht sein durfte, dass sie sich niemals in einen Polizisten verlieben durfte. Aber was konnte sie schon gegen Gefühle tun? Zu lange hatte sie nicht mehr gespürt was sie jetzt überrollte. Aber es fühlte sich unheimlich gut an und sie freute sich sehr auf das Treffen am Abend.

# Jetzt

*Da bahnt sich wohl was an. Schade Schätzchen, dass du deinen Bullen so schnell nicht mehr sehen wirst. Ich habe anderes vor.* Der unrasierte Mann saß in einem alten, dunkelbraunen Mercedes Kleintransporter ohne Sichtscheiben im Laderaum, der unauffällig hinter einem silbernen Audi stand, Isabells Auto. Niemand nahm Anstoß an dem Kastenwagen, niemand interessierte sich für den ungepflegten Mann am Steuer. Doch er interessierte sich sehr für den Dialog zwischen seiner Auserwählten und dem Polizisten. Er konnte ihr Strahlen bis hierher sehen. Einfältige, dumme Kuh. *Denkst wohl ein Bulle könnte dich schützen. Ich werde dich eines Besseren belehren. Er kann deine Reste zusammensuchen, wenn ich mit dir fertig bin. Da wünsche ich ihm jetzt schon viel Spaß.* Als ein alter Mann am Auto vorbeischlurfte, nahm er den zerfledderten Notizblock vom Nebensitz und fuhr mit dem Kuli ein paarmal darüber, ohne erkennbare Zeichen oder Worte zu hinterlassen. Der kaputte Kugelschreiber fiel im verdreckten Autocockpit nicht auf, er musste sich nur dem dummen, arbeitenden Volk anpassen und geschäftig tun. Den Eindruck erwecken, es handelt sich um einen fleißigen Handwerker, der sich lediglich auf den nächsten Einsatz vorbereitet.

Isabell trank ihr Wasser aus, bezahlte bei der lethargischen Kellnerin und ging in Richtung Apotheke. Sie hatte außer ihrem Autoschlüssel, an dem ein kleiner Plüschbär hing, und dem pinkfarbenen Portmonee nichts bei sich. Eine Handtasche nahm sie maximal dann mit, wenn sie vorhatte, länger in der Stadt zu bleiben, um sich mit Freundinnen zu treffen oder einzukaufen. Fuhr sie lediglich in diesen außerhalb des Stadtkerns gelegenen Stadtteil zur Apotheke oder dem großen Supermarkt, nahm sie für gewöhnlich außer ihrer Geldbörse und dem Einkaufskorb nichts mit. Wie heute. Nachher wollte sie schnell für das Essen mit Patrick einkaufen gehen, Fisch stand auf der Einkaufsliste. Und dann musste sie rasch nach Hause, denn für das Rendezvous mit dem attraktiven Kriminalisten wollte sie sich hübsch machen. Wann hatte sie das letzte Date? Das war schon lange her. In Gedanken versunken betrat sie die Apotheke und kaufte eine Packung Kopfschmerztabletten mit dem Wirkstoff Ibuprofen, den diesen vertrug sie gut. *Was soll ich anziehen? Ein Kleid? Jeans? Er ist ja eher der saloppe Typ und wird kaum im Anzug daherkommen.* Sie stand schon an der Autoseitentür, als sie plötzlich einen Stich im Hals spürte und ihr beinahe gleichzeitig die Knie weich wurden. Irgendetwas hatte sie gestochen, eine Biene? *Davon falle ich doch nicht in Ohnmacht.* Genau das passierte aber. Isabell wurde es schwarz vor Augen, gleichzeitig wurde ihr übel. Sie ließ die Geldbörse und den Autoschlüssel fallen. Danach wusste sie nichts mehr.

## Es geschah

Er schlich sich von hinten an sie heran, setzte die Spritze mit den K.-o.-Tropfen an ihren Hals und stach zu. Jetzt musste es schnell gehen. Es waren keine Menschen zu sehen, aber aus der Apotheke oder dem angrenzenden Blumengeschäft konnte er beobachtet werden. Die Tür an der Seite des Kastenwagens stand offen, er warf die bewegungslose Frau kurzerhand hinein und schloss die Schiebetür. Für die ganze Entführung benötigte er ein, maximal zwei Minuten. Sofort setzte er sich ans Steuer und lenkte den Transporter auf die Straße. *Hab ich dich, jetzt werden wir viel Spaß miteinander haben, endlich ganz ungestört sein.* Ein Lächeln umspielte die trockenen, aufgeplatzten Lippen. Kein freundliches Lächeln, dieses war abgrundtief böse und ließ erahnen, dass er sehr zufrieden mit seinem Übergriff war. Endlich, endlich hatte er sie. Das Spiel konnte beginnen.

Isabell lag auf dem dreckigen Boden des Kleintransporters und rührte sich nicht. Sie bekam nicht mit, wohin er mit ihr fuhr, sie wusste nicht einmal, was passiert war. Noch nicht. Noch schlief sie.

Eine alte Frau kam mit langsamen Schritten aus dem Blumengeschäft und wandte sich Richtung Apotheke. Sie sah etwas Buntes im Gras liegen und ärgerte sich, dass die Leute einfach so Dinge wegschmeißen. In der Apotheke beschwerte sie sich beim pharmazeutischen Assistenten.
„Immer werfen die Leute einfach alles weg, dabei steht doch gleich da vorn ein Müllkübel!"
„Ja, Sie haben recht. Das kann ich auch nicht verstehen."
Er packte der alten Dame ihre Medikamente fürsorglich ein. Irgendwie konnte der junge Mann das Gesagte der alten Kundin

aber nicht vergessen, denn sie sprach von einem pinkfarbenen Gegenstand. Pink, da klickte etwas in seinem Gehirn. Er beschloss nachzusehen, doch die nächste Kundin wartete schon auf seine fachkundige Unterstützung. So vergaß er darauf.

Währenddessen parkte ein älterer Herr seinen kleinen roten Citroën direkt hinter dem silbernen Audi. Er stieg aus, ging um sein Fahrzeug herum auf den Bürgersteig und entdeckte eine pinkfarbene Geldbörse in der Wiese, die sich direkt an den Gehsteig anschloss. Da lag auch ein kleines, auf diese Entfernung nicht identifizierbares, braunes Plüschtier. Beim Näherkommen sah er, dass es sich beim zweiten Gegenstand, dem Plüschtier, eindeutig ein Bär, um einen Autoschlüsselanhänger handelte. Sofort schrillten die Alarmglocken. Wer würde seine Brieftasche zusammen mit den Autoschlüsseln so einfach fallen lassen? Gehörten die beiden Dinge dem Besitzer des Audis? Besser der Besitzerin, denn welcher Mann würde mit einer pinkfarbenen Geldbörse durch die Gegend gehen? Was sollte er tun? Die Gegenstände aufheben? Die Polizei rufen? Er beließ vernünftigerweise Beides wo es war und ging in weitem Bogen herum über die Wiese zur Apotheke.
„Guten Tag! Da draußen liegt eine pinkfarbene Brieftasche und ein Autoschlüssel. Sollten wir die Polizei rufen?"
„Wo?"
„Gleich da vorne, am silbernen Auto. Es ist schon seltsam, wer wirft seine Geldbörse und den Autoschlüssel weg? Da stimmt doch etwas nicht."
Der junge Assistent kam hinter dem Tresen hervor und ging nach draußen, gefolgt vom aufmerksamen älteren Mann. Die alte Dame stand auch noch im Raum und schlurfte den beiden hinterher. Brieftasche und Schlüsselbund waren von hier gut zu sehen. Das Gras auf der Wiese war gerade erst gestern frisch gemäht worden.

„Wir lassen alles so wie es ist und rufen die Polizei. Sie haben recht, hier ist etwas definitiv seltsam."

Bereits 30 Minuten nach der Entführung traf die örtliche Polizei an der Apotheke ein. Zwei Mann begutachteten die Gegenstände, ohne sie zu berühren und nahmen die Zeugenaussagen auf. Höchstwahrscheinlich befand sich in der ziemlich großen Geldbörse ein Hinweis auf den Besitzer. Doch konnten Spuren verwischt werden, wenn es sich um ein Verbrechen handelte. So wurde umgehend die Kriminalpolizei alarmiert. Sie würden wissen, wie weiter vorzugehen war und verfügten auch über Spurensuchermittler.

Den abgesetzten Polizeifunk hörte auch Peters, denn er befand sich noch immer in einer Besprechung am Polizeiposten. Sofort machte er sich auf den Weg, denn er spürte, dass es sich hier nicht nur um einen Entführungsfall handelte, er wusste, dass es sich beim Opfer um sie handelte. Isabell Bach, die Frau, die ihm immer sympathischer geworden war und die er gerne näher kennenlernen wollte. Denn eines war ihm aufgefallen, als sie sich vor rund einer Stunde getroffen hatten: ihre pinkfarbene Geldbörse und der kleine Bär am Autoschlüssel.

Als er am Ort des Geschehens eintraf, hatten die Polizisten bereits gelbes Absperrband großzügig um die Gegenstände in der Wiese gespannt, damit niemand Spuren verwischen konnte. Dafür liehen sie im Blumengeschäft Gartenrankstangen aus und einen Hammer, um diese in die Erde zu schlagen. Welches Auto zu den Schlüsseln gehörte musste erst eruiert werden, aber die Ermittler gingen davon aus, dass es sich um den Audi handelte. Nach den Zeugen stand dieses Auto schon länger da. Peters zog sich Gummihandschuhe über und Plastikschuhüberzüge, die er immer bei sich hatte. Vorsichtig nahm er die Brieftasche und öffnete sie. Ein wenig Kleingeld, einige Kundenplastikkarten, zwei Bankomatkarten und drei Papiergeldscheine befanden sich in den vier Fächern. An der hinteren Seite entdeckte er einen Reißverschluss und fand in dem Fach einen Pass sowie Führerschein und Zulassungsschein. Alle Papiere lauteten auf den Namen Isabell Bach. Der Audi war eindeutig ihr Auto. Nun mussten die Leute befragt werden, es mussten welche gefunden werden, die beobachtet hatten was sich abspielte. Doch eigentlich wusste Peters was passiert war: der Vagabund, der Vergewaltiger, er hatte Isabell entführt. Nur konnte er natürlich seinen Verdacht nicht äußern, das wäre zu früh. Er wollte keine Ermittlungen gefährden und wartete auf das Spurensicherungsteam, das in etwa einer halben Stunde hier eintreffen würde.

Von all dem bekam Isabell nichts mit. Sie befand sich noch im Land der Träume als ihr Peiniger die Autotür öffnete. Er hatte eine Spritze in der Hand, denn sie sollte weiter schlafen. Erst wenn es dunkel wurde, konnte er sie aus dem Wagen holen.

Peters befragte den Apotheken-Assistenten.
„Kennen Sie die Inhaberin des silbernen Audis?"
„Ich weiß wer sie ist, oder besser wie sie aussieht. Sie kommt hin und wieder hierher und meistens kauft sie Kopfschmerztabletten, ein Grippemittel und sie bekommt Betablocker verschrieben."
„Sie wissen aber gut Bescheid."
„Nun, wie gesagt, sie kommt öfter. Sie ist immer freundlich. Sind die Tabletten, die sie gekauft hat, auch da draußen?"
„Ja, die Spurensicherung hat sie gerade gefunden. Die Packung lag genau unter dem Schlüsselbund. Wann betrat Frau Bach Ihre Apotheke?"
„Ziemlich genau als wir aufsperrten, also so um drei Uhr."
„Kam Sie Ihnen nervös vor?"

„Nein, vielleicht etwas abwesend, aber sie lächelte die ganze Zeit."
Oh Gott, sie freute sich auf das Treffen. Peters blickte von seiner Position aus auf die Straße, konnte aber den Audi nicht erkennen, da sich im Schaufenster ein weißes Raffrollo befand. Die Frage, ob er was gesehen hatte, erübrigte sich eigentlich, allerdings konnte es sein, dass der Angestellte sich gerade im Bereich der Tür befand und von da aus hätte er eine gute Sicht auf das Geschehen gehabt.
„Konnten Sie etwas sehen? Haben Sie beobachtet, wie Frau Bach zum Auto ging?"
„Nein, tut mir leid. Ich hatte gleich den nächsten Kunden zu betreuen."
„Danke, das war es erst einmal."
Schon bald wussten die Beamten, die überall in der Nachbarschaft anklopften und die Anrainer befragten, dass niemand etwas gesehen hatte. Nichts. Und das am helllichten Tag. Nur einen Tipp erhielten sie in puncto Auto. Der braune Kastenwagen wurde vage als Kleintransporter älteren Modells beschrieben. Mehr nicht, keine Automarke, kein Kennzeichen. Es war deprimierend. Und noch deprimierender war, dass einer der Polizisten dem Sohn Bescheid geben musste. Peters erklärte sich bereit und fuhr zu Isabells Haus. Auch nach mehrmaligem Läuten öffnete niemand, wahrscheinlich hielt sich ihr Sohn noch in der Uni auf. Er wollte auch wissen, ob Isabell ihrem Sohn irgendetwas anvertraut hatte, Befürchtungen oder ob sie beobachtet wurde, ob sie wen gesehen hatte und wenn das der Fall war, wo. Peters wusste, dass sie sich verfolgt fühlte. Verdammt, hätte er doch besser reagiert, sie beschützt. Gerade wollte er in sein Auto einsteigen, als Patrick ankam.
„Sie schon wieder, ich hoffe es gibt keine schlechten Nachrichten."

„Hallo Patrick, Ihre Mutter ist nicht da. Wir müssen miteinander reden."
„Was heißt nicht da?"
Peters erklärte Patrick den Sachverhalt. Isabells Sohn wurde kreidebleich und torkelte.
„Kommen Sie, setzen wir uns."
Patrick sperrte mit zitternden Händen die Tür auf, gemeinsam betraten sie das leere Haus. Er warf den Rucksack in die nächstbeste Ecke und setzte sich auf einen Sessel am Küchentisch. Patrick stand unter Schock. Peters suchte nach einem Glas und ließ Wasser einlaufen. Er reichte das gefüllte Glas dem jungen Mann. Patrick trank gierig einen Schluck, aber seine Gesichtsfarbe wurde dadurch nicht besser.
„Ich muss Ihnen ein paar Fragen stellen, in Ordnung?"
Patrick nickte.
„Hat Ihre Mutter in der letzten Woche etwas erwähnt, dass sie verfolgt wurde, jemanden Verdächtigen gesehen hat? Hier oder woanders?"
Patrick dachte nach.
„Naja, sie war ängstlich. Hatte echt Angst. Wir haben alles abgeschlossen, doch sie hat sich nie wirklich sicher gefühlt. Und auch außerhalb vom Haus sah sie schon Gespenster."
„Außerhalb, wo?"
„Wir waren beim Supermarkt, in der Nähe der Fachschule. Wir haben einen Kaffee getrunken und Mum meinte, sie habe wen gesehen. Aber da war niemand, ich habe keinen Mann gesehen. Oh Gott, womöglich war doch jemand da. Ich hätte hinlaufen sollen und nachsehen."
„Beruhigen Sie sich, Sie hätten nichts tun können. Auch wenn der Entführer tatsächlich da gewesen ist an dem Tag, dann wäre er, bis sie da hingekommen wären, längst verschwunden. Es muss ein Profi sein. Ihre Mutter ist am Tag entführt worden und niemand hat etwas beobachtet."

„Ist es der Typ, den sie vermutet hat? Der, der damals in unserem Haus war?“
„Wir wissen noch gar nichts. Wir untersuchen gerade die Spuren. Haben Sie einen Führerschein?“
„Ja, warum?“
„Wenn wir mit der Spurensicherung fertig sind, sollten Sie vielleicht das Auto abholen. Ich fahre Sie dann hin.“
Patrick blickte den Polizisten mit einem derart trostlosen Blick an, dass es im Herzen wehtat.
„Wir finden Ihre Mutter, ich verspreche es!“
„Ich habe Angst um sie.“
Ist das Handy Ihrer Mutter zuhause? Es lag nicht bei den anderen Gegenständen und auch nicht im Auto.“
„Ich sehe nach.“
Patrick ging zum Schreibtisch seiner Mutter und da lag es tatsächlich, das schwarze Smartphone.
„Sie hat es nicht mitgenommen, wie immer.“
Peters nahm das kleine schwarze Mobiltelefon an sich. Ein seltsam schwermütiges Gefühl überkam ihn, Sehnsucht.
„Sie sollten es in Reichweite haben, es kann gut sein, dass der Entführer sich meldet. Wir sollten nichts ausschließen. Dann melden Sie sich sofort bei mir, hier ist meine Karte. Ich werde in der Nähe bleiben, nehme mir ein Zimmer im Gasthof da vorne an der Straße, dann bin ich schnell bei Ihnen. Kennen Sie jemanden, der herkommen kann, damit Sie nicht allein sind?“
„Ich kann mir nicht vorstellen, dass sich der Entführer auf Mums Telefon meldet, das ist verrückt.“
Peters erkannte wie abstrus seine Annahme war. Aber er konnte und wollte nicht wahrhaben, dass die derzeit einzige Verbindung gar keine Verbindung sein sollte. Wieso sollte der Scheißkerl auf dem Handy seines Opfers anrufen? Er hatte sie, mehr brachte es nicht. Da kam ihm ein Gedanke.

„Hat Ihre Mutter je erwähnt dass sie unheimliche Anrufe bekommen hat?"
„Nein, nie."
Das wäre eine kleine Chance gewesen, den Täter aufzuspüren. Aber gleichzeitig wusste er, dass dieser Mann keine Spuren hinterlassen würde und bislang auch vollkommen unsichtbar war. Außer der vagen Beschreibung des Vergewaltigungsopfers hatten sie nichts, womit sie ihn identifizieren konnten. Und zudem wussten sie nicht, ob es sich überhaupt um diesen Mann handelte. Die Situation erschien ausweglos.
„Ich rufe meinen Cousin an, der hat Urlaub die Woche, er kann zu mir kommen."
„Ja, sehr gut. Tun Sie das. Soll ich so lange hierbleiben?"
„Ich denke Sie haben Besseres zu tun. Suchen Sie meine Mutter!"
Patrick hatte Recht, was konnte er hier schon ausrichten.
„Darf ich mich noch einmal im Garten umsehen? Vielleicht ist er irgendwo über den Zaun geklettert und hat Spuren hinterlassen."
„Ja, sicher, ich komme mit. Ich rufe nur schnell Tom an."
Peters und Patrick gingen erst den Zaun um den privaten Gartenbereich ab, dann suchten sie am äußeren Maschendrahtzaun nach verdächtigen Spuren. Nichts.
„Hier war er wohl nicht. Der Zaun ist unangetastet, nirgends verbogen oder aufgeschnitten. Keine Stofffetzen. Nichts was zeigen würde, dass er da war."
Die beiden gingen zurück zum Haus. Ein Auto fuhr auf den Parkplatz, ein weißer Golf. Tom.
„Tom ist da."
„Gut, ich fahre jetzt. Wenn ich noch etwas wissen möchte, rufe ich Sie an. Ach ja, ich brauche bitte Ihre Telefonnummer. Ich melde mich, wenn Sie das Auto Ihrer Mutter abholen können."
Er notierte sich Patricks Telefonnummer in seinem Notizblock

und verließ das Haus. Patricks Cousin, ein etwas beleibter Jugendlicher mit Brille, kam auf das Haus zu.
„Sie sind Tom?“
„Ja, bin ich.“
„Bleiben Sie bei Patrick, er sollte in dieser Situation nicht allein sein.“
Tom nickte und ging ins Haus. Wenigstens war Isabells Sohn nicht allein. Aber seine Sorge um die Frau, in die er gerade im Begriff war sich zu verlieben, wuchs. Was würde der Verbrecher mit ihr anfangen? Oh nein, es ist besser nicht daran zu denken. Er musste alle Hebel in Bewegung setzen, dass sie gefunden wurde. Es galt jetzt vorrangig das Auto ausfindig zu machen. Die Stadt war nur klein, gerade Hunderttausend Einwohner, da konnte ein Auto nicht so einfach verschwinden, das von vielen Polizisten gesucht wurde. Und dafür würde er sorgen, dass alle verfügbaren Beamten auf den Fall angesetzt wurden. Er wusste auch schon ein paar Orte, wo sie alle verstärkt nachsehen würden. Es begann ein Wettlauf mit der Zeit.

# 4. KAPITEL

*„Ich halte es für ein Verbrechen, wenn jemand, der brutaler Gewalt ausgesetzt ist, sich diese Gewalt gefallen lässt, ohne irgend etwas für seine eigene Verteidigung zu tun. Und wenn die »christliche« Lehre so auszulegen ist, wenn Gandhis Philosophie uns das lehrt, dann nenne ich diese Philosophie kriminell."*
Malcolm X, 1925-1965

## Freitagnacht

Isabell wachte auf. Nur schwer konnte sie die Augen öffnen, sie waren verklebt und verkrustet. Völlig orientierungslos versuchte sie erst einmal herauszufinden, was passiert war. Das Letzte woran sie sich erinnerte waren Schritte. *Schritte, spinnst du? Da muss doch vorher viel mehr passiert sein, oder wie bitteschön, bist du hierhergekommen? In diese nicht gerade bequeme Lage auf der stinkenden Matratze, oder was das da unter dir ist.* Danach hatte sie erneut das Bewusstsein verloren. Aber ja, Schritte hallten in ihren Ohren, keine leisen, schleichenden, eher sehr selbstbewusste, laute. Wie wenn derjenige, der da ging, alles Recht dazu hatte und sich auch keinesfalls ruhig verhalten musste. Isabell zwinkerte ein paarmal und versuchte etwas zu erkennen. Aber Dunkelheit schloss sie gnadenlos ein. Langsam tauchten Erinnerungen aus dem Nebel im Kopf auf. Die Apotheke, da war sie zuletzt gewesen, als sie einen Stich im Hals spürte. Sie wollte die Stelle befühlen, gelangte aber mit den Handschellen nicht daran. Die Dinger waren klobig, mussten aus längst vergangenen Tagen stammen oder aber ein schräges Liebesspielzeug für Freunde gewisser Praktiken. Danach ging sie K.o. Dermaßen schnell, dass es sich wohl um ein besonders starkes Mittel handeln musste. Von da an kam die nächste Erinnerung an das Wachwerden auf dem Boden und dass sie Schmerzen im

Rücken hatte. Sie versuchte sich aufzusetzen, mit dem Ergebnis, dass ihr ein stechender Schmerz in die Wirbelsäule fuhr. Möglicherweise hatte der Typ sie ziemlich unsanft auf den Betonboden geworfen und sie hatte sich einen Wirbel gebrochen. Oder so. Egal, es tat höllisch weh und Isabell versuchte lieber ruhig liegenzubleiben. Als sie die Füße bewegte hörte sie Ketten rasseln. Sie spürte Metall an den Fußknöcheln, nicht sehr eng, aber sie würde nicht herauskommen. Auch das stimmte also, sie war an den Beinen mit Ketten festgebunden. Das sah nicht gut für sie aus. Sie hatte Durst, war müde, hatte Angst. Alles auf einmal. Und sie wusste, dass sie in seinen Fängen war, wer sonst würde sie an diesen Ort bringen, um mit ihr zu spielen? Sie zu foltern, vergewaltigen, töten. *RUHE!* Isabell musste sich selbst zur Ruhe zwingen, atmete ein paarmal durch die Nase ein und den Mund aus. Auch wenn es erbärmlich stank, sie musste sich fassen. Wie sonst sollte sie ihrem Feind entgegentreten? Stärke beweisen? *Ich will leben, ich muss leben. Ich werde leben, ich will leben, ich muss leben, ich werde leben.* Immer und immer wieder wiederholte sie in Gedanken dieses Mantra, bis ihr einfiel, dass sie noch gar nicht versucht hatte zu schreien. Es war doch immerhin möglich, dass die Wände nicht so dick waren, dass es Fenster gab, die nur vernagelt waren und sie gehört werden konnte. Also schrie sie.

„Hilfe, holt mich hier raus! Hier bin ich, Hilfe!"

Allzu laut kamen die Worte nicht aus ihrem Mund, es klang mehr nach einem Krächzen. *Das hast du besser drauf.* Noch einmal nahm sie alle Kraft zusammen und schrie. *Das ist besser, weiter so.* Doch nach ein paar Minuten Geschrei blieb es weiterhin absolut still in ihrem Gefängnis. Das einzige Ergebnis war noch mehr Durst. Verdammt. Sie musste sich etwas einfallen lassen, um von hier zu verschwinden, bevor das Monster zurückkam. Also versuchte sie ihre Beine zu bewegen und drehte die Füße in ihren Fesseln. Aus diesen Metallringen entkam sie nicht.

Die Hände. Die Handschellen drückten sie, sie waren extrem eng eingestellt. Dabei hatte sie doch sehr schlanke Handgelenke. Verdammt. So wie es aussah, gab es in diesem Zustand kein Entkommen. Alles rütteln und drehen nutzte gar nichts, außer dass ihre Haut gegen das Metall rieb und schmerzte. Langsam tat ihr alles weh, der Rücken, die Schultern, die Arme, die Beine. Es gab keine Körperstelle, die nicht schmerzte. *Jetzt reiß dich zusammen. Ignoriere die Schmerzen und fang an rational nach einer Lösung zu suchen.* Wie immer schaltete sich Isabells logischer Verstand ein und übernahm die Regentschaft im Kopf. Doch nachdem sie alles zusammenfasste, die Situation analysierte, blieb nicht viel Rationales übrig. Ihre Lage schien ziemlich ausweglos. Gefesselt wie sie war gab es erstmal keine Möglichkeit davonzukommen. Also half nur eines, und das hatte sie in ihren Psychologievorlesungen gelernt: unterhalte dich mit dem Feind, versuche ihn von seinem Vorhaben abzubringen. Würden Worte nützen? Was wusste sie von ihm? Er war groß, muskulös, hatte schwielige Hände, und er war sehr stark. Als er sie damals im Wald vergewaltigte, hatte sie nicht den Hauch einer Chance. Er drückte sie allein mit seinen Oberschenkeln schon dermaßen fest in den Waldboden, dass sie sich wie in einem überdimensionalen Schraubstock vorkam. Das Gefühl dieses Ausgeliefertseins, sie wollte es nie wieder verspüren. *Und nun sieh dich an.* Jetzt war die Situation um einiges schlimmer, denn sie hatte noch nicht einmal die Hände frei um ihm wenigstens die Augen auszukratzen. Das Schlimmste an der Vergewaltigung war nicht der Akt an sich, dass sein Penis in sie eindrang, mit voller Wucht, brutalst. Nein, es war diese Erniedrigung, dieses schreckliche, alles überwältigende Gefühl der Scham. Sie wusste was sie erwartete. Eine Träne rann über die Wange, fand ihren Weg und tropfte auf den Hals. Zu diesem Vorgefühl kam die Angst vor den Schmerzen, die er ihr antun würde. Alles das, was sie ihm angetan hatte, würde er jetzt mit ihr tun, wahrscheinlich noch um einiges schlimmer. Und ob sie die Kraft hatte, das lange zu überleben, bezweifelte sie stark. Sie hatte ihn mit einem Schürhaken mehrmals geschlagen und mit einem Messer attackiert. Dass er seine Wunden überlebt hatte, sagte einiges über die Konstitution dieses Kerls aus. Isabell bezweifelte, dass sie ähnlich stark sein konnte, wo sie sich jetzt schon dermaßen fürchtete. Außerdem hasste sie Schmerzen, schon bei Spritzen wurde ihr ganz anders zumute. *Lenk dich ab, denk an etwas Schönes, denk an die guten Tage in deinem Leben.* Und, wo waren sie, die guten Zeiten? Auch wenn sich Isabell noch so anstrengte, die letzten Jahre blieben ihr nicht im positiven Sinn im Gedächtnis. Sie hatte andauernd Angst, dass man ihre Tat doch noch aufdecken würde. Dass man sie als Mörderin entlarvte. Immer, permanent. Diese Angst begleitete sie bei der Arbeit, der Wohnungssuche, den Gesprächen mit den Lehrern ihres Sohnes. Lachen? Wann hatte sie zuletzt aus vollem Herzen gelacht? Eigentlich wurde es Zeit, dieses Kapitel abzuschließen. Obwohl, auch wenn sie die Entführung überlebte und ihren Todfeind besiegen konnte, blieb immer noch ihre ungesühnte Tat. Sie hatte immer noch ihren Ehemann auf dem Gewissen. Aber vielleicht wurde es besser, wenn sie dies hier schaffte, dann bestand doch die Chance, dass sie ruhiger leben, sich wieder am Leben erfreuen konnte. Ganz klar sah sie plötzlich die Leiche ihres Mannes auf dem Küchenboden, das Blut um seinen Kopf. Hatte sie eine Wahl gehabt? Ja, hatte sie. Sie hätte sofort die Rettung rufen sollen, anstatt dessen wartete sie darauf, dass er nicht mehr atmete und als er nicht von selbst damit aufhörte, half sie auch noch nach. Sie hätte schlimmstenfalls eine Verurteilung wegen Körperverletzung bekommen, und selbst das war fraglich, da sie ja im Affekt gehandelt hatte. Aber erst Jahre nach ihrer schrecklichen Tat las sie alles Juristische darüber. An dem Tag im Sommer, da wusste sie sich nicht anders zu helfen und eigentlich wollte sie es auch gar nicht anders. Zu groß war der Hass auf ihren Mann schon angewachsen. Und genau darum wusste sie, dass sie eine kaltblütige Mörderin war, wenn auch nicht geplant. Das schlechte Gewissen plagte sie mehr als die Angst vor der Entdeckung. Die konnte sie höchstwahrscheinlich auch vergessen, denn kein Hahn krähte mehr danach. Der Fall wurde als Unfall abgeschlossen. Sie wechselte den Wohnsitz. Aber sie konnte nicht ganz vor der Vergangenheit fliehen, denn sonst wäre sie nicht in diesen erbärmlichen Zustand gekommen. Gefesselt an Händen und Füßen, angekettet. Gezwungen zur Bewegungslosigkeit. Auf einer stinkenden Matratze am nackten Boden in irgendeinem Keller. Ein Sprichwort fiel ihr ein: man trifft jeden Menschen zweimal im Leben. Manche wohl auch öfter. Dass sie diesen Typ nun schon zum vierten Mal traf, war eindeutig dreimal zu viel. Außerdem wusste sie, wie es diesmal enden würde. Nun zumindest halbwegs. Einer wäre am Ende tot. Sie? Er? Eher sie, wenn man einmal die Lage bedachte. Er war klar im Vorteil. Isabell konnte nicht an sich halten, sie versuchte erneut an den Fesseln zu zerren. Den Oberkörper konnte sie bewegen, in beide Richtungen, auch von der Matratze herunter. Vielleicht sollte sie versuchen, an die Fußfesseln zu gelangen und die Füße aus dem kalten Metall zu ziehen. Doch das Bewegen des Oberkörpers tat entsetzlich weh, immer wieder durchfuhr sie ein bestialischer Schmerz an der oberen Wirbelsäule. Ob da eine Bandscheibe aus dem Wirbelkörper gerutscht war? Als er sie ins Auto warf? Sie hatte schon davon gehört, das konnte ganz fürchterlich schmerzen. Trotzdem, sie musste es versuchen. Langsam schob sie ihre Schultern nach rechts. Die gefesselten Hände halfen nicht besonders viel, darum wurde der Schmerz im Rücken unerträglich. Doch Isabell gab nicht auf. Sie schaffte es, sich aufzusetzen. Doch ihre Füße konnte sie nicht erreichen. Sie winkelte sie an, zog so den Oberkörper weiter nach vorn. Tränen schossen ihr in die Augen, es fühlte sich an wie ein langes spitzes Messer, das direkt in ihren Rücken gestoßen wurde. Aber aufgeben stand gar nicht zur innerlichen Debatte, also robbte sie sich auf dem Po noch ein Stück weiter nach vorne. Endlich gelangte sie nach einer gefühlten Ewigkeit zu ihren Zehen und befühlte das Metall an den Knöcheln. Die Metallringe waren mindestens zwei Zentimeter stark und an der Seite mit einem Schloss derart verriegelt, dass kein Millimeter dazwischen Platz fand. Für das Schloss brauchte es wohl einen Schlüssel, denn es befand sich mittig ein birnenförmiges Loch, zumindest fühlte es sich an ihren Fingerspitzen so an. Sehen konnte sie nichts, die Dunkelheit zeigte sich unbarmherzig. Nicht ein Lichtstrahl, nicht ein winziges Loch, wo Licht eindringen konnte. Einen Schlüssel hatte Isabell nicht. Wie auch. Sie versuchte zu erkennen, wie groß der Raum war, wo sich die Wände befanden. Wäre sie blind gewesen, könnte sie akustisch durch den Widerhall ihrer Stimme in etwa ermessen, wie weit die Wände entfernt waren. Zumindest hatte ein blinder Bekannter ihr das so ähnlich erklärt. Aber sie wusste auch so, dass sie diese Gabe nicht hatte und es daher keinen Sinn machte. Auch nutzte es ihr eigentlich wenig, zu wissen, wie groß der stockdunkle Raum war, in dem sie gefesselt lag. Viel wichtiger war es, zu ergründen wo genau sich die Tür oder das Fenster befand, wo sie flüchten konnte. Aber selbst diese Information nutzte wenig, solange sie nicht aus den Fußfesseln entkam. Sie tastete die dicken Metallringe nach Schwachstellen ab, konnte aber keine finden. Die beiden Ringe waren durch eine Kette, etwa 20 cm lang, miteinander verbunden. An den Verbindungsstellen befand sich jeweils eine Öse die fest mit dem eigentlichen Ring verschweißt war. Die eigentliche Kette bestand aus dicken Metallringen, die zur Wand führten. Auch diese gingen vom Fesselring ab. *Also, fassen wir zusammen: du hast zwei Metallfesseln um deine Fußknöchel, ziemlich eng und miteinander verbunden. Außerdem sind sie irgendwo in der Wand befestigt. Gut, daran kann man arbeiten, fangen wir mit der kleinen Verbindungskette an.* Isabell ertastete die Öse seitlich an ihrem Fuß und versuchte sie zu verbiegen. Was sich schon als schwer genug erwies, da ihre Hände eng aneinander gebunden waren. Und außerdem bewegte sich das Stück kein bisschen. Aber aufgeben kam so schnell nicht infrage. Isabells Rücken schmerzte zwar teuflisch und die unbequeme Lage trug das ihre dazu bei, aber sie drückte und drückte so fest sie nur konnte. Doch der Erfolg blieb aus. Auch die andere Metallöse rührte sich kein Stück. Vielleicht half es, sie gegen den Boden zu drücken, mit aller Kraft. Besonders stark war Isabell zwar nie gewesen, aber einen Versuch war es wert. Mehr als das, vielleicht war es ihre einzige Chance. Da kam ihr noch eine andere Idee. Theoretisch konnte sie mit den Fußfesseln gehen. Vielleicht nicht gerade mit Riesenschritten, aber dennoch. So versuchte sie die Beine von der Matratze herunter zu bewegen und zu sehen, welchen Bewegungsfreiraum sie hatte. Gleich spürte sie Widerstand. Die Ketten hingen sehr nahe an der Wand, aufstehen war unmöglich. Sie robbte sie näher an die Wand, denn da musste eine Wand sein. Und tatsächlich, direkt an die muffige Unterlage schloss sich die Wand an. Isabell fühlte kalten Beton, keine Ziegelsteine. Die Mauer war glatt. Sie befühlte das Mauerwerk und tastete sich nach oben hin vor, dabei kniete sie sich seitlich hin, was ob der Fesseln schon kein leichtes Unterfangen war und ihren Rücken mehr als strapazierte. Aber sie biss tapfer die Zähne zusammen und wurde mit dem Finden des starken Metallrings in der Wand belohnt, der in den Beton eingelassen war. Nein, er war verschraubt, denn neben dem Ring befanden sich links und rechts Metallplatten mit Schrauben darin. Diese waren äußerst fest eingeschraubt. Isabell zählte drei Schrauben auf jeder Seite. Das würde nicht einfach werden, ohne Werkzeug gab es kaum eine Möglichkeit, die Schrauben zu lockern. So zog sie an der

Fußkette, riss und fluchte dabei. Bei jedem Mal Ziehen wusste sie, dass diese Aktion nichts bringen würde. Niemand wäre so bescheuert, die Kette einfach locker zu verschrauben, sodass das Opfer entkommen könnte. Aber vielleicht hörte man sie, vielleicht hörte jemand das Rasseln der Ketten, den Lärm, den sie dabei veranstaltete. Und jetzt schrie sie auch noch, es konnte ja nicht schaden.

„Hilfe, Hilfe! Holt mich hier raus!“

Sie ließ von der Fußkette ab und versuchte sich in eine Position zu bringen, wo sie die Ösen an den Fesseln auf den Boden drücken konnte. Nach mehreren Minuten drehen, robben und ziemlich üblem Fluchen, gelang es ihr, sich so weit aufzusetzen, dass sie mit voller Kraft versuchen konnte, die Metallösen zu verbiegen. Sie drückte mit ihrem ganzen Körpergewicht und schrie vor Schmerz, denn ihr Rücken tat fürchterlich weh. Mitten in einem Schrei hielt sie inne, sie hatte etwas gehört. Kam er zurück? *Nein, nein, nein.* Isabell lauschte in die Dunkelheit.

Ratten oder Mäuse oder beides. Sie hatte Mitbewohner. Konnten ihr die widerlichen Nager gefährlich werden? Noch hörte sie ein ziemlich weit entferntes Rascheln und einmal sogar ein Fiepen. Solange sie nicht verletzt war und blutete, ließen sie die Tiere wahrscheinlich in Ruhe. Oder? Sie kannte sich mit diesem Getier nicht aus. Als sie einmal zuhause Mäuse hörte, stellte sie Fallen auf und entsorgte die zerquetschten Körper ohne mit der Wimper zu zucken. Näher kam sie den pelzigen Vierbeinern nicht. Sie hasste sie nicht, aber sie mochte sie auch nicht. Vor allem befürchtete sie, dass die Nagetiere Krankheitserreger übertrugen und das Beißen darum wenig erfreulich sein konnte. Doch hatte sie schon davon gehört, dass Ratten Menschen ohne Weiteres anknabberten, ja an Leichen sicher so ihre Freude hatten. Wahrscheinlich noch mehr an warmen Körpern. *Igitt, hör auf dir solche Dinge vorzustellen!*

Hier unten waren nicht so viele Ratten, das konnte sie hören und ob ihr die Viecher gefährlich werden konnten, das wusste sie nicht. Isabell versuchte weiter, die Öse an den Beinfesseln zu lockern, ohne erkennbaren Erfolg. Das Metall verbog sich nicht, keinen Millimeter. Sie legte sich mit dem ganzen Körpergewicht auf die Öse der rechten Fußfessel, nichts. Erst als ihr alles wehtat, der Rücken zu explodieren schien, machte sie eine Pause. Sie verspürte enormen Durst. Die Kraftanstrengung hatte mehr geschadet als geholfen, sie musste vorsichtiger mit ihren Ressourcen umgehen. Isabell bewegte sich langsam in eine aufrechte Haltung und versuchte zurück auf die Matratze zu kommen, denn auch wenn diese erbärmlich stank, war sie wenigstens halbwegs bequem. Immer noch bequemer als der kalte, nackte Betonboden. Sie legte sich so gut es ging zurück und hob dabei die Beine etwas an. Wieder fuhr der Schmerz gnadenlos durch ihre Wirbelsäule. Isabell hasste Schmerzen, sie wurde dabei so hilflos. Selbst bei Kopfschmerzen wusste sie sich nicht zu helfen, nahm eine Tablette und versank in Selbstmitleid bis die Schmerzen nachließen. Das war kein guter Rat, hier im dunklen Keller. Sie versuchte sich zu konzentrieren und in die Vergangenheit abzutauchen, um sich abzulenken.

Und fand sich in einer wunderschönen Gegend wieder. Saß an einem Seeufer, ihr kleiner Sohn trippelte mit Schwimmflügeln ausgestattet im seichten Wasser auf und ab und bückte sich hin und wieder, um einen Stein aufzuheben und zu begutachten. Die Sonne schien, es war angenehm warm. Patrick, ihr kleiner Liebling, blickte sie an und lachte. Sein Lachen zog sich über das ganze Gesicht, seine Augen leuchteten in himmlischem Blau.

Isabell weinte, nicht im Traum, hier auf der grausigen Unterlage, angesichts ihrer ausweglosen Situation. Sie hatte Angst, dass sie ihren Sohn nicht mehr sehen würde, dass er sie nicht mehr sehen würde, zumindest nicht lebend. Er würde sie identifizieren müssen, auf dem kalten Tisch in der Pathologie, wie sie einst ihren Mann identifiziert hatte. Sie konnte sich da liegen sehen, den Kopf erhöht, bleich mit geschlossenen Augen. Das blonde Haar schmutzig und zurückgestrichen. Zugedeckt bis zu den Schultern mit einem weißen Laken. Darunter ihr kleiner Körper, bewegungslos, kalt, tot. Es rannen immer mehr Tränen die Wangen hinab und tropften auf die eklige Matratze. Sie konnte nicht an sich halten, das ganze Elend der Lage wurde ihr bewusst und drohte sie zu überschwappen wie eine Riesenwelle. *Du darfst dich nicht aufgeben, kämpfe. Tu das was du schon immer getan hast, du wirst es schaffen.* Plötzlich wurde es hell, eine nackte Glühbirne direkt über ihrem Lager erleuchtete den Raum. Hell beschrieb die Tatsache, dass der Raum sichtbar wurde, nicht exakt, denn die Beleuchtung war mehr als schwach und außer der Wand mit der verankerten Kette, ihrem Lager und einem undefinierbaren Etwas auf der gegenüberliegenden Seite blieb alles im Schatten. Ihre Augen brannten dennoch und sie musste sie kurz schließen und blinzelte mehrmals. Was sie jetzt sah, versetzte sie in Schockstarre: ihr Monster stand in einer der Ecken, halb verborgen in der Dunkelheit. Mit einem Gegenstand in der Hand, einem spitzen Gegenstand.

# 5. KAPITEL

*Diese Scheiße bleibt zwischen Mir,*
*Dir und Mr.-der-bald-den-rest-seines-kurzen-Scheißlebens-in-unerträglichen-Schmerzen-verbringen-wird-Vergewaltiger.*
Marcellus Wallace, aus „Pulp Fiction“

## Mitternacht

Da liegt sie. Endlich, endlich kann ich Rache nehmen. Er betrachtete ihre Figur auf dem Boden, noch war sie bekleidet. Eine knielange Hose und ein Trägertop, darunter wie es schien kein BH. Gut so. Sie auf dem Boden zu belassen war aber nicht das Ziel. Die tragbare Liege, die er gestern der Masseurin ziemlich grob abgenommen hatte, stand schon bereit. Wieso auch musste sich die dumme Kuh wehren? Hätte sie mir die Liege einfach gegeben, aber nein. Nun war ihr Gesicht wohl nicht mehr so hübsch, die gebrochene Nase und der Schnitt über die Wange würden Spuren hinterlassen. Dabei hatte sie noch Glück, er hatte keine Lust, sich weiter an ihr zu vergehen, sie war eindeutig nicht sein Typ. Ob sie jedoch jemand in diesem Loch finden würde, war fraglich. Seine Gefangene blickte ihn mit aufgerissenen Augen an, wie ein Schwein vor dem Schlachten. Ja Schätzchen, bald.

Isabell starrte in die Richtung, in der er stand. Ihr Herz schlug schneller, der Puls stieg, sie zitterte unkontrolliert. Der spitze Gegenstand, ein Messer, lag lässig in seiner Hand. Ein langes Messer. Jetzt konnte sie ihn und das Messer deutlich erkennen, denn er bewegte sich in die Mitte des Raumes, wo es heller war. Sein Gesicht sah grauenerregend aus, eine verzerrte Mordmaske. Zumindest schien es ihr so. Er grinste, was seine Gesichtszüge noch unsympathischer machte. Ein verrückter

Gedanke kam ihr: was, wenn das das Letzte ist, das du siehst? Diese hässliche Fratze? Konnte man so in Frieden sterben? Wohl kaum. Isabell versuchte sich ganz klein zu machen und rückte so weit wie möglich von ihm weg. Viel Spielraum hatte sie nicht.
„Na Schätzchen, kannst du dich an mich erinnern?"
*Klar kann ich das, Arschloch.* Aber sie blieb still.
„Weißt du noch, wie schön es mit uns war, damals im Wald?"
*Hilfe, Hilfe.* Es blieben stumme Hilfeschreie.
„Ich hab dich lange gesucht, nur um dich noch einmal zu haben. Ich musste lange warten, du hast dich versteckt. Und vorher hast du mir wehgetan, Miststück."
Damit trat er ihr in die rechte Seite. Und noch einmal. Isabell stöhnte auf, schrie aber nicht.
„Du wirst noch brüllen, verlass dich drauf. Wir haben alle Zeit der Welt und werden ganz viel Spaß haben. Siehst du das?"
Er hielt das Messer vor ihre Augen, es war sicher 30 cm lang und schmal. Wie ein Filetiermesser.
„Damit kann ich ja schon mal anfangen."
Sie starrte ihn an. Und das Messer. Er bückte sich. Kam ihr ganz nah. Sie versuchte ihre Hände gegen ihn einzusetzen, doch er legte ein Knie auf ihren Oberkörper und die gefesselten Hände, sodass sie bewegungsunfähig war. Er lachte.
„Bist mutig, das warst du schon immer. Jetzt aber gehörst du mir und ich werde mit dir tun, was immer ich möchte. Fangen wir damit an."
Er setzte das Messer an ihre Kehle. Isabell bewegte sich nicht, lag da wie eine Statue, nur ihre Blase machte nicht mehr mit. Sie urinierte auf die grauenhafte Pritsche, was an dem Zustand des Dinges nichts verschlechterte. Es kam nicht viel Flüssigkeit, aber sie spürte die warme Nässe zwischen den Schenkeln, die sie eng aneinander drückte. Ihr Peiniger ignorierte das Malheur. Momentan. Er schnitt ihr nicht in den Hals, sondern zerschnitt

ihr Top, vom Ausschnitt bis zum Saum, der über den Bauch hochgerutscht war, sodass er das Shirt ganz leicht zerschneiden konnte. Überdies schien das Messer mehr als scharf zu sein. Nun lag sie mit nacktem Oberkörper da, denn sie trug nichts darunter. Der Glanz in seinen Augen bedeutete nichts Gutes, er war erregt. Doch er berührte sie nicht, strich nur mit dem Messer die Brust entlang, bis er zu den Brustwarzen kam. Isabell schloss die Augen, sie wollte nicht auch noch sehen, was schon zu spüren so schrecklich war. Er setzte das Messer mit der Spitze auf den Warzenhof der rechten Brustwarze an und stach zu. Ganz leicht nur, aber es reichte, dass ein kleiner Schnitt entstand und etwas Blut daraus hervorsickerte. Dann beugte er sich zu ihr und saugte das Blut auf. Er lutschte an der Brustwarze.

„Nein, nein, bitte nicht."

Isabell weinte. Sein Gesicht war ganz nah an ihrem.

„Das ist noch gar nichts, Schätzchen."

Noch einmal machte er sich über ihre Brustwarze her. Es schmerzte nicht. Doch ein Stück der Isabell, die sie vor ein paar Minuten noch war, ging verloren. Zerbrach. Gleichzeitig wusste sie, dass das erst der Anfang war. Ein kleiner Schnitt im Busen, lächerlich. Er würde sie quälen. Grausam missbrauchen. Und dann töten. Wobei das Letzte wahrscheinlich das Angenehmste sein würde. Langsam setzte er sich auf, löste aber sein Bein nicht von ihrem Körper. Er blickte auf sie herab, streichelte die andere Brust, zog an der Warze. Spielte mit ihr.

„Na, wie gefällt dir das?"

„Arschloch."

Doch es kam mehr ein Krächzen aus ihrem Mund.

„Was? Es gefällt dir? Du möchtest mehr? Aber bitte."

Damit stach er in die andere Brust, diesmal in das weiche Gewebe des Busens. Und er stach tiefer. Isabell schrie auf.

„Ich mag dein Blut, es schmeckt süß."

„Was bist du für ein perverses Arschloch."

Doch das interessierte ihn nicht, er saugte bereits an ihrer linken Brust und schmatzte dabei hörbar. Diesmal kam mehr Blut und er sog alles in sich hinein. Als er sich aufsetzte, hinterließ er ein Spucke-Blut-Gemisch, dass sich eklig auf der Haut anfühlte und schnell kalt wurde. Er betrachtete sein Werk. Und ihre Brüste. Sie kam sich nicht nur nackt vor, sie fühlte sich auch innerlich entblößt. Sie selbst fand ihren Busen längst nicht mehr knackig rund, die Schwerkraft arbeitete auch daran, aber ihr Selbstbild war ohnehin verzerrt. Doch ihr gewalttätiger Monsterfreund sah das wohl kaum so, denn sein lüsterner Blick offenbarte, was er sich wohl weiter vorstellte. Abrupt stand er auf und entfernte sich ein paar Schritte. Isabell wagte es nicht auf ihre Brüste zu sehen, sondern blickte steif nach oben. Sie musterte die Glühbirne, die an einem Kabel hing. Das Licht, dass sie erzeugte, war bestenfalls sanft. Vielleicht 40 Watt stark. Sie konzentrierte sich auf die Mücken, die daran festklebten.

„So mein Schatz, dass war der Anfang, sozusagen zur Einstimmung. Du freust dich sicher schon, auf alles was sonst noch so kommt. Wir haben viel Zeit, hier wird uns keiner finden."

Isabell versuchte zu sprechen, schaffte aber kein Wort. Sie schluckte.

„Bestimmt sucht man schon nach mir."

Ganz leise.

„Ja sicher, dein Bulle wird schon Himmel und Hölle in Bewegung gesetzt haben. Wird ihm aber nichts nützen."

Er wusste es, er hatte sie beobachtet, er hatte gesehen, dass sie dem Polizisten näher gekommen war. Peters musste sie finden, schneller. Bevor der Peiniger weitermachen konnte. Bevor er ihr noch viel Schlimmeres antun konnte.

„Er wird mich finden."

„Na sicher, glaub nur dran, dann bleibst du länger frisch."

Solange sie die Hoffnung nicht aufgab, würde sie kämpfen. Sie brauchte einen Plan, ein Plan musste her, wie sie den Kerl ausknocken und fliehen konnte. Sicher, sie befand sich in einer entsetzlichen Lage, war gefesselt, halbnackt. Aber immer gab es einen Weg, in allen Büchern, die sie gelesen hatte, in allen Filmen, immer fanden die Protagonisten einen Ausweg aus ihrer Situation. Sie konnte ihren Oberkörper halbwegs mit angewinkelten Armen bedecken, so fühlte sie sich ein wenig besser.
„Das wird dir nichts nützen, ich weiß außerdem wie du aussiehst. Und ich werde noch viel mehr von dir sehen."
*Ich weiß, du verdammter Mistkerl.*
„Willst du was trinken? Ich will ja nicht dass du zu schnell verreckst, nur weil du austrocknest. Was mir übrigens nach deiner letzten Attacke im Wald fast passiert wäre. So gesehen, könnte ich dich ohne Wasser lassen. Aber nein, ich will ja meinen Spaß mit dir haben. Also, was ist?"
Isabell wollte nicht mit ihm sprechen und nickte nur. Sie hatte Durst, riesigen. Seit ihrer Entführung, und diese musste Stunden her sein, hatte sie nichts getrunken. Kurz verschwand er im dunklen Teil des Raumes, dann kam er mit einer kleinen Mineralwasserflasche zurück.
„Hier."
Er schraubte den Deckel ab und hielt ihr die Flasche hin. Isabell musste sich aufsetzen, um trinken zu können. Diese Bewegung verursachte ihr extreme Schmerzen im Rücken, fast schaffte sie es nicht.
„Was tust du so wehleidig? Ich hab dir ja noch nichts getan."
„Mein Rücken, er tut höllisch weh, kann mich kaum bewegen."
„Oh, da war ich wohl ein wenig zu grob, als ich dich ins Auto geworfen hab."
Nur mit größter Mühe kam sie in eine aufrechte Haltung und nahm die Plastikflasche entgegen. Mit beiden Händen zu trinken und gleichzeitig die Balance zu halten stellte sich schwieriger

heraus, als gedacht. Gleichzeitig schmerzte ihr ganzer Rücken, vom Nacken abwärts. Sie drehte den Oberkörper ein wenig nach links, weg vom Monster, und trank gierig ein paar Schlucke. Als Waffe würde das leichte Fläschchen wohl versagen. Also trink und schau, dass zu Kräften kommst. In dem Moment nahm er ihr die Flasche wieder weg und verschraubte sie. Er stellte sie mitten auf den Boden, unerreichbar für sie. Egal, jetzt würde sie erstmal kein Wasser mehr brauchen. Mühsam legte sie sich zurück auf ihre müffelnde Unterlage. Sie bemerkte den Gestank längst nicht mehr, zu lange lag sie schon darauf.
„Wie lange bin ich schon hier?“
„Das werde ich dir nicht sagen, aber lange genug.“
Was auch immer er damit meinte.
„Ist es Tag oder Nacht?“
„Noch Nacht und darum Schätzchen werde ich jetzt ein wenig schlafen. Du machst ja keinen Blödsinn, also muss ich dich nicht nochmal betäuben, oder?“
„Wie verdammt sollte ich hier Blödsinn machen?“
Es war ihr so rausgerutscht und schon bekam sie seinen Ärger zu spüren. Er trat sie mit seinem gestiefelten Fuß gegen den Oberschenkel. Sie schrie auf.
„Merk dir gleich eines, Frechsein wird bestraft. Ich dulde keine Widerworte. Niemals.“
Und er trat noch einmal zu. Isabell stöhnte auf. Und hielt den Mund. Aber etwas musste sie dennoch fragen.
„Wenn ich pinkeln muss, was dann?“
„Dann mach dir in die Hose, das kannst du mittlerweile ja schon.“
*Na klasse.*
„Und bald hast du keine Hose mehr an, also mach dir da keine Gedanken.“
Isabell musste sich sehr beherrschen, um nicht noch etwas darauf zu erwidern. Die Gefahr, dass er dann wieder ausrastete

und sie verletzte, war einfach zu hoch. Das konnte auf später verschoben werden, für jetzt hatte sie genug der Demütigung und der Gewalttätigkeiten. Sie war müde. Durch ein paar Mal hin und her zu rutschen versuchte sie in eine möglichst bequeme Lage zu kommen. Sie versuchte etwas abwärts zu gleiten und winkelte die Beine ab, um seitlich liegen zu können. Unter viel Mühe schaffte sie es und drehte sich weg von ihrem Peiniger. Es war kalt, sie war fast nackt und nass zwischen den Beinen. All das und das Wissen, dass der Feind hinter ihr lauerte, ließ sie lange nicht einschlafen. Aber irgendwann sank sie in Schlaf.

*Sie ging leichten Schrittes über eine Wiese. Es duftete herrlich nach Frühling, frisch gemähtem Gras und Blumen. Ein Stück entfernt von der Blumenwiese stand ein Haus, ein ziemlich dunkles Haus. Sie ging darauf zu, lächelte. Bei näherer Betrachtung erwies sich das Haus als Ruine. Es handelte sich um ein baufälliges Holzgebäude, die Fensterscheiben samt und sonders eingeschlagen, die Haustür völlig schief in den Angeln. Der Zaun um das Grundstück fiel auseinander, das Gras zeigte sich in ungepflegter Halbmeterlänge. Neugierig geworden betrat Isabell das Grundstück, ging auf die Haustür zu. Die öffnete sich wie von Geisterhand und offenbarte einen Blick in völlige Dunkelheit. Trotzdem ging sie weiter und stand in einem Flur. Zwei Türen gingen links und rechts davon ab, die Treppe in der Mitte war nicht mehr als ein klappriges Holzgerüst ohne Stiegen. Der Raum wurde von den Fenstern einigermaßen erleuchtet, Isabell entschied sich für die linke Tür. Sie betrat den halbdunklen Raum und sah nichts weiter als eine Matratze auf dem Boden. Sonst war der Raum leer, sehr staubig und schmutzig. Sie verließ das Zimmer und ging in den nächsten Raum. Wieder bestand das Mobiliar aus einer Matratze auf dem Boden. Gerade als Isabell die Kammer verlassen wollte, hörte sie einen gewaltigen Lärm. Das Dach krachte auf sie herab, ohne Vorwarnung. Holz, Stein und Ziegel bedeckten ihren Körper, der seltsam verdreht am Boden lag. Sie sah sich von oben. Sah die offenen Augen und den Tod darin.*

Isabell wachte aus ihrem Albtraum auf. Und fand sich im nächsten wieder. Sie atmete ein paar Mal tief durch, versuchte sich allein auf die Atmung zu konzentrieren. Im Traum bedeutete der eigene Tod das Weiterleben. *Du wirst leben!* Isabell schloss die Augen und schlief erneut ein, diesmal träumte sie nichts mehr.

Er lag auf der gegenüberliegenden Seite auf einer anderen Matratze, nicht weniger verschlissen und stinkend. Aber er hatte eine Decke über die versiffte Unterlage gelegt und auch über sich selbst eine kratzige alte Wolldecke ausgebreitet. Er schlief, tief und ohne auch nur einmal mit einem Körperteil zu zucken auf dem Rücken. In seinem Mundwinkel hing ein Tropfen Blut, aber nicht sein eigenes. Auch er träumte nicht.

## Samstag früher Morgen

Isabell wachte langsam auf. Das erste was sie spürte waren Schmerzen, im Rücken, auf der Brust, am Oberschenkel. Eigentlich überall, denn sie lag derart verkrampft da, dass es nicht verwundern würde, wenn sie sich gar nicht mehr bewegen konnte. Sie streckte die Finger aus, sie bewegten sich. Auch die Zehen. Dann versuchte sie die Schultern zu bewegen, aber das verursachte schon beinahe unerträgliche Qualen, denn der Schmerz durchzuckte den ganzen Körper. Ihre Wirbel mussten unbedingt eingerenkt werden, oder was auch immer. Jedenfalls benötigte sie eine Behandlung, vor allem etwas gegen die Schmerzen. *Wie witzig, wer wird dich denn jetzt behandeln? Das Arschloch?* Womit sie bei ihrer tatsächlichen Situation anlangte, die auch nach dem Schlaf nicht besser aussah. Sie war dem Feind ausgeliefert. Isabell drehte sich in Zeitlupe auf den Rücken und biss die Zähne zusammen, um nicht laut aufzustöhnen. Er gab noch kein Zeichen von sich, wahrscheinlich schlief er. Oder aber er lauschte. Sie streckte die Beine ein wenig aus und rutschte nach oben. *Durst.* Die Wasserflasche stand zu weit entfernt. Was würde sie jetzt für einen Kaffee geben. Alles. Nein nicht alles. Doch allein der Gedanke an eine duftende Tasse Kaffee erfreute ihre Sinne. Denn die stumpften hier unten langsam komplett ab. Es stank, es war schwül heiß, und gleichzeitig kalt. Neben den ganzen übelriechenden Dingen roch es nach Mauer, kalter, feuchter Mauer. Keller, Moder. Sie ahnte, auch wenn sie nichts erkennen konnte und es wie schon zuvor absolut dunkel war, dass es sich um ein altes, unbewohntes Gebäude handeln musste. Schon allein deshalb würde es schwer werden sie zu finden. Entweder waren die Kellerfenster abgedeckt oder aber es handelte sich um einen fensterlosen Raum, vielleicht sogar einen Bunker. Womöglich mitten in einem Wald, dann würde sie nie gefunden werden. Vielleicht fand einmal in vielen

Jahren ein Wanderer, der durch Zufall auf dieses Loch stieß, ihre skelettierte Leiche. *Jetzt hör aber auf, noch lebst du, mach das Beste daraus.* Isabell versuchte ihren Durst zu unterdrücken. Sie musste ganz dringend pinkeln. Einfach wieder in die Hose zu urinieren war ihr äußerst unangenehm. Erst wollte sie abwarten, ob der Mistkerl sie nicht wenigstens für diesen einen Gang zu einer Toilette frei ließ. Doch dafür musste sie ihn wecken und das machte ihr zu schaffen, wusste sie doch, dass der ganze Horror von vorne beginnen würde. Oder besser, dass er sich steigern würde. Also hielt sie still so gut es eben ging, wenn die Blase bis zum Platzen gefüllt ist. Sie hörte ein Rascheln, was auch ohne weiteres eine Maus oder etwas Größeres sein konnte. Aber nein, das Monster regte sich. Er setzte sich auf, atmete ein paar Mal hörbar und stand auf. Plötzlich wurde es hell, die Glühbirne gab ein sanftes Licht ab. Isabell blickte in Richtung ihres Peinigers und erstarrte augenblicklich. Noch hatte sie keinen Plan, wie sie die ganze Sache hier überleben sollte. Also galt es vorerst still zu halten, brav zu sein, devot. Und ihn zu fragen:
„Ich muss aufs Klo. Gibt es hier eines? Ich möchte mich nicht wieder bepinkeln."
„Oh, Madame möchte pinkeln. Nein, es gibt nur ein Loch da hinten, aber da würde ich nicht reinpinkeln, da leben Ratten und solches Zeugs. Halt's aus oder lass laufen."
Der Gedanke, in ein Loch zu urinieren und dabei von einer Ratte angeknabbert zu werden, behagte ihr wenig.
„Darf ich wenigstens in eine der Ecken, da ist es dunkel. Bitte."
Er sah sie an, überlegte.
„Na gut, ich mach dir die Kette von einem Fuß los, aber denk gar nicht erst dran, dir was Blödes einfallen zu lassen. Pinkeln und aus."
„Kannst du mir die Handschellen wegnehmen, ich bekomme meine Hose so nicht runter."
„Natürlich schaffst du das."

Er kam zu ihr und schloss mit einem kleinen Schlüssel, den er in der vorderen Hosentasche stecken hatte, die rechte Fußfessel auf. Mit einem klirrenden Geräusch bog er den Metallring zurück. Die Haut darunter war blutig, blau und grün verfärbt. Aber immerhin war sie an einem Fuß frei. Der Radius, in dem sie sich bewegen konnte, war nicht allzu groß. Gerade einmal in die Ecke gleich hinter ihrem Lager schaffte sie es. Nur mühsam ließ sich der Reißverschluss an ihrer Jeans öffnen und sie konnte die Hose über die Knie streifen. *Was für ein Glück, dass du immer schön weite Hosen trägst.* Sie erleichterte sich, ohne sich umzusehen. Der Gedanke, dass er sie beobachtete, ekelte sie an. Klopapier durfte sie nicht erwarten, aber das spielte jetzt auch keine Rolle mehr. Sie zog Slip und Hose so schnell es ging wieder hoch und zog den Reißverschluss zu. Den Knopf zu schließen schaffte sie nicht, so sehr zitterten ihre Hände. Aus den Augenwinkeln nahm sie eine Bewegung wahr und ehe sie sich versah hatte er sie an den Oberarmen gepackt.
„So Schätzchen, da du gerade so schon frei bist, wechseln wir mal die Unterlage."
Isabell blickte sich um. An der Stelle ihrer stinkenden Matratze stand jetzt ein weißer Tisch, eigentlich eine Liege. Eine Massageliege mit Aluminiumbeinen. Besonders stabil sah sie nicht aus, was sich eventuell als Vorteil erweisen konnte. In Isabells Gehirn arbeitete es. Ihr Peiniger führte sie zu ihrem neuen Bett.
„Leg dich da drauf, mal sehen, wie es sich mit der Kette ausgeht."
Die Massageliege sah ziemlich hoch aus, Isabell konnte gerade so mit dem Hintern voran darauf Platz nehmen und erst das freie, dann das gefesselte Bein darauf schwingen. Sie legte sich hin, was ihr nach wie vor ziemliche Rückenschmerzen bereitete. Immerhin war das Teil sauber, es schien ziemlich neu zu sein. Auch war die Unterlage weich gepolstert. Er hatte

die Liege so gedreht, dass das Loch, auf dem normalerweise der Kopf gebettet wurde, sich an ihren Unterschenkeln befand. Das Scheusal griff nach ihrem Fuß und legte die Fessel wieder darum. Es schmerzte, als die verwundeten Hautstellen mit dem kalten Metall in Berührung kamen. Er legte den Fuß ab und maß die Kette mit den Augen ab. Es ging sich aus, die Kette saß nicht zu stramm, aber viel Spielraum blieb ihr auch nicht. In dieser Position würde sie sich kaum wehren können und selbst wenn sie es schaffte die Liege zum Sturz zu bringen, kam sie noch lange nicht frei. Er verschloss das Metall sorgfältig und steckte den Schlüssel in seine vordere, dreckige Hosentasche.
„Hast du Durst?"
„Ja. Ein Kaffee wäre auch schön und etwas zu essen."
Diese Forderung musste ihn aufregen, denn er schlug ihr mit dem Handrücken hart auf den Mund.
„Was fällt dir ein? Essen? Kaffee? Geht's noch? Denkst du das wird ein Urlaub? Du brauchst nichts zu essen, alles was du bekommst ist ein Schluck Wasser."
Isabell schwieg. *Blöde Kuh.*
„Ja bitte, Wasser."
Wenn sie sich unterwürfig verhielt, schaffte sie es vielleicht, sein Vertrauen zu gewinnen, ihn umzustimmen, sie doch nicht zu töten. *Was für ein Blödsinn, glaubst du das echt? Das da ist ein soziopathischer Psychopath.* Er ging etwas nach hinten und holte die kleine Wasserflasche von gestern. Sie war noch halb gefüllt.
„Trink. Ich bin jetzt einmal weg, dann haben wir beide endlich unseren Spaß!"
Darauf freue ich mich schon. Natürlich sagte sie das nicht. Ihre Angst wuchs. Wenn sie heute hier unten niemand fand, würde er ein leichtes Spiel mit ihr haben. Sie setzte sich so gut es ging auf und trank ein paar Schlucke Wasser. Es schmeckte abgestanden. Sie hörte eine Tür ins Schloss fallen und das mehrmalige Verschließen. Zweimal, dreimal? Ging das überhaupt?

*Das ist doch völlig egal, du bist in einem Loch gefangen, das er vorher ausspioniert hat, wo also kein Mensch je vorbeikommen wird.* Die Tür hörte sich an wie aus Metall. Vielleicht war es tatsächlich ein Bunker. Hier würde sie niemand, niemals hören. *Verdammte Scheiße, was mache ich jetzt?* Isabell war nahe an einem Nervenzusammenbruch, sie hyperventilierte gleich, wenn sie sich nicht zusammenriss. *Atmen, atme ruhig. Konzentriere dich auf deine Atmung.* Sie wurde etwas ruhiger und nahm noch einen Schluck, dann verschraubte sie die Flasche. Wusste sie doch, dass sie so schnell keine neue bekommen würde, also musste sie das Wasser rationieren. Sie legte die Flasche auf die linke, der Wand zugewandten Seite und versuchte sich möglichst schmerzfrei hinzulegen. Die Beine konnte sie nun nicht mehr anwinkeln. Dafür war die Kette jetzt zu eng gespannt. Sie musste nachdenken, ein Plan musste her. Gestern schlief sie vor der ultimativen Planerstellung noch ein, das durfte heute nicht passieren. Sie hatte Hunger und gleichzeitig tat ihr alles weh, sodass sie wahrscheinlich gar nichts würde essen können. Sie befand sich in einer ausweglosen Lage, war an beiden Beinen angekettet und vorne mit Handschellen gefesselt und lag auf einer zusammenklappbaren Massageliege. Die er wohl geklaut hatte. Hätte Isabell gewusst, dass die junge Masseurin, die der Verbrecher überfallen hatte, schwer mit einem Messer verletzt wurde, sie würde weinen. Nichts hasste sie mehr als die zutiefst unverständliche Ausübung von Gewalt. Sie wusste es nicht und wusste auch nicht, dass sie die arme Frau sogar ganz gut kannte, denn es handelte sich um ihre Nachbarin, Elke, die zu ihren Kunden nach Hause fuhr, um sie dort zu massieren. Sie mochte Elke sehr gern, hatte mit ihr zusammen schon einmal ein Fläschchen Wein auf der Terrasse geleert und sich mit viel Lachen und Sarkasmus über die Nachbarschaft unterhalten. Nein, das wusste Isabell nicht, zum Glück. Das änderte natürlich auch nichts an ihrer Lage. Wie entkommen? Wie gestern schon versuchte sie die Hände aus den Handschellen zu befreien. *Lass das, das bringt doch nichts. Du könntest es bestenfalls schaffen, wenn du einen Daumen abschneidest.* Da aber ein Messer nicht zur Verfügung stand, konnte sie diesen Einfall getrost ad acta legen. Würde sie es tun? Wahrscheinlich, aber eigentlich nützten ihr freie Hände relativ wenig, solange sie an den Beinen angekettet war. Und da kam sie nicht heraus, außer sie schnitt sich den ganzen Fuß an der Fessel ab. Was für eine Sauerei wäre das. Doch auch diese Idee konnte verworfen werden, sie hatte kein Messer. Erschwerend kam hinzu, dass sie ohne Füße und mit offenen Wunden kaum würde fliehen können. Die einzige Chance war, dass sie es schaffte, den Mistkerl außer Gefecht zu setzen, ihm den Schlüssel aus der Tasche zu holen und voilà, davonzurennen. Nur wie? Weiter kam sie mit ihren Gedanken nicht, sie schlief ein. Ihr Körper wurde schwächer und half sich selbst, indem er auf Sparflamme schaltete. Isabell fiel in einen traumlosen Schlaf.

## Samstagmittag

Peters stand vor der Apotheke und war tief in Gedanken versunken, als ihn ein Mann ansprach.
„Sie sind der Polizist, der die entführte Frau sucht, oder?“
„Ja, wer sind Sie?“
„Harald Stelzer. Ich habe eine Beobachtung gemacht, wusste aber nicht ob das wichtig ist. Heute las ich in der Zeitung von der Entführung und habe ein Foto der Frau gesehen. Da fiel es mir ein.“
In Peters Bauch kribbelte es, ein Zeichen dafür, dass es eine Spur gab. Der Mann wer untersetzt, ein wenig übergewichtig und trug eine raspelkurze Weißhaarfrisur. Peters schätzte ihn auf 60, 65 Jahre, konnte sich aber auch täuschen.
„Was haben Sie beobachtet?“
„Kennen Sie den kleinen Supermarkt in der Nähe der pädagogischen Hochschule?“
„Ja.“
„Ich habe sie vor ein paar Tagen da gesehen, zusammen mit einem jungen Mann. Ist wohl ihr Sohn. Ich sitze oft in dem Café. Sie ist vom Supermarkt gekommen und hat da was getrunken. Aber es war ganz komisch, ein Mann beobachtete sie, ich konnte ihn deutlich sehen.“
Peters wurde hellhörig.
„Ein Mann? Wie sah er aus, wo stand er? Was hatte er dabei?“
Der Mann schaute ihn verdutzt an.
„Verzeihung, zu viele Fragen auf einmal. Es ist nur so, dass uns die Zeit davonläuft.“
„Ja, also der Typ stand hinter einer Säule, sie hat ihn denke ich nicht genau erkennen können, hat aber gewusst, dass er da ist.“
„Was?“
„Ja, ich konnte sehen wie die beiden sich quasi angesehen haben.“
„Wissen Sie noch wann genau das war?“

„Ich denke es war am Mittwochnachmittag."
„Gut, was konnten Sie sonst noch sehen?"
Peters schrieb seine Notizen in das kleine Buch.
„Nun, sie wurde ganz bleich. Dann habe ich in die Richtung geschaut, wo sie hinsah. Der Mann war groß, schwarz angezogen, ungepflegt. Er hatte einen Bart und einen Seesack dabei, so ein Militärding, das man im Amerika-Shop kaufen kann."
„Sehr gut. Wie lange hat er da gestanden?"
„Das kann ich nicht sagen, ich hab ja erst hingeschaut, als sie es tat. Ich musste die Frau immer wieder ansehen, sie ist sehr attraktiv."
Ja, das ist sie, dachte Peters und spürte ein Ziehen in der Herzgegend.
„Gut, und was passierte dann?"
„Als sie ihrem Sohn davon erzählte, war der Typ verschwunden. Ich habe nicht gesehen wie er wegging, aber auf der anderen Straßenseite, bei den baufälligen Gebäuden, da habe ich ihn nochmal gesehen."
„Haben Sie gesehen, dass er in eines der Gebäude hineinging?"
„Gesehen habe ich es nicht, aber es wäre möglich. Der Bauzaun hat einige Löcher, da treiben sich Jugendliche rum, nehmen Drogen, saufen. Sie wissen schon. Und ich habe gehört, dass auch Penner schon drin waren."
„Was sind das für Gebäude?"
„Oh, da war eine Metzgerei drin, ein kleines Geschäft davor und eine Halle, wo die Viecher geschlachtet wurden. Steht schon lange still."
Peters nahm sein Funkgerät und gab die Information an den Polizeiposten durch. Die Streife würde sofort hinfahren, er wollte umgehend nachkommen.
„Sie haben uns sehr geholfen. Bitte kommen Sie doch heute Nachmittag so um vier zum Zeugenprotokoll auf den Posten. Vielen Dank, ich werde gleich losfahren."

Er stieg in sein Auto und brauste auch gleich davon. Ein paar Minuten später fand er sich an der genannten Stelle ein, der Streifenwagen war bereits da. Das Gelände rund um die insgesamt drei Gebäude bestand aus Schutt, meterhohem Gras und Holzlatten. Das konnte man zumindest auf den ersten Blick erkennen. Die Objekte selbst befanden sich in einem desolaten Zustand, ähnlich einer Ruine. Sämtliche Fenster waren kaputt, das Dach auf dem Hauptgebäude teilweise eingebrochen. Kein angenehmer Ort, aber einer, wo sich ein Verbrecher eine Zeitlang gut verstecken konnte. Peters betrat das ungepflegte Gelände und suchte sich einen Weg durch Brennnessel und Disteln zum Gebäudeeingang an der vorderen Front. Eine verrottete Holztür hing halb geöffnet schief in den Angeln, daneben befanden sich links und rechts große Fensterflächen. Das Glas konnte man nur noch erahnen. An manchen Stellen hingen noch kleine Scherben im ausgetrockneten Kitt. Peters öffnete die Tür ein Stück weiter und trat in den Raum. Von den Streifenpolizisten war nichts zu sehen. Der Raum sollte wohl als Verkaufsraum dienen, ein paar Regale an den Wänden waren sogar noch intakt. Darüber hinaus war der Raum leer, nur Dreck lag im Raum herum. Dosen, Plastik, Erde, Glasscherben und andere undefinierbare Gegenstände. Peters bewegte sich in Richtung Innentür, die offen stand und in einen dunklen Raum oder Gang zu führen schien. Vorsichtig ging er durch die Tür und befand sich in einem finsteren Gang, von wo aus er eine Tür zu seiner Rechten erkennen konnte, die, da halb geöffnet, etwas Licht auf den Durchgang fallen ließ. Vis-á-vis befand sich noch eine geschlossene Tür und geradeaus ebenso. Von seinen Kollegen war immer noch nichts zu sehen, wahrscheinlich suchten sie das Nebengebäude oder die Halle ab. Er schob die bereits halb offene Tür ganz auf und blickte sich um. Das Zimmer dürfte als Büro gedient haben. Ein Schreibtisch stand unter dem geborstenen Fenster, ein paar Regale an der Wand befestigt. Auch hier lag allerhand Mist und Glas. Viele Spuren führten vom und zum Fenster, sie waren wegen der zentimeterdicken Staubschicht gut zu erkennen. Seltsam, im Vorraum sah er nichts dergleichen. Der Boden schien da bis auf den Müll relativ sauber. Er wandte sich nun der geschlossenen Tür zu, die versperrt war. Darum würde er sich später kümmern. Langsam schritt er in Richtung der Tür geradeaus, sie ließ sich öffnen und offenbarte so etwas wie einen Lagerraum. Hier herrschte Chaos, Regale, oder besser was davon übrig war, lagen kreuz und quer, dazwischen Schutt und Glas. Und Müll. An der linken, schmutzigen Wand konnte Peters eine weitere Tür erkennen und überstieg, denn gehen war unmöglich, in die Richtung. Gerade als er über ein spitzes Brett stieg, sah er einen Gegenstand aufblitzen. Etwas Kleines lag zwischen den Regalresten. Ein Schlüsselanhänger, wie sich herausstellte, relativ neu. Aus Metall, rechteckig, keinerlei Gravur oder sonst etwas, das auf einen bestimmten Besitzer schließen ließ. Trotzdem nahm Peters das kleine Objekt vorsichtig mit einem Kugelschreiber auf und packte es ein. Plastiktüten hatte auch er immer dabei, obwohl er nicht bei der Spurensicherung arbeitete. Auch Gummihandschuhe. Doch die zog er sich noch nicht über. Er tastete sich behutsam weiter. Die Tür am anderen Raumende ließ sich öffnen. Offensichtlich lag dahinter ein Kühlraum, denn die ausgepolsterte, dicke Tür führte in einen extrem stinkenden Raum ohne Fenster. Wahrscheinlich konnten die Reste von Fleisch und Wurst im abgedichteten Raum ungestört jahrelang vor sich hin gammeln. Noch nicht einmal Obdachlose würden sich hier aufhalten. Peters öffnete die Tür weit und holte seine Taschenlampe hervor. Ein empfindlicher Magen hätte wenig Freude an dem, was sich hier offenbarte. Auf Metallregalen lagen undefinierbare, jedenfalls organische Substanzen, teils schwarz von Schimmel, teils verflüssigt. Zwei Augen leuchteten in der Dunkelheit vom Taschenlampenstrahl angeleuchtet auf. Eine ziemlich fette Ratte huschte augenblicklich davon. Der Raum an sich war maximal drei Quadratmeter groß. An den Wänden standen jeweils die Metallregale, mitten im Raum ein Schrank. Höchstwahrscheinlich ein Tiefkühlschrank, er musste hineinsehen und atmete noch einmal tief durch den Mund ein. Der Schrank war bis auf eine Folienverpackung mit gelblichem Inhalt leer. Schnell schloss Peters den wenig appetitlichen Schrank, denn die Flüssigkeiten am Boden ließen nichts Gutes erahnen. Er leuchtete alle Ecken des kleinen Kühlraumes aus, fand aber nichts Verdächtiges. Peters verließ den unangenehmen Raum und ging zur verschlossenen Tür auf dem Gang. Ein Tritt genügte und die Tür schwang auf. Was er sah, ließ ihm das Blut in den Adern gefrieren. Im Inneren des abgesperrten Zimmers war es zwar dunkel, denn das einzige Fenster, eher eine Luke, war mit Holzbrettern zugenagelt. Es kam genug Licht von außen, um die schemenhafte Gestalt in der Mitte des Raumes zu sehen. Er leuchtete mit der Taschenlampe nach vorne und sah, dass es sich um eine Frau handelte. Doch das war keinesfalls Isabell, denn die Haare der Frau zeigten eine leuchtend rote Farbe. Es roch nicht nach Verwesung, zu oft in seiner Karriere hatte er diesen Geruch schon wahrnehmen müssen, sondern metallisch nach Blut. Peters bewegte sich auf die am Boden liegende Frau zu und hatte schon währenddessen sein Funkgerät aus der Gürteltasche gezogen.

„Schwer verletzte Frau im Metzgergebäude Hanserstraße 3. Benötige Krankenwagen und die Spurensicherung. Danke."

Er bückte sich zu der nur noch leicht atmenden Frau. Sie war an den Händen und Füßen mit schwarzen Plastikfesseln festgebunden. Ihr Gesicht konnte er nicht erkennen, es war voller Blut. Sie lag auf der Seite und wimmerte jetzt ganz leise.

„Haben Sie keine Angst, jetzt ist Hilfe da!"

Aus seiner Jackentasche zog er ein Messer und die Gummihandschuhe, zog diese an und schnitt die Fesseln vorsichtig in der Mitte durch, sodass der Verschluss unangetastet blieb. Darauf mussten sich Spuren befinden, außer der Täter hatte wie er Handschuhe verwendet.

„Wie ist Ihr Name?“

„E....“

„Versuchen Sie es nochmal.“

„Elke Haber.“

„Gut, Elke, gleich wird es Ihnen besser gehen. Können Sie mir sagen, wer Ihnen das angetan hat?“

„Er wollte, er wollte meine Liege.“

„Ihre Liege?

„Meine Massageliege, ich bin Masseurin.“

Ihre Stimme war sehr leise, er konnte kaum verstehen was sie sagte. Sie wurde beklaut. Wer bitte klaute eine Massageliege und ließ sein Opfer danach gefesselt und blutend an einem solchen Ort zurück? Ein durchgeknallter Masseur? Das ergab erst noch keinen Sinn.

„Konnten Sie den Mann sehen, der Ihnen das angetan hat?“

Sie schüttelte den Kopf, es sah jedenfalls so aus, denn mehr als ein Versuch wurde es nicht.

„Nein, warum tut jemand so was?“

Wenn ich das wüsste. Das konnte er der armen Frau da auf dem schmutzigen Betonboden aber nicht sagen. Er schaute sich um. Der Raum war komplett leer.

„Das kann ich Ihnen noch nicht sagen, ich werde aber alle Hebel in Bewegung setzen, dass wir ihn finden. Was machte er für einen Eindruck? Ich meine war er sauber? Ungepflegt? Wie gekleidet?“

„Schwarz, er hatte schwarze Kleidung an. Komplett schwarz. Er ist böse.“

„Ja, das denke ich auch. Ich höre Sirenen, die Sanitäter sind gleich da. Wissen Sie, wie lange Sie schon hier sind?“

„Was ist heute für ein Tag?
„Samstag.“
„Dann war es gestern. Gestern sehr früh. Ich bin immer um fünf Uhr morgens schon unterwegs.“
„Wo hat er Sie gefangen genommen?“
„Zuhause, also vor der Wohnung meines Freundes. Ich wollte zu meiner Wohnung fahren, die Katze füttern und dann frühstücken. Er muss auf mich gewartet haben. Es war niemand da. Er hat mir das Gesicht zerschnitten.“
Damit fing sie an leise vor sich hin zu weinen. Peters strich beruhigend über ihre Schulter.
„Pssst, schon gut. Jetzt passiert Ihnen nichts mehr.“
Die geschundene Frau am Boden schluchzte. Da kamen auch schon zwei Sanitäter begleitet von einem Polizisten. Peters machte Platz, damit sie der Verletzten am Boden helfen konnten. Peters blickte sich in dem Raum um und telefonierte noch einmal, um nachzufragen, wann die Spurensicherung eintraf. Er entdeckte in der hintersten Ecke einen Gegenstand, konnte aber auf die Entfernung nicht sagen, um was es sich handelte. Doch er konnte nicht an den Sanitätern vorbei, die die Frau am Boden für den Transport mit der Trage vorbereiteten. Er war ungeduldig, doch jetzt zählte das Leben dieser armen jungen Frau. Er entfernte sich vom Tatort und fing an, die anderen Räume zu durchsuchen. Viel mehr Räume gab es in diesem heruntergekommenen Gebäude aber nicht, also trat er nach draußen, um sich da umzusehen und auf das Team der Spurensicherung zu warten. Er suchte nach Spuren im hohen Gras und ging rechts um das erste Gebäude herum zum Lagerhaus. Auch dieses rechteckige Objekt sah mehr als vernachlässigt aus und entpuppte sich als heruntergekommenes, fensterloses Gebäude mit einer Metalltür, deren braune Farbe zum Großteil abgeblättert war. Die Tür hing schief in den Angeln und war etwa einen Meter weit geöffnet. Peters trat vorsichtig darauf

zu, er wollte keine möglichen Spuren verwischen. Ein Blick in das Innere reichte, um zu sehen, dass die Halle bis auf ein paar Ziegel und vermoderte Bretter in der Mitte leer war. An der hinteren Front befand sich eine große Glasscheibe, die genug Licht einließ. Das Glas war noch intakt, wahrscheinlich handelte es sich um Sicherheitsglas oder Plexiglas. Peters betrat das Gebäude nicht, das überließ er der Spurensicherung. Er wandte sich an das dritte Bauwerk zu, dieses lag noch weiter rechts und etwas nach hinten versetzt. Auch dieser Komplex machte einen verwilderten Eindruck. Es handelte sich um ein niedriges Gebäude mit einigen Fenstern, die Tür lag auf der ihm abgewandten Seite. Das musste die Metzgerei sein. Der wohl unerfreulichste Ort für lebende Tiere. Behutsam näherte er sich der Baracke und sah, dass die breite Metalltür, die einst grün angestrichen gewesen sein musste, geschlossen war. Das Tor war voll intakt und mit einer Kette extra abgesichert. Seltsamerweise waren alle Fenster an dem Schlachthaus noch unbeschädigt. An diesem Ort wollten sich nicht einmal die Penner oder Junkies aufhalten. Peters umkreiste das gesamte Gebäude und konnte kein einziges kaputtes Fenster finden. Ein Blick nach innen offenbarte nichts Außergewöhnliches, aber da es viele schattige Stellen gab, konnte sich dahinter allerhand befinden. Er musste hinein, sich umsehen. Sein Funkgerät knackte.
„Wir sind jetzt da, wo sollen wir anfangen?"
Das Team der Spurensicherung, sehr gut.
„Am besten im ersten Gebäude, da wo die verletzte Frau gelegen hat. Hier dürfte es momentan am meisten Spuren geben. Aber die anderen Gebäude und auch das Gelände müssen abgesucht werden. Irgendetwas müssen wir finden."
„Klar, wir starten hier im Haupthaus."
Trotz aller Ungeduld musste Peters das Team arbeiten lassen und auf Ergebnisse warten. Er konnte jetzt nichts weiter tun und würde später ins Krankenhaus fahren, um die verletzte

Frau noch einmal zu befragen. Er hoffte auf mehr Details und erwartete Hinweise. Auch wenn es auf dem ersten Blick nicht danach aussah, Peters vermutete eine Verbindung zur entführten Frau, seinem ganz persönlichen Fall, und der angegriffenen Frau hier auf dem heruntergekommenen Gelände. Er wusste, dass es einen Zeugen gab, der den Täter und vermutlichen Entführer hier gesehen hatte, darum war eins und eins nicht besonders schwer zusammenzuzählen. Wie wahrscheinlich war es, dass es sich um zwei Fälle handelte, zwei Täter? Peters musste sich sehr zusammennehmen, um nicht die Sanitäter in ihrer Arbeit zu unterbrechen und die Frau, die jetzt auf der Trage zum Rettungswagen gerollt wurde, zu befragen. Stattdessen ging er zurück zum Tatort und übergab einem hochgewachsenen Mann im weißen Papieroverall seinen Fund.
„Den habe ich im anderen Raum, wahrscheinlich dem Lagerraum, gefunden."
„Sehr gut, wissen Sie noch wo er gelegen hat?
„Ja, kommen Sie kurz mit?"
Er zeigte dem Fachmann den Platz, an dem er den Schlüsselanhänger entdeckt hatte, worauf dieser ein nummeriertes gelbes Täfelchen mit der Eins an der Stelle platzierte. Peters wollte noch einmal an den Tatort, um nach dem Gegenstand zu sehen, der ihm im Halbdunkel aufgefallen war. Jetzt war es hell im Raum, denn die Spurensicherer hatten starke Beleuchtungskörper aufgestellt. Nun war auch der Gegenstand deutlich zu erkennen. Es handelte sich um ein Kleidungsstück, einen dunklen Pullover, Sweater oder eine Jacke.
„Da drüben, da liegt ein Kleidungsstück!"
„Ja, wir haben es schon gesehen, immer Schritt für Schritt. Wir übersehen nichts, da können Sie sicher sein."
Peters war klar, dass der Mann recht hatte, die Leute hier waren allesamt bestens ausgebildet und er hörte nur Gutes über die Mannschaft. Nur konnte es ihm nicht schnell genug gehen. Er

nickte und verließ den ungemütlichen Ort. Die Männer würden noch eine ganze Weile, wahrscheinlich auch noch die ganze Nacht zu tun haben. Vorher konnte er kaum mit Hinweisen rechnen. Die Verletzte konnte er auch erst später befragen. Aber er konnte die Mitarbeiter in dem kleinen Supermarkt fragen, ob ihnen dieser Mann aufgefallen war, ob er vielleicht sogar etwas eingekauft hatte. Jede Kleinigkeit war nützlich. Er machte sich zu Fuß auf den Weg zum Supermarkt, der ja nur ein paar Meter entfernt lag.

## Samstagabend

Isabell wachte auf und öffnete vorsichtig die Augen. Viel zu sehen gab es nicht, die Finsternis blieb undurchdringlich. Auch stank es nach wie vor, nur ihre Unterlage, die roch jetzt eher nach Plastik denn nach Fäkalien. Besonders bequem war die Liege allerdings nicht, denn ihr Kopf versank immer wieder im Loch, das eigentlich für das Gesicht vorgesehen war. So lag sie schief und das spürte sie jetzt in jedem Knochen. Zusätzlich zu den Verletzungen taten die Verrenkungen ihrem geschundenen Körper nicht gut. Selbst das Kopfanheben bereitet ihr Schmerzen. Schlagartig gesellten sich zu den Schmerzen die Gedanken. Ihre Situation, ausweglos und unfassbar grauenvoll. Ihr ganzes Leben wurde schon vor sieben Jahren komplett umgekrempelt, jetzt, nach all den Qualen und seelischen Leiden, sollte dies das Ende sein? War das gerecht? Sie hatte ihren Mann um die Ecke gebracht, wurde dafür aber bereits mehr als bestraft, damals im Wald. Und auch nachher noch. Das musste doch reichen. Doch Isabell wusste, ihr stand jetzt noch viel Ärgeres bevor, gefesselt und ausgeliefert. Ein wenig davon hatte er sie schon spüren lassen, als er sie mit dem Messer schnitt. An einer sehr empfindlichen Stelle. Und lustvoll ihr Blut leckte. Was kam als nächstes? Würde er die ganze Brust abschneiden, sie verbluten lassen? Halt, gebot sie sich, nicht daran denken, nicht an so schreckliche Dinge denken. Und roch gleichzeitig das Blut, das über ihren Körper zum Boden tropfte. *Das war bloß der Anfang, das weißt du.* Ja, das wusste sie. Sie verspürte Durst und griff an die rechte Seite, wo die Wasserflasche liegen musste. Zum Glück war die nicht hinuntergefallen. Isabell nahm einen Schluck und noch einen. Die Flasche fühlte sich schon sehr leicht an, viel konnte nicht mehr darin sein. Den Rest wollte sie noch aufbewahren. Für alle Fälle. *Welche Fälle? Du denkst, du wirst verdursten, dass ich nicht lache. Du wirst viel eher verbluten.* Ganz sicher hatte die innere Stimme recht, doch Isabell verweigerte ihren Gedanken die Zukunft. Und das bevorstehende Massaker. Sie versuchte sich in eine halbwegs bequeme Lage zu bringen und sang, besser summte, ganz leise ein Lied von den Beatles, einen sehr alten Song, zu dem ihr nur zwei Strophen einfielen:

When I was younger, so much younger than today, I never needed anybody‘s help in any way.
But now these days are gone I‘m not so self-assured.
Now I find I‘ve changed my life and opened up the doors

Help me if you can, I‘m feeling down
And I do appreciate you being ‚round
Help me get my feet back on the ground
Won‘t you please, please help me?

Wer würde ihr schon helfen? Niemand kannte ihren Aufenthaltsort, dieses Scheusal hatte sie doch wochenlang beobachtet und alles mit Sicherheit so gut geplant, dass kein Mensch wusste, wo sie sich befand. *Help me if you can! Bitte, bitte helft mir.* Ganz leise klang ihre Stimme. Da hörte sie ein Geräusch und wusste intuitiv, dass es ihr Peiniger war, der in einem anderen Raum eine Tür öffnete. Es hallte wieder, wie Metall in einem sehr großen, hohen Raum. Dann vernahm sie Schritte, nicht zögernd oder gar leise, nein, resolute, harte und laute Schritte die schnell näher kamen. Ein Schlüsselbund klirrte, ein Schlüssel wurde ins Schlüsselloch gesteckt, drehte sich. Die Tür ging fast lautlos auf. Isabell überlegte, dass sie seine Schritte draußen hören konnte, bedeutete, dass dieser Raum nicht schalldicht war. Er versperrte die Tür nicht. Doch sie konnte nicht hören, wohin er den Schlüssel legte. Sie vermutete, dass er ihn in seine Hosentasche steckte. Es wurde hell, ihre Augen brannten.

Wobei hell nicht wirklich korrekt war, denn eine einzelne Glühbirne verströmte nur wenig Licht. Aber zu der ansonsten totalen Finsternis schien ihr das Licht wie in einem hell erleuchteten OP-Saal. Allzu genau konnte sie die Konturen im Raum ausmachen. Und die Schatten. Und ihn. Er näherte sich ihr.
„Na, wie hast du geschlafen? Doch sicher sehr angenehm."
Er lachte dreckig. *Ja sicher du Arschloch, es war super bequem hier.*
Isabell sagte nichts.
„Oh, Madame redet nicht mit mir."
„Welcher Tag ist heute?"
„Wir haben Samstag, Schätzchen, ziemlich spät. Und jede Menge Zeit miteinander. Kein Schwein sucht nach dir."
Samstagnacht, lange war sie noch nicht hier, aber es kam ihr vor wie eine Ewigkeit.
„Mir ist kalt."
„Es ist mitten im Sommer, sei froh, dass es hier unten kühl ist."
Hier unten, ein Keller oder ein Bunker. Wie sie schon vermutet hatte.
„Wo sind wir?"
„Warum willst du das wissen? Möchtest du deinen Lieblingsbullen anrufen? Ach, du hast ja kein Telefon. Außerdem denke ich, ist der Empfang hier eher bescheiden."
„Ich würde meinen Sohn anrufen. Ihm sagen, dass ich lebe."
„Du bist ja eine echte Komikerin. Denkst du dass du hier in einem Stück rauskommst?"
Nein, das dachte sie nicht.
„Ich hatte es gehofft. Wenn du fertig bist, kannst du mich ja gehen lassen. Niemand kennt dich, oder?"
„Da könntest du recht haben, aber es geht mir nicht darum, ob ich hier rausspaziere und einfach wieder verschwinde. Schon mal was von Rache gehört? Und glaub mir, die meine wird ziemlich übel für dich werden."

Was sollte sie darauf antworten? Besser nichts. *Ablenken, lenk ihn ab.*
„Wo bist du all die Jahre gewesen? Wie hast du mich gefunden?“
„Was soll das werden, ein Interview? Halt gefälligst die Klappe, ich habe keine Lust mit dir zu diskutieren, mir ist da nach ganz anderem.“
Damit langte er ihr ohne Vorwarnung zwischen die Beine. Isabell erschrak zutiefst. Dann fuhr seine Hand über ihren flachen Bauch und die nach vorne gefesselten Hände nach oben zu den nackten Brüsten. Sie konnte sich nicht schützen, er drückte ihre Hände weg. Dann nahm er die rechte Brustwarze zwischen die Finger und quetschte sie zusammen. Ein stechender Schmerz durchfuhr sie. Isabell blieb aber stumm. Sie wollte nicht, dass er ihre Qualen sah, sich daran labte. Auch sah sie nicht hin, ob sie erneut blutete.
„Tut das nicht gut? Ich werde dich von deinen Klamotten befreien.“
Damit nahm er das Messer und zerschnitt ihre Jeans seitlich vom Bund bis zum Knie auf. Nicht ohne in ihre Haut zu ritzen. Isabell sah nicht hin, aber sie wusste, dass er fasziniert auf das Blut starrte. Dann ging er um sie herum und zerschnitt die zweite Seite. Er zog die Überreste von ihrem Körper, zusammen mit dem Slip, der auch völlig zerschnitten war. Die Schnitte schmerzten, aber Isabell biss die Zähne zusammen. Sie spürte das Blut, das auf die noch weiße Oberfläche der Massageliege tropfte. Es war nicht viel Blut, aber es sammelte sich in kleinen Lachen zu beiden Seiten ihrer Oberschenkel. Ihre gebundenen Hände legte sie in den Schoß, um die Schamgegend zu bedecken. Sie ahnte, dass das völlig sinnlos war. Er warf die Reste der Hose in eine dunkle Ecke und betrachtete ihren Körper.
„Für dein Alter siehst du noch ganz passabel aus.“

Damit strich er mit der Messerspitze ihren linken Oberschenkel entlang bis zu ihren Händen, die verkrampft auf dem Intimbereich lagen.
„Weg mit den Händen oder ich spieße sie dir auf."
Isabell traute ihren Ohren nicht. Noch fester drückte sie die Hände gegen ihr Schambein. Da stach er zu, mitten in ihre rechte Hand. Isabell schrie auf und versuchte die Hände wegzuziehen, aber das Messer steckte noch im Handrücken und er hielt es fest.
„Wirst du jetzt tun was ich dir sage?"
Isabell nickte, Tränen rannen die Wangen hinab. Er zog mit einer Bewegung das Messer aus ihrer Hand, Blut spritzte in weitem Bogen auf sie, ihn und die Liege. Isabell zog die Hände in Richtung Brust. Zufrieden schaute er ihren Körper an, griff ihr zwischen die Beine. Rieb die flache Hand an ihrer Scham. Es tat weh, es ekelte sie an. Das war ihre verborgenste Körperstelle. Ihn da zu spüren verschaffte ihr Übelkeit. Er versuchte ihre Beine auseinanderzurücken, aber sie klemmte sie eng zusammen. Das machte ihn rasend. Er stieß das Messer in ihren Oberschenkel, nicht allzu tief, doch tief genug, um unbeschreibliche Schmerzen auszulösen. Jetzt schrie Isabell.
„Ja schrei nur, niemand wird dich hören."
Er ließ das Messer stecken.
„Mach jetzt die Beine breit."
Isabell schluchzte, flehte. Seine Augen wurden fast schwarz, vom Blau war nichts mehr zu sehen. Sie versuchte die Beine etwas auseinanderzurücken, es gestaltete sich nicht ganz einfach, da sie ja gefesselt war. Aber immerhin so viel, dass er zufrieden grunzte. Er machte sich an ihr zu schaffen, was genau er tat, wollte sie nicht wissen. Intensiv versuchte sie sich an eine Zeit zu erinnern, da die Sonne schien und sie froh im Herzen lebte. Ihr Sohn, Patrick als Baby, es gab kaum Schöneres. Sie hielt ihn in den Armen, seine grau-blauen Augen strahlten sie an.

Plötzlich durchfuhr sie ein entsetzlicher Schmerz und sie fiel brutal aus ihrer angenehmen Gedankenwelt. Er hielt einen Gegenstand in der Hand und versuchte damit in sie einzudringen. Sie konnte nicht sehen worum es sich handelte, sie wollte es auch nicht wissen. *Denk an den Frauenarzt, da beamst du dich auch immer irgendwohin. Nur weg, weg von hier.* Aber die Schmerzen nahmen zu, als er versuchte, das Ding tiefer in sie einzuführen und dabei schnell vor und zurückzubewegen.

„Du wirst nicht feucht, verdammt"

*Es ist ja auch unheimlich geil, du verdammter Arsch. Was denkst du wohl?*

Er zog das Messer aus ihrem Oberschenkel und fuhr mit der Hand ein paarmal über die stark blutende Wunde. Das Blut verstrich er über ihre Vagina. Und setzte seinen verstörenden Penetrationsvorgang fort. Endlich fiel Isabell in eine erlösende Ohnmacht.

Als Isabell erwachte, lag sie auf dem nackten Betonboden mit weit gespreizten Beinen. Sofort versuchte sie, die Beine zu schließen, aber das gelang ihr nicht, denn er hatte die Kette so fixiert, dass sie ihre Beine nicht bewegen konnte. *Wo ist das Arschloch?* Ihr war kalt, sie hatte unglaubliche Schmerzen am linken Bein. Die Wunde blutete nicht mehr. All die anderen Schmerzen wurden von diesem einen bohrenden im Oberschenkel übertrumpft. *Meine Hände, wo sind meine Hände?* Sie waren hinter ihrem Kopf gefesselt, ausgestreckt nach links und rechts und irgendwo so festgeschnallt, dass sie sie nicht bewegen konnte. *Wie lange war ich ohnmächtig?* Sie befand sich nun in einer Strecklage, jeder Sadomaso-Anhänger hätte seine Freude. Nackt, blutig, geschunden. Konnte es schlimmer kommen. Es konnte.

## Sonntag, in den frühen Morgenstunden

Peters drehte sich in seinem Bett. Er konnte nicht schlafen. Die Uhr zeigte gerade einmal zwei. Bis jetzt verliefen die Fahndungen ergebnislos, ein paar kleine Hinweise, aber nichts Definitives. Er hatte eine gute Beschreibung von dem Mann erhalten, der Isabell beobachtete. Somit wussten sie, dass es sich um denselben Mann handelte, den Vergewaltiger. Höchstwahrscheinlich war es auch der Mann, der Isabell verfolgte, seit Jahren schon. Isabell, nur in Gedanken nannte er sie so. Er litt körperlich, wenn er daran dachte, was dieses Monster in Menschengestalt ihr alles antun konnte. Auch wenn er ahnte, dass hinter Isabells Geschichte viel mehr steckte als sie ihm erzählt hatte. Und es steckte ganz sicher nichts Erfreuliches dahinter. Aber es war ihr Geheimnis. Er hoffte, dass sie sich ihm eines Tages anvertrauen würde, wenn er sie überhaupt lebend finden konnte. Noch einmal drehte er sich im Bett, dann ließ er es sein und stand auf. Ruhelos ging er im Zimmer auf und ab. Im Kopf ging er alle Ergebnisse noch einmal durch. Leider konnte die verletzte Frau noch nicht befragt werden, sie befand sich in einem ernstzunehmenden Zustand, bestimmt würde sie bleibende seelische Leiden davontragen. Doch auch körperlich ging es ihr nicht gut, die Ärzte versetzten sie in einen künstlichen Schlaf, damit sie genesen konnte. Sie benötigte Ruhe. Doch den Kriminalisten lief die Zeit davon. Wo suchen? Wo ansetzen? Peters ließ sich einen Espresso in die kleine Tasse laufen und ging in Gedanken in Isabells Küche. Da stand dieselbe Kaffeemaschine, nur in einer anderen Farbe. Sie hatten den gleichen Kaffeegeschmack. Sein Herz zog sich zusammen. Womöglich würden sie nie erfahren, wie der jeweils andere seinen Kaffee bevorzugte. Trank sie ihn mit einem Schuss Milch? Ein wenig Zucker? Wie banal, jetzt daran zu denken, aber es lenkte ihn von den schrecklichen Gedanken ab,

Isabell nur noch tot zu finden. Er trank seinen Kaffee schwarz, ohne Zucker, ohne Milch. Und er trank die kleine Tasse jetzt in einem einzigen Schluck aus. Die schwarze Brühe verbrannte seine Zunge, aber genau das brauchte er jetzt. Peters nahm eine kalte Dusche und kleidete sich schnell an. Draußen war es immer noch dunkel, die Uhr zeigte gerade einmal vier am Morgen. Er ging ins Wohnzimmer, einem ziemlich nackten Raum mit schwarzer Ledergarnitur. Davor stand ein niedriger Holztisch und an der Wand gegenüber ein großer Flachbildfernseher. Was Mann eben so brauchte. Kein Schnickschnack. Ein goldgerahmtes Gemälde hing an der Wand, ein wunderschöner Claude Monet-Druck mit Wasserlilien in zarten Blautönen. Sonst verzierte nichts weiter die kahlen, weiß getünchten Wände. In der Ecke neben der breiten Terrassentür befand sich ein Arbeitsplatz mit großem, dunkelbraunen Schreibtisch, einem gleichfarbigen, gut gefüllten Buchregal daneben und einem flachen Computerbildschirm und vielen Papieren, scheinbar völlig ungeordnet, darauf. Peters setzte sich davor und versuchte den chaotischen Papierhaufen in eine Reihenfolge zu bringen. Er schrieb sich alle Informationen stets auf und ließ das Geschriebene auf sich wirken, suchte nach Verbindungen. Im Büro erledigten sie diese Arbeit mittels Flipchart, aber zuhause reichte sein überdimensionaler Schreibtisch. Tief in Gedanken versunken überhörte er fast sein Handy.
„Ja?“
„Guten Morgen. Das Spurenteam ist fertig und arbeitet die Funde jetzt aus. Elke Haber kann befragt werden, sie sagte, sie möchte mit dir sprechen.“
Kurz und bündig teilte ihm sein Kollege die Fakten mit.
„Das ist großartig, danke. Und auch einen guten Morgen, entschuldige.“
„Schon o.k., es ist ja erst halb sieben, aber wir alle haben nicht geschlafen.“

„Ich konnte auch kein Auge zubekommen. Ich bin in zehn Minuten im Büro."

Peters schnappte sich seinen Autoschlüssel und war auch schon zur Tür hinaus. Endlich ging es weiter, kamen Ergebnisse, an denen effektiv gearbeitet werden konnte. Auch wenn er so gut wie gar nicht geschlafen hatte, wurde sein Körper von Energie durchströmt. Die beste Droge für einen Polizisten sind Ergebnisse, Funde, Hinweise.

„Ich finde dich, ich werde dich retten, das verspreche ich!"

Und so wie er diesen Gedanken ausgesprochen hatte, hoffte er, dass er ihn auch einhalten würde können.

# Sonntag

Isabell weinte still vor sich hin. Musste das sein? Musste er sie in eine so widerliche, so ausgelieferte Situation bringen? *Wieso bringt mich das Arschloch nicht einfach um?* Sie wusste die Antwort, und die war kaum zu ertragen. Er würde sie quälen, schänden, ganz so wie es ihm beliebte und er würde viel Zeit dafür aufbringen. Er war jetzt nicht da oder in irgendeinem Nebenraum. Isabell wollte es hinter sich bringen und gleichzeitig wollte sie leben. Aus der jetzigen Lage kam sie jedenfalls nicht aus eigener Kraft heraus, alles Rütteln half gar nichts. Da ihre Hände nach hinten gebunden waren, blieb sie vollkommen chancenlos um sich zu wehren. Hatte sie ihre einzige, letzte Chance verpasst? Hätte sie ihn angreifen sollen, auf der Liege? Und dann? An Armen und Beinen war sie immer noch gefesselt. Vielleicht wäre sie irgendwie an die Schlüssel gekommen. Sie wusste, er trug sämtliche Schlüssel bei sich. *Versagerin, jetzt sieh zu, wie du damit klarkommst.* Aber dann wurde ihr bewusst, dass sie nie wirklich eine Chance hatte. Niemals hätte er nochmals zugelassen, dass sie die Oberhand bekam. Das machte ihr der Stich in den Oberschenkel mehr als deutlich. Er hätte sie getötet, zu früh zwar, denn dann wäre der Spaß für ihn geringer gewesen, aber er hätte sofort reagiert. In diesem Monster war so viel Hass, so wenig Empathie. Der Soziopath in ihm hätte ohne mit der Wimper zu zucken den Todesstich ausgeführt. Womöglich sogar mit einem hässlichen Grinsen. Isabell schämte sich fürchterlich für ihre Lage, wie sie so dalag war mehr als beschämend, es war demütigend und genau das wollte er erreichen. Sie demütigen. Klein machen. Verletzen, körperlich und seelisch. Beides war ihm mehr als gelungen, allein mit dieser Lage auf dem Boden. Der kalte Beton unter ihr fühlte sich grauenhaft an, wenn sie sich bewegte wurde die Haut sofort wund. Ihre geöffneten Beine waren das Schlimmste.

Sie wollte sich selbst nicht so sehen, darum schloss sie die Augen, obwohl es stockdunkel war, und weinte wieder. Woher die Tränen kamen, sie wusste es nicht. Sie verspürte enormen Durst, der Mund war ausgetrocknet. Es konnte nicht viel Flüssigkeit in ihr sein und doch kamen die Tränen. Sie versuchte eine aufzufangen und zu trinken. Es gelang, die Träne schmeckte aber wie ihre ganze Situation traurig. Konnte eine Träne traurig schmecken? Ja, in ihrer Lage noch mehr als das, sie schmeckte so entwürdigend wie ihr Körper drapiert auf dem nackten Boden lag. Immerhin streckten sich ihre Beine in Richtung Wand, sodass er beim Eintreten erst ihren Kopf sah und nicht ihr geöffnetes Geschlecht. *Wie beruhigend.* Plötzlich hörte Isabell Schritte, erst ganz leise und kaum wahrnehmbar, aber dann wurden sie lauter und kamen näher. Ein Schlüsselbund klirrte vernehmlich, ein Schlüssel davon wurde ins Schlüsselloch gesteckt, zweimal gedreht. Die Tür geöffnet. Am liebsten wäre Isabell jetzt in eine Ohnmacht gefallen, aber so gnädig war noch nicht einmal ihr eigener Körper. Er verschloss die Tür von innen und machte das Licht an. Isabells Augen schmerzten von der plötzlichen Helligkeit.
„Na Schätzchen, bist du wach? Hast doch sicher auf mich gewartet.“
Isabell erwiderte nichts darauf. *Arschloch, denk was du willst.* Sie schloss die Augen. Wünschte sich an einen anderen Ort. Und wusste gleichzeitig, dass sie hier nicht wegkam, wahrscheinlich nicht bis zu ihrem Tod.
„Du redest nicht mit mir? Auch gut. Ich hab was für dich.“
Damit übergoss er sie mit eiskaltem Wasser. Isabell erstarrte und schnappte nach Luft. Ihre Wunden brannten, das kalte Wasser rann unter ihren Körper und fühlte sich grauenhaft an. Doch kein Ton kam über ihre Lippen,.
„Will, dass du sauber bist. Heute wird’s dir gefallen.“

Ja sicher, da bin ich überzeugt. Sie leckte sich Wassertropfen von ihren Lippen, der Durst wurde brennend. Ihr Magen fühlte sich an wie ein Stein.
„Ich habe Durst."
Ganz leise kamen ihre Worte aus dem trockenen Mund.
„Bitte, ich brauche was zu trinken."
Der Peiniger stellte den Eimer neben die Tür und blickte sich im Raum um.
„Hast du nicht noch eine Flasche Wasser?"
„Nein, alles leer."
„Hm, ich hab kein Wasser dabei. Später. Jetzt haben wir erst einmal Spaß."
Er grinste anzüglich und vollführte mit seinen Hüften eindeutige Bewegungen.
*Heute wird er mich vergewaltigen, mich weiter erniedrigen.* Sie sollte recht behalten. Der riesige Mann öffnete den Reißverschluss an seiner dreckigen schwarzen Jeans und holte seinen bereits erigierten Penis heraus. Umständlich warf er sich auf Isabell und versuchte in sie einzudringen. Die Beine musste er nicht spreizen, das erledigten die Ketten. Nach mehrmaligen Versuchen und unerträglichen Schmerzen war es geschafft und er bewegte sich brutal in ihr. Sie konnte nichts tun. Weder die Beine schließen noch ihn kratzen. Isabell versuchte sich an einen anderen Ort zu denken, doch es gelang ihr nicht. Ihr Rücken und Po wurden bereits wundgescheuert, dazu kam die unangenehme Feuchtigkeit des verschütteten Wassers unter ihr. *Lass es vorbei sein, bitte, mach dass es vorbei ist.* Wen auch immer sie anflehte, er ejakulierte in ihr und zog sich zurück. Ließ von ihr ab stand auf und verpackte seinen schlaffen Schwanz in der Hose. Der ganze Vorgang dauerte ein paar Minuten. Zum Glück. Isabell spürte sein Sperma in sich und wie es langsam nach außen rann. Es ekelte sie dermaßen an, dass sie zu würgen begann. Aber als sie sich mit Mühe auf die Seite zu drehen

versuchte, kam nichts aus ihrem Mund. Sie konnte nicht einmal mehr kotzen.
„Also mir hat's gefallen, da machen wir dann später weiter. Jetzt habe ich noch was zu tun. Und damit du mir nicht verreckst, werde ich Wasser auftreiben. Will ja noch ein wenig Spaß haben mit dir, obwohl du dir nicht gerade Mühe gibst."
Er grinste teuflisch und verließ die Folterkammer. Zweimal drehte sich der Schlüssel im Schloss und Isabell war wieder allein. Mit einem wunden Körper und wundem Herzen. Sie fing an, hemmungslos zu schluchzen, weinte und schrie, nicht besonders laut, aber mit voller Inbrunst. Sie wollte das grässlich klebrige Zeug aus ihrem Körper haben. Und von ihrem Körper, denn zwischen ihren Beinen fühlte sich das Sperma kalt und feucht an. In einem normalen Leben hätte sie nach dem Geschlechtsakt das Ejakulat mit einem Tuch weggewischt, hätte danach geduscht und sich gut gefühlt. Aber ihr normales Leben war jetzt vorbei. Sie hatte lange keinen Sex mehr gehabt, aber immer fühlte sich Sex gut an, denn sie wollte es. Das hier wollte sie nicht. Doch wenn sie überleben wollte, musste sie eine Strategie entwickeln, sich ihm unterwerfen, mitspielen. So tun, als ob es Spaß machte. Gleichzeitig wusste sie, dass sie hier ohnehin nicht lebend herauskam. Aber schon immer lebte sie nach dem Motto: mach das Beste aus der Situation. Wie man aus ihrer misslichen Lage etwas Gutes machen konnte, konnte sie nicht benennen. Sie lag an Händen und Füßen gefesselt auf einem kalten Betonboden, mit gespreizten Armen und Beinen. Aus diesen Fesseln gab es kein Entkommen. Sie war schmutzig, vergewaltigt, Sperma klebte an ihr, sie hatte Wunden und ihr ganzer Körper schmerzte. Fasste man all diese Fakten zusammen, blieb nicht viel Spielraum für Positives. Am liebsten wäre es ihr, wenn sie einfach jetzt sterben könnte, verdursten vielleicht oder an einem Herzinfarkt. Einfach einschlafen und nicht wieder aufwachen. Nur war ihr klar, dass

ihr Überlebenswille stärker war, als alle Unbillen zusammen. Irgendwie würde sie das hier überleben, nach Hause gehen, ein schönes Bad nehmen, schlafen, in ihrem weichen Bett mit sauberer Bettwäsche. Und nie wieder einen Mann an sich heranlassen. Halt, war da nicht dieser unheimliche fesche Polizist? Der ihr Herz berührte? Ein Date mit ihr ausgemacht hatte? Wenn sie überlebte, würde sie sich mit ihm treffen? Das war im momentanen Zustand schwer zu beurteilen. Sie konnte sich nicht vorstellen, je wieder von einem Mann angefasst zu werden ohne dass sie schreien musste, sich fürchtete, mehr noch, sich ekelte. Schon nach ihrer ersten Begegnung mit dem Monster im Wald war sie sehr lange nicht in der Lage, sich einem Mann zu öffnen, intim mit ihm zu werden. Ihre sogenannten Beziehungen hielten nicht lange. Wie auch. Isabell zeigte sich nach außen hin stark, aber im Inneren war sie schon vor diesem Ereignis hier kaputt, zerbrochen. Also wie konnte ihre Begegnung mit dem attraktiven Kriminalisten aussehen? Nach all dem hier und ihrer Geschichte? Lohnte es sich überhaupt darüber nachzudenken? Ja natürlich, das hielt sie doch am Leben. An Patrick wollte sie nicht denken, zu schmerzhaft war es, sich vorzustellen wie er seine Mutter zu Grabe tragen musste. Die beiden verstanden sich so gut, waren eine kleine, vertraute Einheit. Ihr Sohn, die einzig wahre Liebe in ihrem Leben. Er musste jetzt so dermaßen leiden, nicht zu wissen wo sie war, wie es ihr ging. In dem Fall war es ja besser, dass er nicht wusste in welcher Situation seine Mutter sich befand. Das wäre unerträglich für den sensiblen jungen Mann. Sie wollte ihn wiedersehen, sie musste ihn wiedersehen. Also blieb ihr nichts anderes übrig als zu überleben. Nur so konnte sie mit ihrem Sohn zusammen sein und auch dem Polizisten mit den schönen Augen wieder begegnen. Nur wie? Sie hatte doch ein paar Semester Psychologie belegt, vielleicht ließ sich in ihren Gehirnwindungen etwas Hilfreiches finden. In der

Entwicklungspsychologie ging es um die psychische Entwicklung vom Kleinstkind bis zum Erwachsenen. Gut, da musste etwas zu finden sein, ein schlimmes Erlebnis in seiner Kindheit. Wieso sonst wurde ein Mensch zum Psychopathen? Mordete, vergewaltigte. Kein gesunder Mensch machte das. Hier konnte sie ansetzen, musste mit ihm reden. Auch wenn es ihr noch so schwerfiel. Wie machten das die Profiler immer? Ja, genau, in den Filmen und Büchern suchten sie in der Vergangenheit des Verbrechers. Und wenn sie ihn dann auf frischer Tat ertappten, meistens mit einem Opfer, bohrten sie auf Basis des Wissens, dass er von seiner Mutter verprügelt wurde oder vom Vater sexuell missbraucht oder was auch immer, tiefer. Schlussendlich gab der Täter auf oder schoss sich selbst eine Kugel ins kranke Hirn. Soweit, so gut, das alles war allerdings reine Fiktion, weil von guten, manchmal auch weniger guten, Autoren geschrieben. Obwohl diese fürchterlichen Geschichten zumeist auf wahren Begebenheiten gründeten, war dies das wahre Erschreckende daran. Menschen sind keine netten Lebewesen. Immerhin war das eine Chance, mit ihm zu reden, ihn auszufragen und irgendwie eine Möglichkeit zu finden, dass er sie am Leben ließ. Einen Versuch war es wert, welche Optionen hatte sie auch sonst? Isabell versuchte sich in eine bequemere Lage zu bringen, ihre Arme spürte sie schon lange nicht mehr. Sie schloss die Augen und versuchte sich wegzudenken, weg von diesem schrecklichen Ort, weg von ihrem Peiniger. Sie fiel in einen traumlosen, erlösenden Schlaf.

## Sonntagnachmittag

Während Patrick mit tränennassen Augen aus dem Fenster sah, betrat Peters das Krankenzimmer des schwerverletzten Opfers. Sie lebte, sie würde gesund werden. Langsam. Ihr Gesicht konnte er kaum sehen, weiße Bandagen und Pflaster bedeckten so ziemlich jede freie Stelle. Die Augen waren zu schmalen Schlitzen zugeschwollen, die aufgedunsene Haut zeigte eine dunkelblaue Färbung. Im Arm, der mit blauen Flecken übersät war, steckte ein Infusionsschlauch. Den zweiten Arm hielt sie unter der Decke.

„Hallo, Frau Haber. Wie geht es Ihnen?"

*Was für eine Frage, schau sie dir doch an. Was denkst du wie es ihr geht?*

„Scheiße. Entschuldigung."

„Sie müssen sich nicht entschuldigen, es war einfach eine blöde Frage. Sie sagten meinem Kollegen, Sie würden gerne mit mir sprechen."

„Ja, ich kann mich an ein Detail erinnern. Seine Nase, sie ist schief."

„Schief?"

„Ja, wie wenn sie einmal oder wahrscheinlich öfter gebrochen worden wäre. Und er hat blaue Augen. Stahlblaue Augen. Er ist ein Monster, da war nur Kälte. Ich hab seine Kälte gespürt, es war grauenhaft."

„Das hilft uns schon sehr. Sehen Sie sich diese Zeichnung bitte einmal an."

Peters zeigte ihr das Phantombild, dass sie aufgrund der Beschreibung der vor kurzem vergewaltigten Frau erstellt hatten.

„Ja, so sieht er aus. Nur die Nase ist etwas markanter."

„Das ist gut, darf ich Ihnen den Zeichner schicken, damit er mit Ihnen gemeinsam ein neues Bild anfertigt? Dann haben wir ihn."

„Ja sicher."

„Vielen Dank, Sie helfen uns sehr. Er hat vermutlich eine Frau in seiner Gewalt, wir versuchen sie lebend zu retten."

„Oh mein Gott. Wer ist das?“
„Niemand kennt seinen Namen, aber er ist uns nicht unbekannt. Hat schon mehrere Gewaltdelikte begangen. Leider konnte er bisher nicht geschnappt werden.“
Peters wählte die Nummer des Porträtzeichners, der für die Abteilung Schwerverbrechen arbeitete. Er hoffte, dass er sich meldete, obwohl heute Sonntag war. Sofort nahm der Beamte das Gespräch an. Peters erklärte den Sachverhalt und dass er doch auf Basis der bereits bestehenden Zeichnung hier im Krankenhaus noch die Feinheiten zufügen sollte. Der Mann am anderen Ende der Leitung erklärte sich sofort bereit und sagte sein Kommen in rund einer Stunde zu.
„Der Zeichner kommt in einer Stunde, er heißt Thomas Klar.“
„Gut, ich tue was ich kann. Bin ich eigentlich in Gefahr?“
„Nein, davon gehen wir nicht aus. Er hat sich nie die Mühe gemacht sich zu verkleiden, es ist ihm egal. Und wie es scheint, ist er bis jetzt damit durchgekommen. Nein, er wird Sie kein zweites Mal angreifen. Aber wir haben vor Ihrem Zimmer für alle Fälle einen Beamten abgestellt. Also Sie brauchen keine Angst zu haben.“
Die gezeichnete Frau im Bett versuchte sich an einem Lächeln, doch es gelang ihr nicht. Die Schmerzen beim Sprechen mussten enorm sein, lächeln war unmöglich. Er wollte die arme Frau nicht länger mit seinen Fragen belästigen.
„Ruhen Sie sich aus, ich komme am Abend noch einmal vorbei.“
Da fiel ihm noch etwas ein.
„Eine Frage bitte noch: als Sie aufwachten, hatte er Sie an dem Fundort in seiner Gewalt oder befanden Sie sich an einem anderen Ort?“
„Nein, ich bin in einem Auto aufgewacht. Aber ich kann nicht sagen was es für eines war. Eine Art Lieferwagen. Schmutzig soweit ich es sagen kann, es war ja dunkel.“
„Waren Sie da schon so verletzt wie jetzt?“

„Ich habe geblutet, das spürte ich. Er hat mich niedergeschlagen. Aber das Gesicht hat er mir erst später zerschnitten."
In Peters Bauch begann es zu kribbeln.
„Wann hat er sein Messer genommen? Im Auto? Wie sah das Messer aus?"
„Das kann ich nicht mehr so genau sagen, es war irgendwie alles verschwommen. Er hat mich rausgezerrt, ich habe mich gewehrt, obwohl ich so benommen war, habe ich ihm wohl auch das Gesicht zerkratzt."
„Das ist gut. Sehr gut. Er hat also mit Sicherheit Kratzer im Gesicht. Darf ich kurz Ihre Fingernägel sehen?"
Elke zeigte ihm ihre rechte Hand, die bisher unter der Decke verborgen lag. Die Fingernägel waren noch schmutzig und tatsächlich sah es aus, als wenn sich Blut dahinter befände.
„Das ist ja fantastisch! Verzeihen Sie meine Euphorie, aber wahrscheinlich haben wir jetzt seine DNA!"
Sofort zückte er erneut das Handy um die Spurensicherung zu informieren und dafür zu sorgen, dass einer der Mitarbeiter sofort ins Spital gefahren kam, um die Proben zu entnehmen.
„Jetzt kommt auch noch ein Mitarbeiter der Spurensicherung und wird Proben von Ihren Nägeln nehmen. Es tut mir so leid, dass wir Sie mit all dem quälen müssen."
„Schon in Ordnung, ich möchte ja auch, dass der Scheißkerl gefasst wird."
„Was geschah dann, nachdem er Sie aus dem Auto gezerrt hat?"
„Ich habe mich gewehrt, geschrien. Da hat er mir seine Faust in den Bauch geschlagen. Ich bin zusammengesackt. Danach weiß ich nicht mehr so viel. Das Messer, es war sehr lang, dünn. Ich habe es noch aufblitzen sehen, er hat mir in derselben Sekunde die Wange aufgeschlitzt. Ich war sprachlos, konnte gar nicht mehr schreien. Dann hat er auch auf der anderen Seite zugestochen, besser, er hat geschnitten."

„Sie waren aber außerhalb des Autos während der Messer-attacke?"
„Ja. Da war Gestrüpp, also keine Straße oder Einfahrt oder so. Und Steine, ich habe Steine gespürt."
Höchstwahrscheinlich befand sich der Verbrecher zu dieser Zeit schon auf dem Metzgereigelände. Sie mussten noch einmal nach Spuren suchen, es musste Blut zu finden sein und womöglich Reifenspuren.
„Das haben Sie gut gemacht. Jetzt habe ich einige Anhaltspunkte und komme mit der Ermittlung einen wesentlichen Schritt voran!"
Peters lächelte die mutige Frau im Krankenbett an und verabschiedete sich. Er hatte viel zu tun, musste allen Hinweisen schnellstens nachgehen, durfte sich keinerlei Fehler erlauben. Jede Minute, nein, jede Sekunde zählte, um Isabell lebend aus den Fängen des irren Kerls zu retten.

## Sonntagabend

Isabell lag in einem Krankenbett, nur zwei Betten befanden sich im Zimmer. Die Frau im Bett neben ihr schlief. Sie befand sich auf der Geburtenstation, hatte vor drei Tagen ihren Sohn geboren. Doch weil er mit einem Kaiserschnitt das Licht der Welt erblickte, lag er ein Stockwerk höher in einem modernen Brutkasten. Heute nun war der Tag, an dem er zu ihr gebracht werden würde. Allein bei dem Gedanken schoss die Muttermilch in ihre Brust, die Natur wusste sich zu helfen. Isabell ging, oder vielmehr fuhr mit dem Rollstuhl, jeden Tag zum klinisch sterilen Bettchen ihres Kindes, musste sein klitzekleines Händchen halten, sich davon überzeugen, dass er am Leben war. Denn das glaubte sie anfangs nicht. Das Letzte was sie hörte, bevor sie die Vollnarkose erhielt, war: wir hören keine Herztöne des Kindes. Isabell flehte darum, ihn zu sehen, als sie aus ihrem Tiefschlaf erwachte. Aber die Ärzte verweigerten ihren Wunsch, war sie doch frisch operiert und in einem seelisch labilen Zustand. Sie stellten sie über Nacht ruhig. Gleich am nächsten Morgen, unter Aufbietung aller Kraftreserven, verließ sie das Zimmer und gelangte irgendwie in die Frühgeburtenstation. Sie konnte sich nicht an die Schmerzen erinnern, nur an den Anblick des lieben Gesichtchens mit den durch die schwere Geburt geschwollenen Lippen und dem winzig kleinen Körper in seinem Glaskasten. Dann war sie zufrieden, ihr Kind lebte. Und jetzt endlich kam er zu ihr. In diesem Moment traten eine Schwester und zwei Ärzte durch die Tür. Zwischen sich schoben sie ein kleines mobiles Gitterbettchen. Ihr Sohn, Patrick. Die Schwester legte ihr den Säugling in die Arme. Dieser Augenblick war der wohl allerschönste, der emotionalste in ihrem Leben. Ihr Herz floss über vor Glück, Tränen glitzerten auf ihren Wangen. Ihr kleiner Sohn blickte mit seinen blauen Augen in ihr Gesicht und mitten in ihr Herz. Sie vermeinte ein Lächeln gesehen zu haben, jedenfalls kuschelte sich das kleine Menschlein voller Vertrauen an ihren Körper. Kein Gefühl würde je wieder so intensiv sein, das wusste Isabell. Sie genoss diese besonderen ersten Momente mit ihrem Sohn. Hielt ihn, als hätte sie ihr Leben lang nichts anderes getan, was auch die Ärzte verwunderte. Diese Liebe ging so tief, zwei Herzen verschmolzen miteinander und würden auf ewig verschmolzen bleiben.

Isabell spürte Tränen im Gesicht, als sie zu sich kam, aus dem wundervollen Traumland aufwachte. Und in die erschreckende Realität geworfen wurde. Sie spürte ihre Arme nicht mehr, auch keine Schmerzen. Nicht einmal ein Kribbeln. War sie schon tot? Spürte sie deshalb ihren Körper nicht mehr? Leider nicht, dachte sie in dem Moment, als sie ein Schmerz vom Rücken ausgehend über den ganzen Körper durchfuhr. Es gab keine Stelle, die nicht schmerzte. Ihr Rücken und Po mussten wund sein, die Stellen an Oberschenkel, Hand und Brustwarze, wo er mit dem Messer seine Spielchen vollführte, brannten wie Feuer. Aber sie bluteten nicht, soweit Isabell es beurteilen konnte. In der Dunkelheit sah sie nichts, aber sie spürte kein fließendes Blut. Er hatte auch nicht besonders tief zugestochen, wollte ihr mehr Angst einjagen. *Oh ja, das hast du geschafft.* Ihr trockener Mund formte die Worte Hilfe, ganz leise, kaum hörbar. Gleichzeitig wusste sie, dass keine Hilfe unterwegs war. Sie lag nun schon ein paar Tage da, wie viele wusste sie nicht zu sagen, es blieb die meiste Zeit stockdunkel. Außer ihr Peiniger betrat den Kellerraum. Isabell hatte keinerlei Erinnerung wie oft er sich an ihr vergangen hatte, wie oft er sie schnitt oder einfach nur mental herabwürdigte. Sie beschimpfte. Sie anstarrte. Ihr Gehirn drückte diese qualvollen Momente weg, legte sie sozusagen auf eine externe Festplatte, zu der sie zum Glück keinen Zugang hatte. Sie fühlte sich

schwach, ausgedörrt. Und doch wollte sie am Leben bleiben, ihren Sohn in die Arme schließen. Vielleicht auch irgendwann den attraktiven Polizisten, obwohl, besonders fähig schien er ja nicht zu sein, wenn er sie bis jetzt noch nicht gefunden hatte. Wie war das doch gleich mit den 24 Stunden? Wenn eine Person entführt wurde und die Suche mehr als 24 Stunden andauerte, blieb der Erfolg zumeist aus, sie noch lebend zu finden. Das hörte sie immer wieder in den Kriminaldokumentationen, die sie so liebte. Die reell und den Tatsachen entsprechend verfilmt wurden. Jetzt war sie mittendrin in einer dieser entsetzlichen Geschichten und konnte nicht sagen, dass ihr das besonders gefiel. Höchstwahrscheinlich fiel auch sie in die traurige Statistik der toten, verstümmelten Opfer. Die vierundzwanzig Stunden waren doch längst vorbei, das wusste sie, obwohl ihr Zeitgefühl sie komplett verlassen hatte. Dieses Monster machte alles richtig, plante professionell und überließ nichts dem Zufall. Deswegen konnte ihre Spur so schwer nachverfolgt werden. Nur ein Zufall, ein Zeuge, dem der ungepflegte Typ auffiel, der sich da draußen umtrieb, würde ihre Rettung sein. *Kommt schon ihr da draußen, dieser grässliche Mistkerl muss doch auffallen! So laufen doch nicht alle herum. Bitte, bitte helft mir doch!* In diesem Augenblick hörte Isabell Schritte. *Nein, nein, nein.* Den Schlüssel, das Öffnen der Tür. Erneutes verschließen. Klimpern mit dem Schlüsselbund. Licht, grell und unwirklich. Stechend.
„Da bist du ja, siehst aber gar nicht gut aus."
*Du verdammtes Arschloch, ich werde dich töten, das verspreche ich.*
„Damit du noch ein wenig lebst, hier."
Damit warf er ihr eine kleine Plastikflasche auf den Boden.
*Sehr witzig, Arschloch.*
„Ups, da habe ich doch glatt vergessen, dass du gefesselt bist."
Sein schmieriges Grinsen konnte sie mehr fühlen als sehen. Er ging auf sie zu, sie ließ die Augen geschlossen. *Ich will dich nicht sehen, ich hasse dich.*

„Ach, du willst nichts trinken?“
„Bitte, Wasser“ kam es leise aus ihrem Mund, die Lippen fühlten sich rissig an, trocken wie Sandpapier.
„Geht doch.“
Damit beugte er sich zur Flasche, schraubte sie auf und setzte sich zu ihr. Er nahm ihren Kopf und hob ihn ein wenig an, gerade so viel, dass sie aus der Flasche trinken konnte. Das tat gut, das lauwarme Wasser rann ihre verdorrte Kehle hinunter. Unvermittelt ließ er ihren Kopf los. Isabell konnte nicht schnell genug reagieren und stieß hart mit dem Hinterkopf auf dem Beton auf. Ihr wurde schwindlig.
„Hoppla.“
Er erhob sich und schraubte die Flasche zu.
„Dann wollen wir mal sehen, wie‘s dir da unten so geht.“
Isabell wusste welche Körperregion er meinte und wäre am liebsten im Boden versunken. Sie stank, sie hatte einfach auf dem Boden uriniert und sein Sperma klebte noch immer an ihr. Nicht dass sie sich vor diesem Monster schämte, aber ihre Lage machte sie auch nicht gerade glücklich. Sie wusste, was kam, zumindest hoffte sie, dass eine neuerliche Vergewaltigung das Einzige war, das er mit ihr vorhatte. An Schlimmeres mochte sie nicht denken.
„Du stinkst, da werden wir wohl erst etwas Wasser brauchen.“
Isabell wollte schon sagen, dass das Übergießen mit Wasser nicht zur Sauberkeit beitrug, sondern die Situation noch wesentlich unangenehmer machte, aber schon hatte er den Rest der Flasche über ihren Unterleib gekippt. Isabell schloss die Augen und wünschte sich auf einen anderen Planeten oder wenigstens weg von hier. Es war wohl überall besser, selbst die einsamste, dürrste Einöde mochte gegenüber dieser Hölle ein Ort des Friedens und Wohlgefühls sein. Er warf die leere Flasche einfach weg.
„So, schon besser.“

*Arschloch, was soll daran besser sein?*
„Schätzchen, du siehst gar nicht gut aus, bist schneeweiß. Hast sicher auch schon mal besser ausgesehen, im Wald, damals, sogar richtig gut."
Mehr als ein Krächzen bekam er nicht zu hören, Isabells Stimme versagte ihren Dienst.
„Ach, du willst nicht mit mir reden? Na auch egal. Ich habe eine Überraschung für dich. Ich will dich quälen, du sollst nicht schnell sterben. Darum hab ich mir überlegt, dir einen nach dem anderen Zeh abzuschneiden und dann bei den Fingern weiterzumachen. Na, wie hört sich das an?"
Isabell war überwältigt von seinem Vorhaben, denn dass er das in die Realität umsetzen würde, das wusste sie.
„Nein, bitte nicht. Ich mache alles was du willst, aber nicht schneiden."
„Was sagst du? Ich verstehe dich nicht."
„Nicht mehr schneiden, bitte."
„Aber natürlich, sieh her, ich habe sogar extra ein Werkzeug dafür!"
Stolz präsentierte er ihr eine rostige Kneifzange mit gelben Plastikgriffen. Die keilförmigen Schneiden sahen alt und braun aus, aber mit ein wenig Kraftaufwendung ließ sich ein Zehenglied oder Finger ganz sicher mühelos abzwicken. Isabell erschauerte.
„Nein, nicht, bitte nicht."
„Ich kann dich ganz schlecht verstehen."
Er bewegte sich in Richtung ihrer angeketteten Füße. Mit einem grauenerregenden Grinsen in seiner Fratze wendete er sich ihrem linken kleinen Zeh zu und bewegte ihn vor und zurück. Isabells Zehen zeigten sich ihm perfekt gepflegt, wenn auch momentan eher schmutzig und in schöner, gerader Form.
„Ist irgendwie auch wieder schade drum. Magst du zusehen?"
Isabell erinnerte sich an ihr Vorhaben mit ihm zu reden. Bloß

würde sie ihm momentan mit Inbrunst ein Messer in den Rücken rammen, doch das kam nicht infrage. Nicht einmal anspucken konnte sie ihn von ihrer Position aus.
„Ich tue alles was du willst. Aber tu das nicht."
„Natürlich werde ich es tun, was könntest du schon bieten, ich hab dich ja ohnehin in meiner Gewalt."
„Spaß, ich könnte dir etwas Spaß bieten, das willst du doch, oder? Ich könnte dir deinen, deinen ..."
„Schwanz, meinst du meinen Schwanz?"
„Ja, deinen Schwanz, ich könnte ihn ja massieren, in den Mund nehmen ..."
*Auch wenn ich kotzen müsste. Ich könnte ihn dir abbeißen, Arschloch.*
„Nein danke, ich stehe mehr darauf, dich hier angekettet zu haben und dir meinen Schwanz in den Mund zu stecken? Nein, lieber nicht, du könntest dabei auf blöde Gedanken kommen, nicht wahr."
Er bog noch während er die letzten Worte aussprach ihren kleinen Zeh ein wenig von den anderen ab und brachte ihn zwischen die Schneiden. Mit einem einzigen Zusammenkneifen der beiden schmutzig braunen Schneiden schnitt er den Zeh ab. Ein unsagbarer Schmerz fuhr durch Isabells Fuß und Bein. Sie schrie und wand sich in ihren Fesseln. Sie wollte nicht zum Fuß sehen, aber es zog sie magisch an. Blut, da war so viel Blut. Und eine kleine leere Stelle wo eigentlich ein kleiner süßer Zeh sein sollte. Isabell schluchzte. Schreien konnte sie nicht mehr, ihre Stimme versagte endgültig. Das Zehenmassaker schien den Peiniger anzutörnen, denn noch ehe Isabell es mitbekam, lag er auch schon auf ihr und vergewaltigte sie. Sie wusste nicht wie lange ihr Martyrium dauerte, denn diesmal fiel sie in eine gnädige Ohnmacht.

Die offene Wunde am Fuß pochte und schmerzte. Nicht extrem, eher dumpf und anhaltend, aber es waren keine schlimmen

Qualen. Oder war Isabell bereits an einem Punkt angelangt, wo Schmerzen sich zur Nebensache entwickelten und nicht mehr klar wahrgenommen werden konnten? Sie befand sich wieder allein im dunklen Kellerloch. *Vielleicht verblute ich, das wäre in Ordnung, ich möchte nicht mehr leben, nicht mehr leiden, nicht noch mehr ertragen müssen.* Und doch, eine kleine Stimme regte sich. Dein Sohn braucht dich doch, er hat sonst niemanden auf der Welt und liebt dich. Bedingungslos. Höchstwahrscheinlich verblutet man an einem amputierten Zeh auch nicht, dachte sie. Isabell versuchte sich in eine bequemere Lage zu bringen, was an sich schon unmöglich war, aber aufgrund ihrer steifen Glieder zu einer Tortur wurde. Die eingeschlafenen Arme und Beine kribbelten, wenn sie sie bewegte, als würden Billionen kleiner Feuerameisen zubeißend über sie krabbeln. Sie lag mit dem Rücken auf einer Wasserlache und was auch immer sonst noch darin herumschwamm, und musste beim Gedanken an die Flüssigkeit unter ihr würgen. Sehr schwach bewegte sie ihre Zehen. Sie spürte den kleinen linken Zeh, obwohl er nicht mehr da war. Wo hatte er ihn hingeworfen? Konnte man ihn noch annähen? *Was für eine blöde Frage, das ging doch nur, wenn er noch frisch war.* Schmerzen fühlte sie nicht, nicht mehr. Um die Füße hatte sich eine klebrige Lache aus ihrem Blut gebildet. Doch konnte sie die Füße nur um ein paar Millimeter vom Blut wegbewegen, das strengte sie unglaublich an und erwies sich überdies nicht als Erfolg, denn überall breitete sich die dickflüssige Blutpfütze aus. Sie musste enorm sein, auch an den Waden spürte sie eine klebrige Unterlage. Zum Glück sah sie den angerichteten Schaden und ihren demolierten, nackten Körper nicht. Mehr als einmal war sie froh darüber, in absoluter Dunkelheit zu liegen. *Warum nur konntest du ihn nicht davon abbringen dir den Zeh abzuschneiden? Versagerin, hast du nicht vorher noch so groß getönt, du würdest dich mit ihm unterhalten, ihn beim Psychoschopf packen?* Mehr als ein sexuelles

Angebot konnte sie ihm nicht machen. *Wie armselig.* Die Frage, die sich ihr aufdrängte, war: wie lange würde sie ohne Nahrung, ohne genügend Flüssigkeit und bei diesem Blutverlust noch am Leben bleiben? Sie fühlte sich schwach, fühlte eigentlich kaum noch ihren Körper. Schmerzen nahm sie in einer anderen Dimension wahr, nicht hier am kalten Betonboden. Aber sie durfte nicht aufgeben, musste am Leben bleiben, auch wenn es mit Sicherheit willkommener wäre, einfach einzuschlafen und nicht mehr aufzuwachen. Welcher Tag war heute? War es Tag oder Nacht? Vielleicht schlief sie sogar und träumte nur, in einer abscheulichen Pfütze aus Wasser und allen möglichen Körperausscheidungen und Blut zu liegen, gefesselt, schmutzig, schwach ...

## Montag, früher Morgen

Peters schlief seit Nächten kaum und so sah er auch aus. Für mehr als schnell duschen nahm er sich keine Zeit, sein Kinn hätte dringend eine Rasur benötigt. Das Labor hatte in Windeseile gearbeitet und alle Forensiker die Nacht durchgemacht. Nun hatten sie die DNA des Täters und eine ziemlich genaue Beschreibung. Allerdings führten die Spuren nicht zum Ort, wo Isabell gefangen gehalten wurde und, so hoffte er mit jeder Faser seines Herzens, noch lebte. Darum wollte die Presseabteilung heute eine Mitteilung veröffentlichen und um Hilfe aus der Bevölkerung bitten. Via Fernsehen und in den regionalen Tageszeitungen. Jetzt benötigten sie Kommissar Zufall, irgendjemand musste den ungepflegten, schwarz gekleideten Typ doch gesehen haben. Die Stadt war nicht besonders groß, ihre Chancen standen gut, um konkrete Hinweise zu erhalten. Der Verbrecher musste sich mit seinem Opfer in einem alten Gebäude versteckt halten, gerade durchsuchten sie verschiedenste Objekte in den nördlichen Stadtteilen, dann ging es weiter mit den westlichen. Bis sie die ganze Stadt inklusive Infrastruktur durch hatten. Besonders in den Industriegebieten standen allerhand Hallen mit Nebengebäuden leer. Viele Einsatzkräfte aus der gesamten Umgebung halfen mit, auch freiwillige Helfer der Feuerwehr übernahmen wichtige Außensucharbeiten. In die Innenräume wurden Nichtkriminalisten nicht vorgelassen, der Verbrecher könnte bewaffnet sein und war jedenfalls brandgefährlich. Doch zählte jedes aufmerksame Auge. Seit sieben Uhr waren jetzt über hundert Männer und Frauen unterwegs. Peters stellte seine Kaffeetasse ab, schnappte sich seine Lederjacke und verließ seine unaufgeräumte, spartanisch eingerichtete Wohnung mitten in der Stadt. Allzu oft sah er seine vier Wände nur zum Schlafen.

Währenddessen saß Patrick wieder einmal am Fenster und blickte zum Horizont. Wenn er könnte, so würde er seine Mutter telepathisch nach Hause bringen. Er hörte gerade in den Nachrichten, dass die Suche nach seiner Mutter in großem Umfang in der Peripherie begonnen hatte. Ich kann auch helfen, dachte er und griff zum Telefon.
„Tom, ich bin es. Hättest du Zeit mir bei der Suche zu helfen? Ich kann nicht einfach nur herumsitzen und die ganze Stadt wird heute in den Außenbezirken durchsucht. Alle alleinstehenden Gebäude erstmal. Ich habe ja kein Auto."
„Ja sicher, Mann, wie spät ist es?"
„Acht Uhr."
„Gut dass ich heute nicht arbeiten muss. Du weißt aber schon, dass ich gestern feiern war, Party bei Andrea. Du wolltest ja nicht mit, was ich auch verstehen kann. Aber ich habe kaum geschlafen."
„Ist schon gut, ich habe nur keine gute Busverbindung und zu den Gebäuden selbst kommt man einfach zu Fuß schlecht hin."
„Passt schon, ich dusche schnell und bin auf dem Weg. Koch einen Kaffee, den könnte ich brauchen."
„Alles klar, danke Mann. Kaffee steht bereit."
Damit beendete er das Gespräch und suchte nach einer Taschenlampe. *Haben wir keine.* Er fand die Stirnlampen, die sie sich einmal gekauft hatten, um nachts, wenn keine Jogger mehr auf ihrer Strecke unterwegs waren, laufen gehen zu können. Was sie ganz selten getan hatten. Eigentlich nie. Aber sie beide lebten nach dem Siedeln ziemlich zurückgezogen und vermieden so gut wie möglich Kontakt zu anderen Menschen. Die Stirnlampen leuchteten ziemlich weit und waren sehr bequem an einem elastischen, etwa fünf Zentimeter breiten Band befestigt. Das müsste gehen. Davon hatte er zwei Stück, in Orange und Grün. Die zweite sollte sein Cousin tragen. An Waffen dachte Patrick in diesem Moment nicht. Bevor es zu

irgendwelchen gefährlichen Übergriffen kommen sollte, meldeten sie ihre Entdeckung einfach der Polizei. Patrick ging davon aus, dass er es sein würde, der seine Mutter fand und rettete und konnte nicht ahnen, wie nah er der Wahrheit damit kam. Er packte in einen kleinen Rucksack zwei Wasserflaschen und eine Packung mit Butterkeksen sowie die Stirnlampen. Dann fand er ein Klappmesser, dass er vorsichtshalber dazusteckte. Das müsste reichen. Schon klingelte es an der Tür. Tom umarmte seinen Cousin.

„Hier, dein Kaffee."

„Danke. Wie hast du dir unsere Suche vorgestellt?"

„Ich möchte erst da drüben, bei der alten Tischlerei nochmal nachsehen. Ich weiß, die Polizei hat gesagt, da kann keiner drin sein, aber ich hab da so ein Gefühl. Und dann gibt es auf der anderen Straßenseite diesen alten Turm, wo die Stromleitungen zusammenkommen. Da hat noch niemand nachgesehen und auch wenn die Straße daran vorbeiführt, gibt es wegen der vielen Sträucher drumherum und dem hohen Unkraut genügend Möglichkeiten für Verstecke. Wenn wir da auch nichts finden, dann fahren wir Richtung See, da stehen einige Häuser leer, ein alter Bauernhof mit Ställen ist auch dabei. Die Sucher haben im Norden angefangen, hier sind wir im Westen. Also wird es dauern, bis sie hier anlangen. Bist du dabei?"

„Na klar, hab ich doch gesagt. Hast du Taschenlampen?"

„Stirnlampen, die leuchten gut und man hat beide Hände frei."

„O.k. Und Waffen, ich meine, es kann ja alles Mögliche passieren in so alten Häusern."

„Nein, ich habe keine Waffen, nur ein kleines Klappmesser."

„Gut, ein Taschenmesser habe ich auch, nur für alle Fälle."

„Ja, wir informieren sofort die Polizei, sollten wir etwas finden."

Die beiden jungen Männer wussten tief im Innern, dass ihr Abenteuer gefährlich werden konnte. Und doch, Patrick hatte keine Wahl. Noch einen Tag länger zuhause herumsitzen hielt er nicht aus. Er wusste aus vielen Krimis, dass die ersten Tage zählten, um eine Vermisste zu finden. Die ersten Tage waren bereits vergangen und von seiner Mutter keine Spur. Er musste nachsehen, musste helfen, auch wenn er sich dabei selbst in Gefahr begab. Jedes Risiko war es wert seine Mutter lebend zu finden. Die beiden verließen das Haus, warfen den Rucksack auf den Rücksitz des weißen Golfs und fuhren los. Ins Ungewisse.

# 6. KAPITEL

*Im Auge scheint es mir, es seien nur drei Dinge,*
*die mich noch bewegen können: Angst vor dem Verlust derer,*
*die ich liebe, Angst vor Schmerz, Angst vor dem Tode.*
Aurelius Augustinus, 354-430

## Montagvormittag

Isabell ahnte nichts von der Suchaktion ihres Sohnes und hätte dieser mit gemischten Gefühlen gegenübergestanden. Einerseits fand sie den spontanen Aktionismus sicher positiv, andererseits aber würde sie nie wollen, dass sich ihr Sohn unkalkulierbaren Gefahren aussetzte. Lieber starb sie als dass ihr Sohn verletzt wurde oder gar den Tod fand. Doch sie wusste nicht was in der Welt draußen vor sich ging, sondern lag in ihrem Dreck am Boden und fror. Ihre Gedanken drehten sich rein um den nächsten Moment seines Kommens, wo ihr persönliches Monster sie weiter folterte und quälte. Wo er sich immer grausamere Methoden ausdachte, um das, was er hier begonnen hatte, zu Ende zu bringen. Da ihr Körper noch nicht einmal mehr Schmerzen an das Gehirn sendete, wurde ihr bewusst, dass dieses Ende nicht mehr allzu lange dauern würde. Sie fühlte eigentlich gar nichts mehr, ihr Herz schlug noch, das war aber auch schon alles. Auch in ihrem Kopf fand sich nicht viel. Bis auf dieses Fünkchen Erkennen, dass es zu Ende ging und dass ihr Feind dafür sorgen würde, dass dieses unvermeidbare Ende kein angenehmes wurde. Wie gerne würde sie sich jetzt noch einmal wegbeamen, an einen schönen Ort voller Sonnenschein, Leben, Schmetterlingen, Blumen, Frieden. Doch nicht einmal mehr diese Kraft konnte sie aufbringen. In der Ferne hörte sie eine Tür, hörte Schritte, die auf Watte gehen mussten, so gedämpft nahm sie diese wahr.

Irgendwo hörte sie auch eine Stimme, aber nicht, was gesagt wurde. Er rüttelte sie, schrie etwas. *Ich möchte schlafen, lass mich in Ruhe. Nur noch schlafen.*
„Das könnte dir so passen, du krepierst mir nicht einfach so!"
Sie fand noch nicht einmal die Kraft, die Augen zu öffnen. Ihr dehydrierter Körper reagierte nicht. Auch nicht auf seine wütenden Tritte in die Rippen.
„Aufwachen, aber dalli!"
Jetzt schrie ihr Peiniger. Das konnte sie nicht überhören. Aber es war ihr egal. Bevor sie sich mit diesem perversen Arschloch noch länger unterhielt, sollte er sie doch tottreten. Alles war besser als hier zu liegen und weiter zu leiden. Nicht einmal der Gedanke an Patrick ließ sie noch weiterleben wollen. Sie hatte einen Punkt der völligen Gleichgültigkeit erreicht. Doch ihr Ungeheuer in Menschengestalt wollte nicht zulassen, dass sie einfach wegschlief, möglicherweise starb. Er löste die Ketten an ihren Handgelenken und setzte ihren Oberkörper auf. Dann flößte er ihr ein süßes Getränk ein, die ersten paar Schlucke kamen sofort retour. Aber er ließ nicht locker. Irgendwann rann ein wenig des Saftes ihre Kehle Richtung Magen. Er hielt ihr die Flasche so lange an die Lippen, bis alles ausgetrunken war. Dann stellte er irgendeinen Gegenstand hinter ihren geschundenen Rücken, damit sie aufrecht sitzen konnte. Was nicht ganz einfach war, denn immer wieder kippte der Körper rechts weg.
„Verdammt, jetzt wach schon auf Schlampe."
*Du kannst mich beschimpfen wie du willst, es ist mir egal. Es tut nicht mehr weh. Nichts tut mehr weh.* Doch er ließ Isabell nicht in Ruhe. Jetzt versuchte er es mit etwas Festem, einem Schokoriegel.
„Du musst das essen. Jetzt, sofort!"
Isabell schmeckte die süße Schokolade auf ihren Lippen und biss einem Impuls folgend tatsächlich ein kleines Stück davon ab. Sie kaute daran herum und es gelang ihr sogar, das Stück

hinunterzuschlucken. Dann noch ein Stück und noch eines. Nachdem sie den halben Riegel tatsächlich aufgegessen hatte, wurde sie wieder unendlich müde. Die ganze Zeit über hielt sie die Augen geschlossen, sie zu öffnen hätte zu viel Kraft gekostet. Und sie wollte sich nicht sehen, ihren ausgemergelten, dreckigen nackten Körper.
„So ist's brav, jetzt werden wir es dir mal ein wenig gemütlicher machen."
Während Isabell in ihrer sitzenden Position vor sich hindöste, zerrte ihr Übeltäter die alte Matratze in ihre Richtung. Bevor er sie jedoch darauf legte, nahm er einen Eimer, den er mitgebracht zu haben schien, und wusch sie mit einem Schwamm von oben nach unten ab, nicht ohne ein wenig zwischen ihren Beinen zu verweilen.
„Da sollst du schön sauber sein."
Auch diese verstörende Aktion der Waschung vernahm Isabell nur ganz am Rande, denn der Zucker in Saft und Riegel zeigte noch keine Wirkung. Währenddessen hob der Perversling sie an und wusch ihren Hintern sowie den Rücken und die Oberschenkel. Er musste sogar ein Schaumbad oder Ähnliches dem Wasser beigefügt haben, es roch ganz angenehm. Dann trocknete er Isabell mit einem nicht besonders sauberen Frotteetuch ab, nicht ohne ihrem Intimbereich mehr Aufmerksamkeit zu schenken.
„Ich muss dich haben, es hilft nichts."
Er legte das halbnasse Tuch unter ihren Körper, schob die Kiste weg und ließ ihren Oberkörper nach hinten fallen. Isabells Kopf schlug abermals hart am Betonboden auf. Doch diesmal blieb sie wach, zumindest halbwegs. Sie musste miterleben, wie er ihre Beine voll Freude spreizte und an ihrer Vagina herumspielte. Dabei holte er seinen Penis aus der Hose und tat, was er mittlerweile schon viele Male getan hatte. Isabell aber nahm ihre neuerliche Vergewaltigung nicht reell wahr.

Nachdem der Akt nach ein paar quälenden Minuten vorbei war, wusch er sie nochmals zwischen den Beinen und trocknete sie ab. Dann legte er ihren Körper weiter seitlich ab und schob die Matratze an ihre Liegestelle. Er hob Isabell auf die Unterlage und setzte den Oberkörper noch einmal auf. Diesmal stützte er sie mit seinem eigenen Körper ab. Wieder gab er ihr zu trinken und sie trank auch gehorsam, wenn nur aus einem Reflex heraus. Danach legte er den Körper ab und fesselte die Hände vor ihr mit einer Plastikfessel. Von irgendwo nahm er eine Decke oder besser ein Laken und deckte Isabells wunden Körper damit zu. Kurz danach wurde es wieder dunkel. Isabell war sich nicht sicher, ob sie das alles nur geträumt hatte oder er plötzlich fürsorglich geworden war, nur damit sie länger lebte. Oder aber konnte sie ihn nun doch davon überzeugen, sie am Leben zu lassen? *Ganz sicher nicht, was für ein Blödsinn. Er will einfach noch ein wenig länger seinen Spaß mit dir. Immerhin bist du jetzt halbwegs sauber und nicht mehr ganz so dehydriert. Mal sehen was als Nächstes kommt.* Isabell dachte sich, dass allein die Vergewaltigungen ihm nicht mehr lange reichen würden. Sie fühlte sich auch nur minimal besser und ein wenig stärker. An ihren abgeschnittenen Zeh wollte sie nicht denken, auch nicht an all die anderen Wunden oder daran, dass er sie möglicherweise schwängerte. Das war der Albtraum schlechthin. Ein Kind ihres Peinigers, mit strahlend blauen Augen und einem bösen Grinsen schon kurz nach der Geburt. Mit diesem Bild vor ihrem inneren Auge schlief sie ein.

## Patricks Suche

Nachdem die beiden jungen Männer die komplette Tischlerei durchsucht und keinerlei Hinweise auf Menschen gefunden hatten, dafür viele tierische Hinterlassenschaften, machten sie sich auf den Weg zum Turm. Die einzigen Spuren, die sie in den heruntergekommenen Gebäuden vorfanden, waren die der Suchmannschaften von vor ein paar Tagen. Patrick hatte aber das Gefühl, er kam seiner Mutter bereits näher. Der Turm entpuppte sich als viereckiges, zweistöckiges und rechteckiges Gebäude mit einem sichtbaren Fenster auf der der Straße zugewandten Seite. Die Mauern zeigten keinerlei Verputz, nur durch die Witterung und das Alter schwarz verfärbte Ziegel mit Moos und Efeu bewachsen. Das Fenster war aber mit Holzbrettern vernagelt und wie es aussah auch schon jahrelang in diesem Zustand, denn die Nägel zeigten sich als braune Flecken. Tom parkte das Auto etwas abseits an der Straße. Das Auto sollte nicht gleich auffallen, wenn der Verbrecher sich tatsächlich in dem Gebäude befand oder wegging oder kam. Rund um den Turm wuchsen meterhohe Brennnessel, Disteln und anderes Gestrüpp wild vor sich hin. Von dieser Seite sah man keinerlei Spuren wie platt getretenes Gras. Vorsichtig näherten sich die beiden dem unheimlichen Objekt. Wer baute ein Haus in dieser Form? Zu welchem Zweck? Da sich einige Stromleitungen und Telefonleitungen hier trafen und in ver schiedene Richtungen weitergeleitet wurden, handelte es sich wohl um eine Art Verteiler oder Trafo. Weder Patrick noch Tom konnten sich einen Reim darauf machen, und eigentlich war es ihnen auch egal. Es sah echt gruselig aus, so ohne Fenster, verwildert und schwarz. Das Dach, ein flaches Pyramidendach, bestand aus Dachziegeln, die vor langer Zeit einmal terrakottafarben gewesen sein mussten. Jetzt waren die Ziegel wie die Mauern schwarz und mit Moos bewachsen. Die beiden jungen

Männer gingen den schmalen Weg entlang, der rund zwanzig Meter am Anwesen vorbeiführte. Auch von dieser Seite ließ sich keine Tür erkennen, außer übermäßig viel Gestrüpp ringsum sah alles verlassen aus. Doch als die beiden das Bauwerk von oben besichtigten, fanden sie wonach sie gesucht hatten. Einen Eingang. Es handelte sich um eine Holztür, dunkel und nicht besonders breit. Eher wie eine Zimmertür, aber aus sehr rustikalem Holz. Von hier führte auch ein kleiner Zufahrtsweg, gerade noch erkennbar an zwei Spuren. Dazwischen und an den Seiten wuchs das Gras nach Lust und Laune. Ein Großteil lag vertrocknet in der Vormittagssonne, doch darunter sprießte bereits wieder neues wildes Grün. Patrick und Tom gingen einfach weiter, so als würde sie der alte Turm nicht weiter kümmern. Sie wollten auch noch die letzte Seite einsehen. Wenn sie am Weg blieben und weiter nach oben gingen müsste ein freier Blick möglich sein. Jedenfalls für einen Teil. Und tatsächlich. Aber was sie sahen, ließ ihnen das Blut in den Adern gefrieren. Ein Auto, braun und alt wie es aussah, stand ziemlich verborgen an der hinteren Hauswand. Das hätte doch längst jemand sehen müssen! Hier waren Jogger unterwegs, Spaziergänger mit ihren Hunden. Patrick begriff erst nicht was er sah und war zutiefst erschüttert und gleichzeitig voller Adrenalin. Tom nahm ihn am Arm und zog ihn weiter.

„Du hattest recht. Das ist er. Das braune Auto. Mein Gott, wieso hat das niemand gesehen?"

„Ich gehe da jetzt rein und hole meine Mum raus."

„Spinnst du? Der Typ ist megagefährlich, wir rufen die Bullen, und zwar jetzt sofort!"

„Aber da kann schon alles zu spät sein, ich muss da rein."

Tom hielt seinen Cousin am Arm fest.

„Hör zu, ich kann dich gut verstehen, aber das schaffen wir beide nicht allein. Bitte, ruf die Polizei."

Patrick nickte und während die beiden einfach weiterspazierten holte er sein Handy aus der hinteren Hosentasche. Die Nummer des Polizisten hatte er vorsorglich eingespeichert.
„Hallo, hier ist Patrick. Wir haben ihn gefunden."
Peters meldete sich sofort und wusste augenblicklich was der junge Mann am anderen Ende der Leitung meinte.
„Wo seid ihr? Und wer ist wir?"
„Ich bin mit Tom unterwegs, meinem Cousin. Ich musste etwas tun, er hilft mir."
„Gut, sehr gut. Wo seid ihr?"
„Nicht weit von Zuhause weg. Nur über die Straße. Da steht ein Turm, also es sieht aus wie ein Turm. Dürfte eine Trafostation oder so etwas sein. Da steht ein Auto im Gebüsch. Braun. Mehr sehen wir nicht. Aber das sieht man von der Straße aus. Was ist los mit den Leuten, das hätte längst jemand bemerken müssen."
„Schon gut, beruhige dich."
Ohne nachzudenken ging Peters zum Du über.
„Ich bin schon unterwegs und ich rufe Verstärkung. Ihr rührt euch nicht vom Fleck, klar."
Patrick steckte sein Handy wieder in die Hosentasche zurück.
„Bis da wer kommt, kann ganz viel Zeit vergehen."
In diesem Moment öffnete sich die Tür. Ein Mann trat heraus. Ein unheimlicher, schwarz gekleideter Typ. Und sah die beiden sofort.
„Verdammt, er hat uns gesehen."
„Scheiße, lass uns abhauen, schnell."
Doch Patrick starrte den Mann einfach an, konnte sich nicht bewegen. Und lief los, aber nicht weg vom Haus, sondern darauf zu. Tom stand wie paralysiert und wusste nicht wie ihm geschah. Das hier passierte nicht wirklich. Noch bevor er nachlaufen konnte, hatte Patrick den Fremden erreicht und schrie ihn an. Im selben Moment schlug ihm der Verbrecher die Faust

in den Bauch und Patrick ging zu Boden. Er packte den jungen Mann, warf ihn wie einen Sack ins Innere des Wagens und stieg auf der Fahrerseite ein. Für all das benötigte der Mann lediglich ein paar Sekunden, denn noch bevor sich Tom in Bewegung setzte, um seinen Cousin aus der misslichen und sehr gefährlichen Lage zu befreien, fuhr die braune Rostschüssel rückwärts die Zufahrt heraus und den Weg Richtung Hauptstraße bergab. Auf dem Wagen befanden sich keine Nummernschilder. Das Handy, Patrick hatte es dabei. So konnte Tom nicht Peters anrufen, sondern wählte die 112. Nach langem, zumindest kam es dem jungen Mann, der jetzt direkt vor der Tür des heruntergekommenen Bauwerks stand, so vor, meldete sich endlich die Polizeistelle, die für den Fall zuständig war und gab die Entführung seines Cousins durch und beschrieb das Auto so gut er konnte. Gleich darauf meldete sich Peters.
„Wo bist du jetzt?
„Ich stehe vor der Tür, er hat sie nicht abgesperrt, ich gehe jetzt rein."
„Nein, halt, ich bin in ein paar Minuten da."
Doch das interessierte Tom nicht. Er wollte jetzt wissen, ob seine Tante sich im Gebäude befand oder aber der Turm nur als Unterschlupf für den miesen Typen diente. Die schwere Holztür lehnte schief im Rahmen, in diesem Zustand konnte sie gar nicht abgeschlossen, nicht einmal geschlossen werden. Im Inneren war es stockdunkel, doch Tom hatte ja die Stirnlampe dabei und aktivierte die Leuchte. Er befand sich in einem rechteckigen Raum, so weit er sehen konnte ohne Mobiliar. In einer Ecke standen ein paar Gegenstände herum.
„Tante Isabell? Bist du hier?"
Keine Antwort.
„Tante Isabell, ich bin's, Tom."
Nichts. Tom ging weiter in den Raum hinein und suchte nach einem Kellerabgang. Oder einer Treppe in Richtung zweiter

Stock. Es schien, dass sich einzig dieser eine Raum im Gebäude befand. An der hinteren Wand, da wo das Fenster sein musste, sah Tom eine Leiter, die in die unverputzte Mauer eingelassen war. Vorsichtig bewegte er sich in Richtung gegenüberliegender Wand und trat dabei auf allerhand Undefinierbares am Boden.
„Tante Isabell, bist du da oben?"
Keine Antwort. Tom wurde unruhig, wenn das überhaupt noch möglich war. Alles deutete darauf hin, dass dies nicht der Ort war, wo der Entführer seine Tante gefangen hielt. Verdammt. Doch er machte sich an der Metallleiter zu schaffen, versuchte sie aus der Verankerung zu heben und auf den Boden zu stellen. In einer der Ecken hörte er ein Rascheln und erschrak. Aber gleichzeitig dachte er, was Schlimmeres als der Mistkerl konnte sich hier drin aufhalten? Endlich ließ sich die kalte Leiter in den Boden rammen. Tom stieg mutig nach oben.

## Montagmittag

Patrick fühlte nur noch Schmerz. Und Angst. Er befand sich in der Gewalt des Entführers seiner Mutter. Das konnte gefährlich werden, sehr gefährlich. Aber er hatte noch sein Handy und Technik sei Dank, er konnte das GPS einschalten. So müssten sie den Wagen orten können. Er legte das Handy nach der Aktivierung unter einen Lappen in der Ecke des verdreckten Innenraums, der Gewaltverbrecher durfte das Telefon keinesfalls bei ihm finden. Obwohl er kaum atmen konnte, schaffte er diese brenzlige Aktion lautlos, denn das Führerhaus des alten Fahrzeugs verfügte über keine Trennwand. Der Boden stank nach Benzin, Öl, Fäkalien und anderen unguten Dingen, die sich nicht auf Anhieb benennen ließen. Es rumpelte. Scheinbar führte der Weg des Ganoven in ein unwegsames Gelände. *Bitte, bitte findet mich, sonst bin ich tot, wie meine Mum. Helft uns.* Das Auto blieb stehen, der Motor erstarb. Patrick bewegte sich nicht. Die Tür ging quietschend auf. Dass sie quietschte war ihm beim Hineinstoßen nicht aufgefallen. War aber wohl die logische Konsequenz eines so alten Wagens.

„Komm raus!“

Die Stimme des großgewachsenen Mannes war leise, schneidend und bitterböse. Er war es gewohnt, Befehle zu erteilen, das hörte Patrick sofort heraus. Der junge Mann versuchte sich aufzusetzen, doch das war schwerer als gedacht. Der Bauch- und Brustbereich schmerzten extrem. Doch es nutzte nichts, wenn er nicht wollte, dass ihn der Riese noch einmal schlug, sollte er sich besser bewegen. Mit Mühe setzte er sich auf und robbte Zentimeter für Zentimeter vorwärts. Ungeduldig geworden riss der große, ungepflegte Mann Patrick aus dem Auto und stellte ihn so gut es ging auf seine Beine.

„Wenn du schreist bist du tot. Das in deinem Rücken ist ein Messer. Klar?“

Patrick spürte den Druck der Klinge an seinem Rücken und zweifelte keine Sekunde daran, dass der Mann ihm das Messer tief in den Körper rammen würde, ohne Skrupel. Er warf einen Blick in die Umgebung. An einem Montagvormittag war es in der Stadt lebendig, aber hier konnte er keine Menschenseele ausmachen. Sie mussten sich irgendwo in der Peripherie befinden, auf einem alten Fabriksgelände. Oder etwas in der Art, denn es standen mehrere niedrige Gebäude und Hallen rundherum. Und viel Unkraut, hohes Gras und Gebüsch. Viel konnte Patrick nicht erkennen, nur dass sie hier gut versteckt waren. Ohne sein Ortungssystem im Handy könnte es noch Monate dauern, bis der Suchtrupp endlich auch an dieser abgelegenen, uneinsichtigen Stelle einmal nachsah. Er konnte nur hoffen, dass es auch funktionierte. *Bitte Gott, lass es funktionieren. Ich bin nicht gläubig, ich weiß, aber heute brauche ich deine Hilfe.* Sie betraten eine vom Tageslicht durchflutete Halle, die Tür war unverschlossen. Wozu auch abschließen, niemand betrat dieses Gebäude freiwillig, denn es sah ganz nach wilden Tieren aus. Unterschiedlich große, bräunliche Haufen lagen herum, es stank nach Urin. In einer der Ecken lag eine alte Decke und daneben eine Spritze. Also dienten solche Objekte auch der Unterbringung von Drogensüchtigen.
„Da rein."
Der Gewalttäter führte Patrick in einen kleinen Raum ohne Fenster, eine Treppe führte in den Kellerbereich. Erstaunlich, aber die nackte Glühbirne im unteren Teil funktionierte. Also musste es tatsächlich noch Strom geben. Vielleicht sorgte ein Kompressor für die Stromversorgung? Sie blieben an einer Tür stehen, die der dunkle Mann hinter ihm mit einem der Schlüssel an einem Schlüsselbund öffnete. Er stieß Patrick ins Dunkel und kam selbst nach. Danach verschloss er die Tür und machte auch hier Licht an. Eine Leuchtröhre genügte um den gesamten Raum zu erhellen, der länglich und vollkommen leer war und an dessen Ende sich eine weitere Tür befand. Sie gingen darauf

zu und Patrick ahnte, was sich dahinter befand. Wieder nahm der Unhold seinen Schlüsselbund und sperrte eine enorm dicke Tür auf, die in einen dunklen Raum führte. Das musste ein Bunker sein.

„Rein da.“

Damit stieß er Patrick in den Innenraum und verschloss die Tür von außen. Der Junge versuchte sich zu orientieren. Aber er sah die Hand vor seinen Augen nicht, so dunkel war es hier. Es roch unangenehm, schimmlig, feucht und zugleich stickig. Außerdem roch es nach Schweiß und Urin. Und ganz leicht duftete es wie in einem Badezimmer, wenn die Wanne frisch mit einem feinen Duftbad volllief. Das passte zwar nicht zusammen, aber so war es. Da hörte er in der absoluten Stille der dicken Wände ein leichtes Atemgeräusch.

„Mein Gott, Mum! Wo bist du, es ist so dunkel hier. Mum?“

Isabell nahm von irgendwo her eine Stimme wahr, aber das konnte doch nicht sein. Wie sollte das sein? Ihr Sohn, sie hörte Patricks Stimme. Patrick tastete sich ganz vorsichtig in Richtung der Geräusche.

„Mum? Bist du das? Ich bin‘s, Patrick.“

Tatsächlich, ihr Sohn.

„Patrick.“

Sie flüsterte seinen Namen. Patrick ließ seinen Tränen freien Lauf. Sie lebte, seine Mutter lebte. Endlich erreichte er ihr Lager. Der Bereich stank fürchterlich und roch zugleich nach Schaumbad. Verrückt. Aber das war ihm vollkommen egal, er kniete sich hin und tastete nach seiner Mutter.

„Du lebst, ich bin ja so froh.“

Dann heulte er unkontrolliert los. Suchte die Arme seiner Mutter, fand sie gefesselt vor. Nahm ihren schmalen Oberkörper in seine Arme und drückte sie ganz fest.

„Patrick, wie kommst du hierher? Der Mann, er ist sehr gefährlich.“

„Jaja, ich weiß, das spielt jetzt keine Rolle, ich bin bei dir.“
„Er wird dich töten, so wie mich, er kann dich nicht freilassen.“
„Doch das kann er, alle kennen sein Gesicht und niemand hat ihn gefunden. Ich schon, ich habe sein Versteck gefunden.“
„Du bist mein mutiger Schatz. Wo ist er?“
„Ich weiß es nicht, er hat mich hier reingeschubst und von außen abgeschlossen. Mum, wie geht es dir? Was hat er dir angetan?“
„Er, er, oh, nein, ich kann dir nicht sagen was er alles getan hat, nur, dass er skrupellos ist, dass er mich töten wird, auch wenn du da bist wird er nicht aufhören mich zu quälen.“
Patrick wusste das und wusste auch, dass er schnell handeln musste, um sie beide zu retten. Wie, das wusste er nicht, aber dass sie nur eine einzige Chance hatten, das war ihm klar. Er hielt seine Mutter weiterhin in den Armen und wiegte ihren Oberkörper sanft hin und her. Erst einmal waren sie allein und konnten Pläne schmieden.
„Ich habe Angst. Du solltest nicht hier sein.“
„Mum, mach dir jetzt keine Sorgen. Wir schaffen das. Bist du verletzt?“
„Ich glaube die Verletzung am Oberschenkel ist entzündet. Dann hat er mir einen Zeh abgeschnitten, die Wunde spüre ich auch. Es pocht und fühlt sich heiß an. Aber ansonsten fehlt mir nichts.“
Mit allem anderen wollte sie ihren Sohn nicht konfrontieren, er würde noch früh genug erfahren, was ihr das Monster alles angetan hatte. Sollten sie beide hier lebend herauskommen.
„Was kann ich da tun?“
„Gar nichts, da kannst du gar nichts tun. Hier unten ist nichts, und ganz sicher kein Antibiotikum oder Dinge, mit denen die Wunden einmal gereinigt werden könnten. Egal, darum kann sich dann ein Arzt kümmern.“
„O.k., gibt es Wasser?“

„Nein, er bringt immer wieder etwas zu trinken mit, aber hiergelassen hat er nichts."
„Hast du etwas essen können?"
„Einen halben Schokoriegel."
„Gut, besser als nichts. Hast du hier unten etwas gesehen, das wir als Waffe nutzen könnten?"
„Du wirst ihn nicht überwältigen können, Patrick, der Mann ist ein Profi. Und er ist ein Soziopath. Er wird dich getötet haben noch bevor du zuschlagen kannst."
„Ich muss ihn nur überraschen."
Da fiel Patrick ein, dass sein kleines Messer in der Hosentasche steckte und er es nicht wie vorgehabt in den Rucksack geworfen hatte. Er griff danach, es war tatsächlich noch da. Aber mehr ein Spielzeug denn eine Waffe, denn die Klinge maß gerade einmal ein paar Zentimeter. Doch konnte er immerhin seine Mutter von den Fesseln befreien. Er schnitt vorsichtig die Plastikfessel durch und musste erkennen, dass seine mörderische Waffe bestenfalls für das Schneiden von Wurst oder Brot zu verwenden war. Die Klinge zeigte sich mehr als stumpf.
„Das ist nun nicht gerade eine gefährliche Waffe."
„Außer ich treffe sein Auge."
„Patrick!"
„Mum, wir müssen ihn überwältigen, außer Gefecht setzen. Ich versuche nur die Möglichkeiten abzuwägen."
„Schon gut, es klingt nur so schrecklich, einem Mann ins Auge stechen. Obwohl der Mistkerl das verdient hätte."
„Na siehst du. Ich versuche mal deine Fußfesseln aufzubekommen. Aber erst sehe ich nach, ob es einen Lichtschalter gibt, der Raum draußen war jedenfalls beleuchtet. Hattest du hier drin Licht?"
„Jedesmal wenn er hereingekommen ist."
Mehr wollte Isabell dazu nicht sagen.
„Hat er das Licht hier drin angemacht?"

„Das kann ich nicht sagen, nein, ich glaube er hat es von außen getan. Aber ich weiß es nicht."
„Gut, ich taste mich zur Tür und schaue nach."
Patrick bewegte sich auf allen Vieren vorsichtig zur Tür und tastete sich an der Wand hoch. Er erfühlte einen Kippschalter und betätigte ihn. Nichts.
„Verdammt."
„Was ist?"
„Es gibt einen Lichtschalter, aber der funktioniert nicht. Wahrscheinlich muss zuerst draußen der Strom aufgedreht werden. Wir müssen im Dunkeln zurechtkommen. Das schaffen wir schon."
Patrick ging nun aufrecht zurück zur Liegestatt seiner Mutter, er konnte sich mittlerweile gut orientieren.
„Jetzt erlösen wir dich erstmal von deinen Fußfesseln."
Was sich als äußerst schwierig, ja eigentlich unmöglich erwies. Die Fesseln waren aus Eisen gefertigt und mit einem Schloss versehen. Sie sahen aus oder besser fühlten sich an wie Fußschellen, die im tiefsten Mittelalter in den Kerkern Verwendung fanden. Patrick kannte sich ein wenig mit alten Waffen und Folterwerkzeugen aus, er sammelte leidenschaftlich alte Schwerter. Doch um diese Fessel zu öffnen brauchte er den Schlüssel. Er tastete sich an einer der Ketten vor zum Haken an der Wand. Es handelte sich um einen Wandhaken, ebenfalls aus Metall, tief verankert im Mauerwerk. Patrick zog daran, der Haken bewegte sich nicht.
„Ich werde versuchen den Haken aus der Wand zu bekommen. Ich nehme das Messer dafür, das wird ein wenig Zeit brauchen, leg dich doch solange hin."
Isabell hörte ein Scharren an der Wand und wusste, Patrick würde es schaffen. Er kratzte und zog und kratzte und zog. Endlich lösten sich ein paar Brocken Mörtel, Patrick bohrte das Messer in das Loch und kratzte weiteres Material heraus.

Nach gefühlten Stunden unnachgiebiger Arbeit lockerte sich der Wandhaken tatsächlich. Nur dass es sich nicht um Stunden handelte, sonder lediglich ein paar Minuten. Patrick zog nun mit beiden Händen am Haken, stemmte sich mit seinem ganzen Gewicht dagegen. Der Haken löste sich endgültig. Am Ende des Wandhakens befand sich eine gedrehte Schraube, die zur Verankerung in der Wand diente. Diese maß in etwa eine Länge von zehn Zentimetern. Das war eine wesentlich effektivere Waffe als sein Messerchen, doch hing der Haken an der über einen halben Meter langen Kette fest, die die beiden Fußfesseln miteinander verband und war somit nutzlos. Dann kam ihm die Idee, ein Kettenglied aufzustemmen und somit die Kette in zwei Teile zu zerlegen. Damit wäre seine Mutter halbwegs frei.

„Ich werde versuchen, ein Kettenglied aufzustemmen, vielleicht schaffe ich das, dann bist du frei und wir haben eine ziemlich arge Waffe. Die Schraube kann echt verletzen."

„Zeig mal."

Isabell richtete sich auf und befühlte die spitze Schraube am Ende des Hakens.

„Wow, ja, versuch das Ding loszubekommen. Kann ich helfen?"

„Nein, ich habe nur das eine Messer. Ich schaffe das, ruhe dich aus. Wir werden noch viel Kraft brauchen."

Damit machte er sich ans Werk und suchte im Dunkeln die einzelnen Glieder ab, um eines zu finden, das vielleicht nicht ganz so akkurat zusammengebogen war und sich vielleicht auseinanderstemmen ließ. Schon bald wurde er fündig und jetzt brauchte es viel Kraft und Geduld. Millimeter für Millimeter drückte er die Enden mit dem Messer auseinander. Wieder fühlte es sich wie Stunden harter Arbeit an und wieder dauerte es lediglich ein paar Minuten. Patrick löste das Glied von der Kette und holte sich den Haken.

„Geschafft."

„Mein Gott, ich bin frei!“
„Ja, komm, versuch aufzustehen, bewege dich ein wenig, damit das Blut wieder zirkulieren kann.“
Isabell band sich das Laken um den Oberkörper, mehr an Bekleidung hatte sie momentan nicht zur Verfügung, und stand mit Patricks Hilfe auf. Obwohl sie sehr schwach war, fühlte sie neue Energie. Sie ging ein paar Schritte hin und her, nur soweit sie beide wussten, dass es kein Hindernis gab. Der linke Zeh fehlte beim Fortbewegen, aber sie konnte gehen. Es schmerzte, war aber erträglich. Das Klirren der Ketten bei jedem Schritt hörte sich beängstigend an, wie in einem Kerker im tiefsten Mittelalter. Doch Isabell spürte mit jedem Schritt mehr Kraft in sich, mehr Lebenswillen und Kampfgeist.
„Er muss meine Kleider hier weggeworfen haben.“
„Setz dich auf die Matratze, ich robbe mich durch den Raum und sehe was sich finden lässt. Vielleicht gibt es ja auch noch Bretter oder Eisenstangen, die wir als Waffen benützen können.“
Patrick kroch auf allen Vieren von einer Wand zur anderen und entdeckte ein Häufchen Kleider und einen Haufen mit Abfall. Außerdem fand er in der hintersten Ecke Schutt. Er wühlte sich durch den kleinen Berg von Mauerstücken und fand wonach er gesucht hatte: eine Eisenstange, zwar verbogen und mit Sicherheit rostig, aber doch stabil. Perfekt. Er kroch zurück zum Lager seiner Mutter.
„Hier, das habe ich gefunden. Ich weiß nicht ob es deine Kleider sind, aber vielleicht kannst du damit etwas anfangen.“
Isabell befühlte das kleine Häufchen Stoff und fand darin ihre kurze Hose sowie das Trägertop. Der Slip blieb verschwunden, egal, das musste reichen. Unbeholfen, denn immer noch hingen die beiden Ketten an ihren Fußfesseln, zog sie die Hose über ihre Beine und tastete nach der Wunde im Oberschenkel. Die Stelle fühlte sich heiß und geschwollen an, aber nur in einem kleinen Umkreis rund um den Einstich. Sie zog

die Shorts hoch und stieg in ihr Top. Das fühlte sich gut an, obwohl sie sich danach völlig außer Atem hinsetzen musste.
„Hast du noch etwas gefunden, das wir als Waffe verwenden können?"
„Ja, eine Eisenstange. Hier, fühl mal."
Die Eisenstange maß einen Meter und bog sich in der Mitte. Das raue Stück wog sicher mehr als einen Kilo und konnte sehr gut als Schlagwaffe verwendet werden. *Ich schlage ihm damit den Kopf ein, sein Blut wird in alle Richtungen spritzen. Und ich werde dabei lachen.* Isabell erschrak über ihre blutrünstigen Gedanken und ein Schauer durchlief ihren Körper. Sie hatte bereits einmal gemordet, konnte es sein, dass sie eine Serienmörderin war? *Blödsinn, ich muss hier um mein Leben und das Leben meines Sohnes kämpfen. Ja in diesem Fall, aber bei deinem Mann? Du hättest ihn am Leben lassen können, das hast du nicht getan.* Sie schüttelte sich. Was für abartige Gedanken und doch so wahr. Ja, sie hätte ihn am Leben lassen können. Hätte eine Rettung rufen können. Aber nein, sie hatte ihn schlussendlich seinem Schicksal überlassen und auch noch den Schlussstrich darunter gesetzt. Ihn erstickt. Die Leiche entsorgt. Und sie war damit davongekommen. Niemand hielt sie für eine Mörderin. War dies der Ort der Vergeltung? Bekam sie ihre gerechte Strafe? Der Mann, der sie damals dabei beobachtet hatte, wie sie die Leiche ihres Mannes in den Fluss warf, dieser Mann war ihr erbittertster Feind und wollte ihren Tod. Denn sie hatte auch ihn fast schon einmal getötet. Obwohl sie sich in einer mehr als misslichen Lage befand und ihr Sohn auch noch beteiligt war und sie beide um ihr Leben würden kämpfen müssen, holten sie die schrecklichen Bilder aus der Vergangenheit ein. Das viele Blut, und doch hatte ihr Peiniger überlebt. Zweimal. Isabell fing an zu weinen, sie konnte es nicht kontrollieren.
„Mum, keine Sorge, weine nicht, wir schaffen das."

„Oh Gott Patrick, du hast ja keine Ahnung. Ich kenne diesen Mann schon sehr lange."
„Was?"
„Damals, der Unfall deines Vaters, es war keiner."
„Was?"
Patrick verstand die Bedeutung ihrer Worte nicht, wie auch.
„Was meinst du damit, er hatte gar keinen Unfall? Er ist in den Fluss gestürzt, er ist ertrunken oder vorher schon tot gewesen, weil er auf einem Stein aufgeschlagen ist. Das wurde uns doch genauso gesagt. Oder?"
„Patrick, es war alles ganz anders. Ich muss es loswerden, muss darüber reden. Jahrelang nagt es an mir, zerreißt mich schier. Und jetzt ist der Mann aus meinen Albträumen wieder da und er will sich rächen."
„Rächen, warum rächen? Ich verstehe jetzt gar nichts mehr. Aber Mum, wir müssen jetzt eine Strategie entwickeln, wir müssen den Typen überwältigen. Wir müssen überleben, das ist jetzt wichtiger. Zu zweit könnten wir es auch schaffen. Reden wir später."
„Nein, ich muss es dir erzählen. Wer weiß wann er wiederkommt. Vielleicht lässt er uns auch einfach hier drin verrotten, kein Mensch wird uns finden."
„Doch, sie werden uns finden. Mein Handy liegt in seinem Auto, ich hab das GPS eingestellt. Sie können uns orten."
„Sie können sein Auto orten, nicht uns. Wenn er abhaut, dann ist auch das Handy weg. Scheiße."
„Wenn die Polizei ihn findet, dann werden sie auch uns finden."
„Denkst du? Du glaubst er wird ihnen einfach so verraten wo wir stecken? Patrick, der Mann ist ein Monster und das wäre die perfekte Rache. Uns hier drin verhungern zu lassen. Oh Gott, ich sollte dir nicht noch mehr Angst machen. Versuchen wir hier rauszukommen, es muss doch einen Weg geben. Ich kann dir die Geschichte ein andermal erzählen."

Sie wandten sich in Richtung Tür, mit langsamen Schritten tasteten Mutter und Sohn sich der Wand entlang. Isabell hinkte leicht, die Kette rasselte am Betonboden, Patrick stützte sie. Die Tür entpuppte sich als Metalltür, schwer, wahrscheinlich schalldicht und ganz sicher nicht mit einem kleinen Messer oder einer Metallstange zu öffnen.

„Vielleicht nützt es, wenn wir schreien und gegen die Tür klopfen?“

Doch Patrick erinnerte sich, dass sie sich tief in einem verlassenen Gebäude befanden, wo sie nur durch einen eher undenkbaren Zufall jemand hören würde.

„Hier unten wird uns niemand hören, vielleicht ein paar Ratten. Der Raum liegt in einem Keller, die Tür ist denke ich schalldicht. Es muss einen anderen Weg geben. Wie wird ein Bunker eigentlich belüftet?“

„Du bist ganz schön klug. Keine Ahnung, es muss wohl ein Belüftungssystem geben, sonst wäre ich vermutlich längst erstickt. Ich kann mich an unseren Bunker im Mietshaus erinnern, wo wir wohnten als ich noch ein Kind war. Es gab in einer Wand ein Gitter, dahinter einen extrem engen Tunnel und der führte zu einer Luke, die von innen verschlossen war und mitten in eine Wiese mündete, aber gut getarnt. Wir sind da gerne reingekrochen damals, das war abenteuerlich, wenn auch für uns dürren Kinder ziemlich eng. Das Gitter ließ sich leicht öffnen, irgendwer hatte das Schloss aufgebrochen, doch die Luke konnten wir nicht öffnen. Ich vermute, sollte es hier so einen Tunnel mit Öffnung geben, dass diese aber verschlossen ist.“

„Aber vielleicht hat er nicht daran gedacht!“

„Ich weiß nicht, vorstellen kann ich es mir eigentlich nicht. Aber wir sollten es versuchen, es muss ein Gitter geben. Teilen wir uns auf, du suchst rechts von der Tür weg, ich links.“

Sie tasteten jeden Zentimeter der Wand ab, langsam und bedächtig, um ja nichts zu übersehen. Die Wände waren nicht

besonders hoch, sogar Isabell kam mit den Fingerspitzen bis an die Deckenkante. Doch es ließ sich nichts finden, kein Loch, kein Gitter, kein Durchgang. Sie trafen sich im hinteren Bereich.
„Nichts, da ist nichts."
Resigniert sank Isabell die Wand entlang nach unten, erschöpft und ausgelaugt lehnte sie sich nach hinten.
„Da muss etwas sein, vielleicht in der Decke."
„Kommst du rauf?"
„Ja, es ist schwierig, aber ja. Ich suche alles ab, ruhe du dich aus."
„Wo sind unsere Waffen?"
„Ich habe alles links neben der Tür abgelegt."
„Gut, ich bewege mich dahin, für alle Fälle."
Während Patrick damit begann, die Decke abzusuchen, bezog Isabell neben der Tür, bewaffnet mit dem Haken, dem Messer und der Metallstange, Stellung. Stange und Haken hielt sie in ihren Händen, das Messer steckte sie in die vordere Shortstasche. Das Hinsetzen verursachte ihr ziehende Schmerzen im Oberschenkel, aber es war auszuhalten. Nach einiger Zeit schlief sie ein, ihr Körper schwächelte. Patrick fingerte sich Stück für Stück voran und befand sich schon mitten im Raum, als er Schritte hörte.
„Mum, er kommt."
Schlagartig wachte Isabell auf.
„Komm her, schnell."
Isabell richtete sich mühsam auf, Patrick trat neben sie. Sie reichte ihm die Stange.
„Du bist stärker. Ziel auf seinen Kopf."
Die Schritte kamen näher.

## Tom

Tom blickte in einen niedrigen Raum voller Spinnweben, relativ gut beleuchtet von einem dreckigen Fenster im Dach. Die Dachschrägen erlaubten kein aufrechtes Stehen, außer man war ein Zwerg oder kleines Kind. Doch nicht der Raum an sich, der extrem verstaubt und mit Fledermauskot übersät war, versetzte Tom in Erstaunen. In der hinteren Ecke nahm er eine Gestalt wahr, nackt soweit er es auf die Entfernung hin beurteilen konnte. Und definitiv weiblich, er konnte Brüste sehen. Aber auch sehr blass, nahezu schneeweiß. Und unbeweglich.
„Hallo, geht es Ihnen gut?"
Keine Antwort.
„Hallo!"
Tom wusste, dass der Verbrecher nicht im Haus war und er wusste auch, dass der Polizist jeden Moment da sein würde. Aber seine Neugier ließ sich nicht zügeln und wo er schon einmal so weit gekommen war, stieg er ganz auf den Dachboden und ging langsam auf die Frau am Boden zu. Was er zu sehen bekam erschreckte ihn zutiefst. Er würgte und übergab sich. Die Frau am Boden war eindeutig tot. Ihre trüben Augen blickten starr nach oben. Der Mund war halb geschlossen und skurril verzerrt. Ein Mundwinkel zeigte nach oben, einer nach unten. Er konnte sich allerdings täuschen, denn das ganze Gesicht war übersät mit blauen, grünen und gelben Flecken und Blut. Blut befand sich auch in den Haaren, die einmal blond gewesen sein mussten. Die Tote lag auf dem Rücken, die Beine gespreizt, die Knie angewinkelt. Den gesamten Unterleib bedeckte Blut, stammend von tiefen Wunden, Schnitte, die man deutlich sehen konnte. Um sie herum sah er eine dunkle Pfütze, ihr Blut. Mein Gott, was hatte das Monster dieser armen Frau angetan? Und gleichzeitig dankte Tom Gott dafür, dass diese Frau nicht seine Tante Isabell war. Er kannte die

Frau nicht. Um keine weiteren Spuren zu verwischen ging er rückwärts auf die Dachluke zu. Hier konnte er nicht helfen. Doch würde er den Anblick der entstellten Leiche wohl nie wieder vergessen können. Den Verwesungsgeruch nahm er in seinem Schockzustand gar nicht wahr. Von unten hörte er Schritte und zuckte zusammen.

„Tom, bist du da?“

Der Polizist.

„Ich bin hier oben. Ich denke Sie werden die Spurensucher oder wie die heißen brauchen. Hier liegt eine Leiche.“

„Was? Ist es ...“

„Nein, es ist nicht Tante Isabell.“

Peters fiel ein Stein vom Herzen. Doch die Tatsache, dass der Gesuchte eine Frau ermordet hatte, machte den Fall um einiges schlimmer. Er war also zu allem bereit.

„Ich komme rauf.“

Peters kletterte die klapprige Metallleiter nach oben. Er roch den Tod bevor er die Leiche sah. Oben angekommen zog er sein Telefon aus der Lederjacke und organisierte auf schnellstem Weg das Spurensicherungsteam zu organisieren. In den letzten Tagen hatten sie viel zu tun, das kam in der kleinen Stadt nicht oft vor. Nachdem er das Gespräch beendet hatte sah er sich die Leiche genauer an.

„Die Kotze ist von mir, sorry.“

„Schon gut, diesen Anblick verträgt man nicht so leicht. Du bist sehr tapfer, aber auch sehr leichtsinnig. Was habt ihr euch dabei gedacht allein hierherzukommen und dann noch reinzugehen?“

„Ich kann Patrick verstehen, er musste etwas tun. Ich habe ihn unterstützt. Damit haben wir nicht gerechnet, ich meine ich, Patrick hat die Tote ja nicht gesehen.“

„Ich kann das auch verstehen, aber damit gefährdet er nicht nur sein Leben, er gefährdet die gesamte Suche.“

„Suche? Es tut mir leid, aber wo wird nach Tante Isabell gesucht? Hier ja wohl nicht, oder?"
„Wir tun was wir können, vorher hatten wir null Informationen zu seinem möglichen Aufenthaltsort. Ich kann nur hoffen, dass wir sein Auto schnellstens finden und er sich nicht unterdessen ein neues knackt. Er ist mit allen Wassern gewaschen und wesentlich gefährlicher als wir vermuteten."
„Er wird die beiden umbringen wenn Sie sie nicht finden!"
Tom brüllte, ließ seinem Ärger, seiner Wut und allem Schrecklichen, was er eben zu sehen bekommen hatte, freie Bahn.
„Beruhige dich, du musst mir jetzt alles detailliert erzählen, was du gesehen hast, alles. Jedes noch so kleine Detail ist jetzt von größter Wichtigkeit. Lass uns nach unten gehen, hier können wir nichts tun."
Die beiden verließen den Ort des Schreckens über die Metallleiter und gingen ins Freie. Tom atmete erst einmal tief durch. Sobald er die Augen schloss, sah er die nackte Frauenleiche vor sich.
„Also gut, erzähl'. Ich brauche erst einmal eine Zigarette, dabei habe ich längst aufgehört."
Er lehnte sich gegen sein Auto, das etwas abseits auf der Straße geparkt stand, um eventuelle Spuren nicht zu gefährden.
„Da gibt es nicht so viel zu erzählen. Darf ich auch eine haben?"
Peters reichte ihm die Packung, sie zündeten sich eine Zigarette an und inhalierten den Rauch tief.
„Also, wir sahen den braunen Kastenwagen, ich kenne das Modell nicht, ein alter Wagen jedenfalls, voller Rost und Beulen, und das konnte man von der Straße aus sehen. Ich bin immer noch erstaunt, dass niemand das gemeldet hat, die Entführung kam im Fernsehen, in den ganzen Zeitungen, der Wagen wurde ja auch beschrieben. Mann, die Leute sind echte Arschlöcher."
„Leider ja, weiter."

„Nun, wir haben den Wagen entdeckt und Sie angerufen. Danach ging alles so schnell. Der Mann kam raus und hat uns entdeckt. Ich habe zu Patrick gesagt „lass uns abhauen“, aber da lief er auch schon los, zu dem Typen runter.“

„Wie sah der Mann aus?“

„Schwarz gekleidet, ziemlich schmutzig soweit ich das sehen konnte. Riesig, er ist sicher fast zwei Meter groß. Und er hat eine schiefe Nase, die ist sicher ein paar mal gebrochen. Das konnte man sogar auf die Entfernung sehen. Die Haare sind ganz kurz, wie bei einem Militaristen. Also fast eine Glatze. Er hat Patrick in den Bauch gehauen, ihn eingepackt ins Auto und dann ist er einfach weggefahren, das alles geschah so schnell, dass ich nicht reagieren konnte. Ich konnte Patrick nicht helfen.“

„O.k., welche Richtung fuhr er?“

„Auf der Hauptstraße nach rechts, Richtung Stadt.“

„Konntest du das Kennzeichen sehen?“

„Da waren keine dran.“

„Auch das noch, aber das fällt auch auf.“

Peters wartete auf das Team der Spurensicherung und telefonierte einstweilen mit der Polizeistation, um ihnen die neuen Fakten durchzugeben und die Richtung, in die der Verbrecher gefahren war. Theoretisch suchten sie vielleicht bereits im richtigen Stadtteil nach der Entführten, nun waren es zwei.

„Brauchst du psychologische Hilfe? Hast du jemanden, bei dem du heute bleiben kannst? In so einem Fall solltest du keinesfalls allein sein.“

„Ich fahre nachhause. Da ist immer wer. Meine Ma oder Dad. Oder meine Schwester. Lassen Sie mich mit Psychodoktoren mal lieber in Ruhe.“

„In solchen Situationen können sie sehr gut helfen. Also wenn du merkst, dass du es allein nicht schaffst, Angstzustände bekommst, Albträume, dann melde dich bei mir. Eine Frage noch: wo ist Patricks Handy?“

„Das hat er dabei, also er hatte es dabei."
„Echt? Das ist gut, vielleicht hat er sein GPS aktiviert, dann könnten wir ihn orten. Sehr gut, ich rufe gleich die Techniker an. Auf wen ist das Handy gemeldet?"
Ich denke auf seine Mutter. Er hat ja kein Geld, Student und so."
„O.k., das Handy seiner Mutter haben wir noch nicht gefunden, aber wir konnten auch kein Signal orten. Das ist jetzt eine gute Chance. Ich danke dir!"
„Finden sie die beiden."
Damit ließ er den Kriminalisten stehen und ging den Weg hinab zu seinem Auto.

## Vorher: Ein ungeplanter Mord geschieht

Sie hatte sich so auf ihren freien Tag gefreut. Seit Wochen schon machte sie im Büro Überstunden, heute aber wollte sie einfach einmal nichts tun und was gab es Besseres als einen ausgiebigen Spaziergang in der Natur, um so richtig zu entspannen. Mary, so lautete ihr Spitzname, denn eigentlich hieß sie Maria, zog sich eine bequeme Jogginghose an, schlüpfte in ein T-Shirt, band ihre Sportschuhe zu und verließ das schmucke Einfamilienhäuschen. Nach dem sorgfältigen Verschließen des schmiedeeisernen Gartentores hielt sie sich links, denn auf diesem Weg gelangte sie direkt zum See, dem Ziel ihrer kleinen Wanderung. Sie ließ ihr Handy zuhause, auch den MP3-Player, denn sie wollte den Klängen der Natur lauschen, nicht der Musik. Beschwingten Schrittes ging sie los und freute sich, dass auf der schmalen Straße nur wenig los war. Kein Auto fuhr an ihr vorbei, kein Fußgänger war weit und breit zu sehen oder ein übereifriger Jogger, der für den nächsten Halbmarathon um sein Leben lief. Das liebte Mary. Einsam zu sein, allein und nicht permanent umgeben von ihren schnatternden Kolleginnen und Kollegen und einem inkompetenten Chef, der sich meistens nicht anders zu helfen verstand, als zu brüllen, wenn ihm etwas nicht passte. Das hasste sie zurzeit am meisten an ihrem Job, der ohnehin schon stressig genug war. Diesen kahlköpfigen Idioten, der mit seiner Position hoffnungslos überfordert war und alle Angestellten seine Strapazen hautnah spüren ließ. Leider kam der Trottel auch noch jeden Tag ins Großraumbüro, wo sie alle versuchten, ihr Bestes zu geben und tagein, tagaus mit Kunden telefonierten, sie berieten oder versuchten, ihnen weiterzuhelfen. Immerhin handelte es sich um ein florierendes Callcenter mit Auftraggebern aus den verschiedensten Branchen. Momentan mussten sie in der Hauptsache Informationen zu falsch ausgestellten Rechnungen geben, die den erbosten Kunden, die wutentbrannt im Center anriefen, von ihrem Telekommunikationsunternehmen geschickt wurden. Mary hatte für jeden Einzelnen von ihnen Verständnis, denn ihre Wut war mehr als gerechtfertigt, handelte es sich doch um einen Fehler seitens der Buchhaltung. Zudem kam, dass die Kunden ihr zu Unrecht mehr verrechnetes Geld nicht zurückbekamen, sondern lediglich eine Gutschrift dafür erhielten. Das trieb die Konfrontationen auf die Spitze. Aber die Telefonisten in der Hotline waren für die Fehler der Verrechnung nicht verantwortlich, sie taten alle nur ihren Job und es war nicht gerade einfach, ständig angebrüllt zu werden. Trotz allem versuchten sie, die Stimmung positiv zu gestalten, die Anrufer zu beruhigen und sogar ab und zu einen kleinen Scherz zu machen. Um dem Ansturm an Telefonaten halbwegs gerecht zu werden, schoben die Callcentermitarbeiter schon seit Wochen Überstunden. Jeder war mittlerweile genervt und hoffnungslos überarbeitet. Und dann kam dieser Volldepp von Teamleiter und machte sie alle noch zusätzlich nervös und die Laune sank von Tag zu Tag immer mehr gegen absoluten Nullpunkt. Mary liebte eigentlich ihren Job, aber jetzt war sie an einem Punkt angelangt, wo sie an Kündigung dachte. *Denk nicht mehr daran, genieße deinen Spaziergang. Schau, da drüben fliegt ein schöner Schmetterling.* Mary kam zu einer Biegung in der Straße, von nun an ging es bergab Richtung Hauptstraße, vorbei an dem unheimlichen Turm und dann auf die andere Straßenseite. Ein seltsames Gefühl beschlich sie, völlig unerwartet. Etwas stimmte nicht, sie konnte aber nicht zuordnen, um was es sich handelte. Der Tag war herrlich, die Sonne schien, die Vögel zwitscherten ein fröhliches Morgenlied. Und doch. Instinktiv beschleunigte sie ihre Schritte um am dunklen, verwitterten Turm vorbeizukommen. Sie sah ein Auto halb verdeckt im Gestrüpp, ein braunes, sogar auf diese Entfernung hin sichtbar, sehr altes Fahrzeug. Das stand sonst nie hier. Das war das Ungewöhnliche, jemand befand sich im Turm. Sie wusste nicht, welchem Zweck dieses Gebäude diente, bisher war ihr das auch egal. Heute nicht, denn sie spürte förmlich die Anwesenheit von etwas sehr Bösem. Etwas, das ihr nichts Gutes wollte. Vorsichtig blickte sie über die Schulter zurück, aber sie konnte nichts Ungewöhnliches sehen. Beinahe lief sie bereits und war auch schon halb am Objekt vorbei, als plötzlich wie aus dem Nichts eine dunkle Gestalt auf sie zulief und sie sofort packte. Sie erstarrte und war für kurze Zeit nicht in der Lage sich zu wehren. Genau diese Zeitspanne nützte der schwarze Hüne, um sie zu überwältigen und ihr eine Spritze in den Hals zu rammen. Sie sah noch die glänzende Spitze, spürte einen scharfen Schmerz und dann nichts mehr. Er packte die bewusstlose Frau mühelos und hob sie sich über seine rechte Schulter. So schnell er gekommen war, so schnell verschwand er im Gebäude. Die schiefe Tür zog er geräuschvoll in die quietschenden Angeln, aber er wusste, keine Menschenseele würde das Geräusch hören oder sich dafür interessieren. Dass diese Frau hier vorbeilief war unvorhersehbar gewesen, ein glücklicher Zufall, dem er sich nicht entziehen konnte. Sein Vorhaben, seine ehemalige Kontrahentin zu entführen und sich an ihr gebührlich zu rächen, musste noch etwas warten, denn er hatte noch kein ideales Versteck gefunden. Immerhin hatte er nicht vor, sie sofort zu töten. Also benötigte er einen Keller, einen Bunker oder etwas in der Art, um die Schreie ungehört verhallen zu lassen. Angstschreie, Schmerzensschreie, wie sehr er das liebte. Diese Blondine würde ihm bis zum ultimativen Showdown die Zeit versüßen. Im hinteren Bereich des schwach beleuchteten quadratischen Raumes stand eine Metallleiter. Dahin brachte er die Frau, stieg mit ihr auf der Schulter scheinbar spielend leicht die paar Sprossen nach oben und warf den bewegungslosen Körper von sich. Dann zerrte er sein Opfer nach hinten.

# 7. KAPITEL

*Tapferkeit wird dadurch nicht schlechter, dass sie ein wenig schwerfällt.*
George Bernhard Shaw, 1856-1950

## Montagabend

Isabell und Patrick horchten auf die Geräusche von außen. Sie stellten sich rechts neben die Tür, damit sie beim Öffnen dahinter erst einmal verborgen blieben. Das sollte das Überraschungsmoment werden, nicht gerade gut durchdacht, aber eine andere Wahl hatten sie nicht. Isabell hielt die spitze Schraube in der rechten zittrigen Hand, Patrick stand etwas vor ihr und umklammerte mit beiden Händen die Metallstange. Er musste den Verbrecher mit einem gut gesetzten Schlag sofort außer Gefecht setzen. Nicht töten, allein der Gedanke erschreckte den jungen Mann. Sie hörten wie der miese Kerl den Schlüssel ins Schloss steckte. Gleich musste die Tür aufgehen. Aber der Schlüssel drehte sich nicht, im Gegenteil. Er zog ihn wieder heraus. Warum? Er konnte die beiden doch nicht hinter der Tür hören, es handelte sich um eine schwere Metalltür. Sie hörten Schritte, die sich entfernten. Entweder verfügte das Monster über telepathische Fähigkeiten oder aber er hatte etwas vergessen und würde rasch wiederkommen. Isabell und Patrick entspannten sich.
„Wo ist er hin?"
Sie flüsterte.
„Wenn er uns gehört hat, dann wird er sich eine Waffe holen."
„Ja, das denke ich auch, aber wir sind immer noch im Vorteil. Wir müssen nur schnell sein."
Allzu überzeugt klang Patricks Stimme nicht, er hatte entsetzliche Angst. Isabell legte ihrem Sohn beruhigend die Hand auf die Schulter.
„Wir schaffen es."

*Ihr Sohn wird sich wehren, er wird auf mich lauern. Zwar ist er ein halbes Hemd, aber höchstwahrscheinlich ziemlich wütend und bestimmt hat er sich von seiner Verletzung bereits erholt. Ich muss mich besser bewaffnen.* Er ging zurück zum Auto, das er gut versteckt in einer Art Garage abgestellt hatte, und holte sich seine Pistole, eine neun Millimeter Glock, geladen. Im Normalfall stand er nicht auf Schusswaffen, die waren ihm zu unpersönlich. Er liebte es, mit seinen Händen zu verletzen, oder mit einem schönen scharfen Messer Muster in die Körper zu schlitzen. Doch die Situation konnte für ihn gefährlich werden. Außerdem musste er den Jungen fesseln, dafür nahm er sich aus dem hinteren Teil des Kastenwagens ein Seil, das an der Seite mit einem Gurt angebracht war. Zwar handelte es sich um ein dünnes Nylonseil, doch der kleine Scheißer hätte keine Chance, es zu öffnen, wenn er seinen unlösbaren Knoten anwendete. Er ging wieder in den Keller.

Isabell und Patrick hörten erneut die Schritte ihres Feindes. Isabell zitterte am ganzen Körper, sie hatte keine Kraft, war geschwächt von den Verletzungen und Erniedrigungen, von den zahlreichen Vergewaltigungen und außerdem hyperventilierte sie leicht. Sie wusste, nur Patrick konnte es schaffen, den Bösewicht ernsthaft zu verletzen. Ihr Sohn hingegen strotzte plötzlich vor Energie, das Adrenalin schoss durch seinen Organismus. Der Schlüssel im Schloss drehte sich. Und dann ging alles ganz schnell. Noch bevor der Hüne das Licht anmachte, bevor er überhaupt den Bunker betrat, krachte die Eisenstange seitlich auf seinen Kopf. Er ließ die Waffe fallen und sank augenblicklich stöhnend zu Boden. Von außen kam Licht in den Raum, Patrick verschwendete keine Zeit und schlug noch einmal auf den Mann am Boden ein. Diesmal traf er seine Stirn, woraufhin ihr Todfeind bewegungslos liegen blieb. Patrick lehnte sich gegen die Wand und atmete tief durch, erschrocken über seine Tat, über die Wucht der Schläge. Und über den tiefen Hass, den er gegenüber dem Rivalen empfand. Isabell holte sich die Pistole, die etwas weiter weg lag. Sie hatte keine Ahnung von Schusswaffen und ob das Ding in ihrer Hand gleich losgehen würde, darum warf sie sie in die hinterste Ecke des Raumes.

„Ma, die könnten wir noch brauchen!“

„Ich hasse die Dinger. Wir sollten ihn fesseln. Wie praktisch, da hat er doch gleich ein Seil mitgebracht.“

Zusammen schleiften sie den bewegungslosen, schweren Körper in die Mitte des Raumes. Isabell rollte das Seil auf.

„Wir schneiden es durch, dann können wir die Hände und Füße zusammenbinden.“

Patrick durchtrennte das dünne Seil. Er übernahm die Füße, die Hände banden sie ihm anschließend am Rücken zusammen. Dafür mussten sie den schweren Körper umdrehen, ein Stöhnen kam aus dem Mund des Mannes. Sofort nahm Patrick seine Eisenstange wieder auf und wollte schon zuschlagen, doch Isabell hielt ihn zurück.

„Lass gut sein, er ist noch bewusstlos.“

Patrick musste sich sehr beherrschen, sah aber ein, dass es tatsächlich nicht notwendig war, noch einmal auf den Typen einzuschlagen. Doch er blieb wachsam.

„Ich suche jetzt nach dem Lichtschalter draußen.“

Isabell stand mit Mühe auf. Plötzlich wurde es hell im Raum und sie sah ihren Verfolger, Entführer, Vergewaltiger, einfach ihren ganz persönlichen Feind auf dem Betonboden liegen. Er sah nicht gut aus. Außer der schiefen Nase, die er sich schon vor Jahren bei einem Kampf geholt haben musste, gesellten sich jetzt auch einige nicht verheilte, eitrige Kratzer an seiner rechten Wange dazu und ein gelblich-blauer Fleck zierte das rechte Auge. Er war zudem sehr schmutzig und stank. Seine Kleider, das Shirt und die Hose, beides schwarz, standen vor

Dreck und rochen unangenehm nach Schweiß. Allein die Schuhe sahen sauber aus, was im kompletten Widerspruch zum übrigen Erscheinungsbild stand. Isabell sah ihren Erzfeind und fühlte, dass sie ihn töten musste. Sie musste das zu Ende bringen, was er begonnen hatte. Wenn er nur ins Gefängnis kam, konnte er sie abermals verfolgen, auch wenn es Jahre dauerte. Er hatte Geduld bewiesen, um sie nach über sieben Jahren wieder aufzuspüren. Das traute sie ihm durchaus noch einmal zu.

„Da liegt er jetzt, der Arsch. Ich werde das Handy suchen gehen und die Polizei informieren."

„Nein Patrick, warte. Ich denke ich werde dir jetzt erzählen, was damals geschah und ich denke, ich werde den Mann töten müssen."

„Aber Mum, das kann doch nicht dein Ernst sein! Die Polizei wird sich um ihn kümmern. Er kommt in den Knast und dann kann er dir nichts mehr tun."

„Er kommt da auch wieder raus, du kennst unser Rechtssystem. Und er wird mich wieder finden und ich schaffe es nicht mehr länger, mich vor ihm zu verstecken. Ich hasse die ständige Angst, die mich begleitet hat all die Jahre. Ich kann nicht mehr."

Patrick nahm seine Mutter in die Arme, ließ dabei aber die Eisenstange nicht fallen.

„Mum, du musst dich beruhigen, das hier ist zu Ende, ich bin mir sicher, dass er lange genug im Gefängnis landet, um dir nie mehr schaden zu können."

Theoretisch hatte Patrick recht, denn neben den Vergewaltigungen an anderen Frauen, der Entführung, mehrfachen Vergewaltigung und der beigebrachten Verletzungen an seiner Mutter gab es eine Tote, die bestimmt auf sein Konto ging. Das wusste Patrick nicht, aber er war sich sicher, dass der miese Typ für viele Jahre hinter Gitter gebracht würde.

„Schatz, ich werde es dir jetzt erklären. Wir haben Zeit. Aber ich brauche etwas zu trinken."
Sie durchsuchten den jetzt hellen Raum und fanden eine kleine halbleere Wasserflasche in einer der hintersten Ecken.
„Die könnte alt sein, das Wasser schlecht."
„Nein, so alt ist sie nicht, nur ein paar Tage. Ich erkenne sie wieder."
Ganz nebenbei hatte Patrick die Waffe an sich genommen. Auch er kannte sich mit Schusswaffen wenig aus, hatte noch nie eine in der Hand. Er steckte sie in seine Hosentasche und hoffte, dass sie nicht einfach losging. Isabell trank ein paar Schlucke und reichte den Rest an ihren Sohn, der die Flasche leertrank.
„Konntest du das Belüftungsgitter finden? Das würde mich schon interessieren."
„Ja, hier, mitten in der Decke."
Tatsächlich, ein kleines Gitter, vielleicht zwanzig Mal zwanzig Zentimeter, befand sich an der grauen Decke.
„Also da hätten wir beim besten Willen niemals durchgepasst."
Isabell kicherte. Patrick tat es ihr gleich. Die Situation war ohnehin dermaßen skurril, dass ein wenig Humor nicht schaden konnte. Isabell und Patrick standen neben dem bewusstlosen Mann. Sie hielt die Schraube in der Hand, wollte die rostige Spitze in sein Auge rammen. Die Vorstellung erschreckte und faszinierte sie zugleich. Sie wollte ihm den Schwanz abschneiden, aber das ging nicht, immerhin stand ihr Sohn daneben. Die blutigen Hoden in den Mund stopfen bis er daran erstickte.
*Ruhe jetzt, du wirst ihn erschießen oder erschlagen. Im Erschlagen bist du gut, ersticken ginge auch.*
„Wir sollten uns setzen, das könnte jetzt etwas dauern."
„Mum, ich möchte aber noch sagen, dass die Polizei uns wahrscheinlich bald über mein Handy orten wird. Sie werden uns

finden, also wenn du vorhast, den Typen zu töten, dann solltest du das jetzt tun."
Die Logik dieser Worte war nicht von der Hand zu weisen. Aber ihn hier vor ihrem Sohn zu töten? Einen wehrlosen Mann? Das kam ihr nicht richtig vor, auch wenn sie es schon genauso einmal getan hatte. Doch ihr Sohn befand sich dabei nicht im Raum. Selbst wenn sie ihn hinaus schickte, würde er wissen, was sie tat.
„Du hast recht. Aber ich möchte, dass er tot ist, ich will ihn nicht lebend den Polizisten überlassen. Am besten gehst du raus. Ich töte ihn und du hast nichts gesehen."
„Mum, ich weiß es aber. Ich kann das nicht gutheißen, bitte tu es nicht."
„Patrick, er wird mich wieder verfolgen, er wird mich so lange verfolgen, bis er mich töten kann. Er oder ich, eine Alternative gibt es nicht."
„Aber warum? Woher dieser Hass?"
„Das alles gehört zu der Geschichte, die ich dir erzählen muss. Wir haben aber womöglich nicht die Zeit, dass ich dir alles erzählen kann."
Das Schicksal überließ die Entscheidung, ob der Verbrecher am Boden leben oder sterben sollte, dem Affekt. Denn der grässliche Kerl am Boden wachte auf. Erst stöhnte er ganz leise, dann fing er an, sich zu bewegen. Als er die Augen öffnete wusste Isabell, dass sein Tod damit besiegelt war. Aber nicht sie war es, die ihn tötete.

## Montagnacht

Peters erhielt von seinen Kollegen die Nachricht, dass sie ein Funksignal orten konnten. Nur befanden sich in der Gegend viele alte Fabrikgebäude, verlassenes Gelände und damit genügend Möglichkeiten, die Frau und ihren Sohn zu verstecken. Und es wurde bereits dunkel. Doch Peters gab den Befehl, alle verfügbaren Leute sofort in diesen Stadtteil zu senden und mit der Suche zu beginnen. Sie konnten nicht noch eine Nacht abwarten, er spürte, dass sie keine Zeit mehr hatten. Er rief Tom an.

„Hallo Tom, wir haben sie bald, der Tipp mit dem Handy hat uns geholfen."

„Das ist ja wunderbar! Sollte ich kommen?"

„Nein, nein, das kann durchaus dauern. Es wird bald dunkel und das Gelände ist riesig. Aber wir wissen in etwa wo sie sind. Mit den Hunden finden wir die beiden noch heute Nacht, ich verspreche es."

„Finden Sie sie lebend."

„Das hoffe ich sehr."

Peters machte sich bereit für eine lange Nacht. Vorher besprach er mit dem leitenden Beamten den Suchablauf. Sie würden von Osten nach Westen zu suchen beginnen. Die Hundestaffel war bereits informiert, in einer halben Stunde sollten sich alle an der Ausgangsstelle treffen. Peters hatte noch Zeit, sich nach der Toten zu erkundigen, die gerade obduziert wurde. Noch kannte niemand die Frau. Der Schlächter, wie der Mörder von nun an genannt wurde, hatte ihr erhebliche Verletzungen mit einem langen Messer zugefügt. Sie wurde höchstwahrscheinlich vergewaltigt, doch das konnten die Rechtsmediziner nicht mit Sicherheit sagen, denn die Verletzungen in der Scheide der Frau waren immens und deuteten auf eine brutale Messerattacke hin. Alles war kaputtgeschnitten, wahrscheinlich starb die bedauernswerte Unbekannte an ihren inneren Blutungen. Peters hoffte, dass sie schnell das Bewusstsein verloren hatte, um diese schrecklichen Schnitte nicht miterleben zu müssen. Wie konnte ein Mann nur so unglaublich brutal vorgehen? Weitere Schnitte fanden die Mediziner im Bauchbereich und an der Brust. Sie hatte fast drei Liter Blut verloren. Peters bedankte sich und hoffte darauf, die Frau so schnell als möglich zu identifizieren. Papiere oder Kleidung konnten nicht gefunden werden, allerdings ein paar Finger- und Schuhabdrücke im staubigen Boden. Damit konnten sie arbeiten, damit konnten sie dem Verbrecher den Mord anlasten. Zudem wurde er am Tatort gesehen. Peters nahm seine Lederjacke von der Sessellehne und machte sich auf den Weg.

## Der Mord – oder die Verteidigung?

Noch bevor Isabell sich rühren konnte, schlug Patrick mit der Metallstange mitten ins Gesicht des Mannes. Das Blut spritzte aus seiner gebrochenen Nase. Doch Patrick hatte noch nicht genug. Wieder und wieder schlug er zu, bis das Gesicht des Mannes eine breiige Masse und als solches nicht mehr zu erkennen war. Isabell hielt ihren Sohn zurück.

„Patrick, hör auf. Ich denke er ist tot."

Der junge Mann warf die blutverschmierte Stange in weitem Bogen von sich und zog die Waffe aus seiner Hosentasche.

„Nein, jetzt ist er tot."

Er schoss dem Verbrecher in die Brust und warf die Pistole, die so einfach funktioniert hatte, weit weg.

„Oh Gott Patrick, komm her."

Isabell nahm ihren Sohn in die Arme. Beide weinten. Der Mann am Boden rührte sich nicht mehr. Er war augenscheinlich tot. Endlich. Für immer. Hoffentlich.

„Ich muss seinen Puls fühlen, was, wenn er plötzlich wieder aufsteht?"

„Das ist verrückt, der ist hinüber."

Doch Isabell brauchte die Bestätigung. Sie legte ihren Finger auf seine Halsschlagader. Nichts. Sie stupste ihn an. Keinerlei Bewegung. Sie ging weg von der entstellten Leiche, setzte sich an die Wand und schloss die Augen. Zu viel stürmte gleichzeitig auf sie ein. Erinnerungen. Schon wieder eine Leiche. Das viele Blut. Isabell bekam einen Schüttelkrampf und weinte laut und erbärmlich. Patrick setzte sich zu seiner Mutter. Nun endlich war die Zeit gekommen, jetzt konnte seine Mutter ihm das erzählen was ihr Herz so lange gefangen hielt. Er ahnte wo dieses Geständnis hinführen würde.

„Ruhig, beruhige dich. Ich bin bei dir. Du bist ja nicht allein und dein Feind ist ein für allemal tot."

Isabell blickte ihren Sohn an, das liebe, vertraute Gesicht, und musste nun entscheiden, wie viel sie ihm sagen konnte, ohne dass ihr geliebtes Kind Schaden nahm. Seine Seele zerstört wurde. Sie beschloss eine etwas freundlichere Variante zu erzählen. Nicht die ganze Wahrheit, die zu erschütternd war, als das sie diese jemals jemandem schildern könnte. Doch noch fehlten ihr die Worte.
„Warte ein wenig, ich muss mich erst fangen."
„Schon gut. Ich denke wir haben hier ein Problem. Das sieht nicht so ganz nach Selbstverteidigung aus, eher wie ein Massaker."
Er hatte recht, und wie recht er hatte. Wenn es um Selbstverteidigung ging, setzte man den Angreifer außer Gefecht, man erschlug und erschoss ihn nicht auch noch. Diese Leiche hier aber wurde fast schon gemeuchelt, in jedem Fall brutalst hingerichtet. Das konnte sie Patrick nicht anlasten, womöglich geriet er dadurch in Schwierigkeiten. Wer kannte sich heute schon mit den komplexen Gesetzen aus, vor allem mit Gesetzen, wo den Verbrechern mehr Hilfe und Toleranz zugestanden wurde als den Opfern.
„Ich werde sagen, dass ich das war. Du hast den ersten Schlag ausgeführt, der Rest kam von mir. Es sind ja auch beide Fingerabdrücke drauf, auf der Waffe auch. Das ist dann kein Problem."
„Aber Mum!"
„Ja, es ist besser so, immerhin hat er mich tagelang gequält, ich hatte ganz viel Wut und Hass im Bauch."
Beide dachten über das Gesagte nach. Es schien schlüssig.
„Ich denke ich sollte nach dem Handy suchen, dann könnten wir die Polizei anrufen."
„Wo denkst du hat er das Auto stehenlassen?"
„Keine Ahnung, aber ich vermute, er hat es versteckt. Doch kann es nicht weit sein, er war ja schließlich immer auf der Flucht."

Isabell stimmte ihrem Sohn zu, nur wollte sie nicht mit der Leiche in diesem Raum gefangen sein.
„Ich komme mit, zumindest möchte ich diesen Raum verlassen. Wir schließen von außen ab, nur so für alle Fälle."
Was lächerlich war, angesichts des Toten auf dem Betonboden und dem vielen Blut. Dieser würde sich kaum aufraffen können um ihnen zu folgen. Aber Isabell hatte sich schon einmal getäuscht und der totgeglaubte Mann stand plötzlich quicklebendig vor ihr. Sie versuchte aufzustehen und schaffte es nicht. Wie ein Luftballon, aus dem jede Luft gewichen war, sackte sie zusammen, völlig kraftlos.
„Komm, ich helfe dir. Wir müssen hier ohnehin alles lassen, wie es ist. Die Spurensucher werden eine Menge Arbeit haben. Gehen wir an die frische Luft."
Das hörte sich einfacher an als gesagt. Isabell konnte kaum auf den Beinen stehen. Patrick stütze seine Mutter mit aller Kraft und sie schafften es tatsächlich, in den Gang vor ihrem Verlies zu kommen. Der Schlüssel steckte noch in der Tür, zu schnell wurde der miese Kerl vom Überfall überrascht. Patrick schloss die Tür und drehte den Schlüssel im Schloss um.
„Für alle Fälle."
Isabell musste lächeln, denn auch wenn es absolut absurd war, dass der Mann noch einmal aufstehen konnte, denn sie vermutete, ein Zombie war er nicht, fühlte sie sich sicherer. Langsam durchquerten sie den kahlen Gang um danach mühsam die Betontreppen in Richtung Ausgang zu steigen. Die Tür stand weit offen, ihr Peiniger hatte sich nicht die Mühe gemacht, diese zu schließen, zu sicher war er sich. *Da hast du dich getäuscht, Arschloch. Diesmal hast du dich zu weit aus dem Fenster gelehnt.* Jeder Schritt schmerzte Isabell, mit jedem Schritt gelangte sie aber auch ein Stückchen weiter Richtung Freiheit. Und diesmal gab es ein Ende. Nichts blieb offen. Niemals würde das Monster wieder vor ihr stehen.

Nach dem langen, beschwerlichen Weg nach oben erreichten sie den verdreckten Raum, der nach Urin und anderen unangenehmen Dingen roch. Hier war es dunkel, nur das wenige Licht vom Keller leuchtete ihnen den Weg zur Tür. Endlich, nach Tagen in der stickigen, stinkenden Luft in der Folterkammer, konnte Isabell frische Luft einatmen. Und sie sah die Sterne am Himmel. Das alles fühlte sich so neu an, obwohl sie den Sternenhimmel bestimmt tausend Mal in ihrem Leben gesehen hatte. Hier herrschte eine wunderbare Finsternis, lediglich beleuchtet von ein paar Sternen und dem halben Mond.
„Das ist wunderbar, siehst du die Sterne?"
„Es ist eine schöne Nacht, ja."
Patrick konnte den Sternen nicht viel abgewinnen, er suchte nach einem Platz, wo er seine Mutter in Sicherheit wusste um nach dem Auto zu suchen. Noch schien ihm das alles hier nicht real, er fühlte sich eher als Zuseher. Doch der harte Schlag der Erkenntnis würde ihn schon bald treffen, das wusste er nur zu gut. Es war schon richtig gewesen, den Keller zu verlassen. Ständig die Leiche sehen zu müssen war einfach unerträglich. Viel konnte Patrick in der Dunkelheit nicht ausmachen, nur eine Menge Gestrüpp und ein paar unheimlich wirkende Gebäude. Er sah eine Bank, vielmehr das, was davon noch übrig war. Es handelte sich um eine verrottete Holzbank mit Eisenfüßen und Halterungen für die Rückenlehne aus Eisen. Das musste genügen. Doch plötzlich fühlte er sich unsicher. Was, wenn sich hier Drogensüchtige oder andere Subjekte herumtrieben? Er konnte seine Mutter nicht allein lassen.
„Mum, ich möchte dich nicht alleine lassen, bist du stark genug, um mit mir weiterzugehen?"
„Aber was soll hier schon passieren?"
„Ich weiß nicht, es ist nur so ein Gefühl. Sieh dir den Ort doch an, hier können sich noch andere Leute verstecken, Drogenabhängige, Kriminelle."

„Na gut, aber wir sehen hier ohnehin nichts. Vielleicht sollten wir versuchen, die Straße zu erreichen und ein Auto anhalten."
„Ja, das ist eine gute Idee, ich habe nur null Orientierung. Wo sind wir? Wo ist die Straße?"
Patrick hatte recht, das Gelände konnte riesig sein und sie würden umherirren und sich komplett verlaufen und wem auch immer begegnen.
„Ich habe keine Ahnung. Am besten ist es wohl, wir warten bis es hell wird, was ja auch nicht mehr allzu lange dauern kann. Setzen wir uns doch kurz hin, ich kann nicht mehr stehen."
Patrick stützte seine Mutter und führte sie bis zur wenig ansprechenden Sitzgelegenheit. Sie setzten sich vorsichtig. Das Gestell hielt. Patrick legte seinen Arm um Isabell. Lange saßen sie still da, bis Isabell zu sprechen begann.

## Früher Dienstagmorgen

Peters stand am Eingang des nächsten Fabriksgeländes, das für die Suche nach der Ortung infrage kam. Bis jetzt hatten sie noch nichts gefunden. Keinerlei Spuren, kein Auto und schon gar keine Isabell mit ihrem Sohn. Das Areal war riesig und umfasste mehrere kleinere und größere Gebäude, also ein ideales Versteck. Noch war es stockdunkle Nacht, außer dem milchig-weißen Mondlicht, das die Mauern beschien und dadurch bedrohlich wirken ließ, sah man ohne Lampen so gut wie gar nichts. Gerade kamen zwei Hundeführer an Peters vorbei. Im selben Moment schlug der erste Hund an.

„Hast du das gehört? Ein Hund bellt, ziemlich nah."
Isabell wachte aus ihrem kurzen Schlummer auf und rieb sich die Augen. Ein extremes Durstgefühl meldete sich, ihr Mund fühlte sich an wie die Wüste zu Mittag, trocken und siedend heiß.
„Hm, nein, ich hab wohl ein wenig geschlafen."
„Ich habe einen Hund gehört, da schon wieder. Sie kommen!"
Jetzt konnten sie bereits das Licht der Taschenlampen ausmachen, wackelige weiße Lichtpunkte, die sich in ihre Richtung bewegten. Isabell wusste aber nicht, ob sie sich freuen sollte oder aber sich fürchten. Immerhin lag im Keller ein ziemlich lädierter Mann, und selbst wenn er ein Monster war, ein Vergewaltiger, ein abscheuliches Ungetüm, sie hatten ihn getötet, brutal und ohne einen Hauch von Mitleid. Ihr Sohn hatte ihn getötet. Ihr Sohn, der ihr ähnlicher war als sie je vermutet hätte. Jetzt blieb keine Zeit mehr, ihm die Geschichte zu erzählen, denn sie wusste jetzt auch, er würde sie verstehen. Hass löst unglaubliche Kräfte aus, Hass kann zerstörerisch sein und Hass bringt selbst den liebsten Menschen zu unglaublichen Handlungen. Nicht dass sie sich als lieben Menschen bezeichnet hätte, aber eine geborene Mörderin war sie auch nicht.

Und doch, sie hatte ihren Mann getötet. Das war Fakt. Und sie wollte, dass ihr Sohn irgendwann die Wahrheit erfuhr. Auch wenn sie ihn damit belastete, so war sie der Meinung, nur die Wahrheit könnte sie beide von dieser ganzen entsetzlichen Geschichte, diesem toten Typen, der blutüberströmt auf dem kalten Boden lag, befreien.
Schon hörten sie Stimmen.
„Hier, wir sind hier!"
Patrick stand auf und fuchtelte mit seinen Armen.
„Sie kommen!"
„Ja, ich weiß. Vergiss nicht, ich habe ihn getötet, das ist wichtig."
Patrick umarmte seine Mutter innig.
„Wir schaffen das schon. Jetzt hast du Frieden."
So warteten Mutter und Sohn auf die Ankunft der Polizisten. Da sah sie ihn, Peters, den attraktiven großen Mann, in den sie sich ein wenig verliebt hatte. Bevor die tragische Geschichte mit ihrem Peiniger begann und auf so entsetzliche Weise endete. Sie musste jetzt einen kühlen Kopf bewahren, denn es galt ihren Sohn zu schützen. Ihr Herz schlug ein paar Takte schneller als er sie erreichte und wider aller polizeilicher Vernunft spontan in die Arme nahm. Er drückte sie fest an seine Brust, legte seine beiden Arme schützend um ihren geschundenen Körper.
„Gott sei Dank, du lebst."
Isabell blickte ihm in die Augen und sah ein wundervolles Glühen, das ihr Herz wärmte. Doch Peters erkannte die unpassende Umarmung und ließ sie augenblicklich los.
„Entschuldigung. Ich freue mich nur einfach so, dass es Ihnen gut geht. Und natürlich Ihrem Sohn. Hallo Patrick."
Patrick lächelte.
„Hallo, Herr Peters, uns geht es gut, dem da unten weniger. Und ich glaube meine Mutter braucht dringend einen Arzt."
„Natürlich, ein Krankenwagen ist bereits angefordert. Was meinst du mit dem da unten? Lebt er? Ist er tot?"

„Er ist definitiv tot. Wir haben ihn überlistet."
Peters nickte. Er orderte zwei Beamte mit Hunden in den Kellerbereich.
„O.k., ich gehe jetzt runter und sehe mir das an. Der Krankenwagen wird gleich da sein. Ich werde viele Fragen haben, aber jetzt ist alles gut."
Sanft berührte er Isabells Schulter und wandte sich ab, nicht ohne einen Polizisten aufzufordern, bei den beiden zu warten. Isabell wusste, dass jetzt ein wahrer Fragenmarathon auf sie niederprasseln würde. Auch auf Patrick. Sie mussten nur bei ihrer Version der Geschichte bleiben, dann konnte nichts schiefgehen. Schon hörten sie die Sirenen des Rettungswagens näherkommen. Peters ging mit seiner Taschenlampe in den Keller, erst durch den dunklen Ekelraum, dann die Treppen hinab in den beleuchteten Gang. Gerade öffnete einer der beiden Polizisten die von außen verschlossene Tür und blickte in den hell erleuchteten Raum. Die Hunde bellten und mussten zurückgehalten werden. Peters kam zum Kellerraum und erschrak angesichts des vielen Blutes auf dem Boden und dem verunstalteten Gesicht des Mannes, der da in seinem Blut lag. Auch im Oberkörper befanden sich einige Wunden, die stark geblutet hatten, wahrscheinlich von einer anderen Waffe. Nach der Kleidung zu urteilen handelte es sich um den Verbrecher, nach dem sie seit Tagen fahndeten. Neben ihm lag eine blutverschmierte, etwas verbogene Eisenstange, weiter hinten im Raum konnte er eine Pistole entdecken. Eine schmutzige Matratze lag ein wenig abseits, ansonsten war der Raum bis auf ein paar Ketten leer. Ketten? Damit wurde Isabell gefangen gehalten. Wie hatte sie die Ketten losbekommen? Er sah unweit der Matratze in der Wand ein Loch. Also hatte der clevere Bursche die Verankerung aus der Wand gelöst und die Kette an Isabells Händen oder Füßen aufgebrochen.

# 8. KAPITEL

*„Tue nichts im Leben, was dir Angst machen muss, wenn es dein Nächster bemerkt."*
Epikur von Samos, gest. 270 v. Chr.

## Drei Wochen später, Dienstagnachmittag

Viele Fragen, viele Antworten. Tagelange Polizeiverhöre. Isabell und Patrick waren einstimmig bei ihren Antworten geblieben. Hatten, so gut es ging, das ganze Geschehen wiedergegeben. Isabell weinte viel, sah ausgezehrt und krank aus. Aß wenig und trank dafür zu viel Alkohol. Schlief schlecht, träumte Abartiges. Tatsächlich Geschehenes vereinte sich mit verrückten Schreckensszenarien und wiederholte sich in entsetzlichen Bildern Nacht für Nacht, ließ sie aus dem Schlaf aufwachen, schweißgebadet und voller Angst. Gesichter, die sie immer wieder aufs Neue erstarren ließen, blickten sie aus nächster Nähe hasserfüllt an. Zwei Männer, zwei ausgelöschte Leben. Einen hasste sie aus tiefstem Herzen viele Jahre, der andere war abgrundtief böse. Die Fratzen verfolgten sie auch tagsüber. Wie eine Traumwandlerin durchlebte sie jeden Tag zusammen mit den verzerrten Traumgesichtern und dem vielen Blut, roch es, sah es fließen, immer und immer wieder. Stapfte in Seen von geronnenem Blut. Ob sie sich im Haus bewegte, im Garten, auf der Wiese, überallhin verfolgte sie der Geruch des Todes. Sie hatte gemordet, denn was auch geschehen war, sie hatte beide Männer ermordet. Auch nach den Qualen, die ihr angetan wurden, auch danach wusste sie, dass sie eine Mörderin war. Zweifach. Und dass auch ihr Sohn seinen Anteil an dem Massaker im Keller hatte, schmerzte sie besonders. Ließ sie nicht los, nicht frei atmen. Isabell fühlte sich in ihrem Blutbad gefangen, auf ewig. Das Gefühl des immerwährenden

Schmerzes würde sie nie mehr verlassen, sie irgendwann auslöschen.
Und doch: langsam wurde es besser. Sie spürte wieder Leben in sich und ein zarter Keim der Liebe wuchs in ihr, zu dem Polizisten namens Peters. Der nicht ihr Lebensretter war, dafür war er zu spät gekommen. Trotz all seiner Bemühungen. Doch sein Gesicht tauchte in ihren nächtlichen Albträumen oder immer wiederkehrenden Tagträumen mit einem schönen Lächeln auf. Seine markanten Züge mit den blauen Augen entlockten ihr wiederum ein Lächeln. Jetzt leuchteten ihre Augen kurzfristig, sie entspannte sich und gönnte ihren Gesichtsmuskeln vor dem erneuten Verkrampfen eine erholsame Ruhepause. Denn gleich nach dem attraktiven Bild kam eines, das wesentlich weniger attraktiv aussah und sie wieder zurück in ihre nun zu eigen gewordene Welt der furchtbaren Gedankenspiele mit allzu realistischen Erscheinungen vor Augen führte. Wie lange würde sie das durchhalten ohne völlig durchzudrehen?
Patrick ging es zum Glück besser, er wusste vieles nur noch in Schattierungen, verschwommenen, wenn auch in brutalen Darstellungen. Der enorme Schock hatte wesentliche Details seiner Tat und all dem was vorher und nachher geschah gnädigerweise gelöscht. Oder ganz weit in den hintersten Windungen seines Gehirns versteckt. Aber sie beide mussten mit der Tatsache, dass sie den Mörder im Keller absichtlich totgeschlagen und auch noch erschossen hatten, leben. Irgendwie. Es fühlte sich aber nicht nur schlecht an. Isabell war endlich frei und Patrick fühlte sich mehr als Lebensretter, denn das Gehirn ist ein guter Partner, wenn es darum ging, Schreckliches zu vergessen oder zu verdrängen. Es blieb Isabell die Hoffnung, das das ins Unterbewusste Verlagerte einfach ausradiert blieb. Und Patrick mit der Zeit, die ein wunderbarer, steter Begleiter war, vergaß, dass nichts mehr nach außen drang, ihn nie die Bilder quälten, die ihr so zusetzten.

Heute saßen die beiden auf der Terrasse und tranken gut gekühlten Eistee. Das Wetter zeigte sich auch jetzt, im September, noch immer freundlich und herrlich warm. Isabell zog an ihrer kleinen Zigarre, blies den Rauch durch die Nase aus. Es verlangte sie nach einem anderen Getränk, aber zusammen mit ihrem Sohn wollte sie bei Alkoholfreiem bleiben, vorerst. Sie unterhielten sich über den vergangenen Tag als Isabell plötzlich übel wurde und sie sich in die nahestehende Hortensie übergab. Immer wieder zog sich ihr Magen zusammen, immer noch musste sie kotzen. Endlich war der Anfall vorbei und sie stand auf zittrigen Beinen neben dem Strauch, der nun doch etwas verunstaltet aussah. Bleich im Gesicht drehte sie sich zu Patrick um, der nicht weniger überrascht zu ihr hinsah. Ein Gedanke formte sich in ihrem Kopf, ein sehr schlimmer, den sie aber sofort zur Seite schob.
„Mum, geht's wieder?"
„Ja, kannst du mir ein Glas Wasser holen, bitte?"
Sofort ging Patrick in die Küche um seiner Mutter das Wasser zu holen. Isabell setzte sich auf ihren Stuhl. Sie fühlte sich wie ein ausgewrungenes Bodentuch, zerdrückt, zerknittert, zittrig und unwohl. Patrick drückte ihr das Wasserglas in die Hand, sie nahm einen großen Schluck.
„Ich sollte mit der Trinkerei aufhören."
„Hast du gestern viel Alkohol getrunken? Das ist mir gar nicht aufgefallen."
*Du hast es auch nicht gesehen.*
„Nein, eigentlich nicht. Aber ich werde es trotzdem reduzieren müssen, kein Bier mehr, kein Wein. Die letzten Wochen habe ich wohl einfach zu viel getrunken."
Das Trinken half ihr über den Tag, doch damit wollte sie ihren Sohn nicht belasten. Zumeist trank sie, wenn er nicht im Haus war oder abends ein Glas Wein zum Essen. Sie wollte nicht dastehen wie eine schwache Frau, die zur Trinkerin wurde, nur

weil sie mit zwei Morden, ein paar Vergewaltigungen und schwerster körperlicher und seelischer Folter nicht leben konnte. *Das war doch wohl auch ohne Alkohol zu schaffen.* Bei dem Gedanken musste sie ein klein wenig lächeln. Noch nicht, aufhören zu trinken war noch keine Option, denn solange die Albträume anhielten, kam das bisschen Rausch gerade recht. Ein wenig vergessen, sich ein wenig losgelöst fühlen, auf einer kleinen Wolke schwebend ohne Leichen im Lebensgepäck. Voll zudröhnen ging ohnehin nicht, sie musste leistungsfähig bleiben. Ihren Unterhalt verdienen. Den immerwährenden Fragen standhalten, denn noch war der Fall nicht restlos aufgeklärt. Auch heute sollten sie beide gegen Abend auf dem Revier erscheinen. Angeblich musste der fertiggestellte Bericht nur noch unterfertigt werden, aber sie ahnte, dass noch mehr Fragen kamen, Ungereimtheiten aufgedeckt werden mussten. Natürlich nur vonseiten der Polizei, denn der wahre Tötungsvorgang des Mörders blieb im Unklaren. Für sie und ihren Sohn war der Fall beendet. Geklärt. Vorbei. Nicht so für die Beamten. Auch Peters zeigte sich immer wieder unzufrieden mit ihren Antworten, wenn er ihr auch viel Empathie und Verständnis entgegenbrachte. Etwas fehlte, ein Detail. Dieses kleine feine Detail würden sie den Polizisten aber niemals verraten. Auch heute nicht, morgen nicht und übermorgen nicht, sollte die Befragung weitergehen. Mittlerweile hatten sich ihre Antworten schon dermaßen im Kopf manifestiert, dass sie beim Lügen keinerlei Schwierigkeiten mehr hatten. Sie waren ein Eins-A-Team. Mutter und Sohn, in absolutem Einklang.

Doch jetzt fühlte sich Isabell schrecklich, ihr war übel und sie bekam Angst vor dem erneuten Gespräch im engen Verhörraum.

„Ich werde mich dann gleich mal umziehen, heute müssen wir nochmal zum Posten. Wie fühlst du dich?“

„Mir geht's gut, um dich mache ich mir Sorgen. Du hast noch nie gekotzt, irgendwas stimmt da nicht."
„Es ist wahrscheinlich alles zusammen, das Ganze ist ja nun noch nicht so lange her. Gerade einmal drei Wochen. Ich hab's noch nicht verarbeitet, wie auch. Es wird mir zu viel, ich spüre es. Und ich habe keinen Bock alles immer wieder aufzuwärmen, wieder die Fragen zu beantworten. Wie eine Angeklagte behandelt zu werden. Verdammt, ich bin das Opfer!"
*Ja klar.*
„Das weiß die Polizei doch. Es geht ja immer noch darum, wer den Typen am Boden erschlagen und erschossen hat. Der war halt übelst zugerichtet, da müssen die Bullen eben nachfragen."
„Wir beide haben uns verteidigt verdammt noch mal."
„Mum, alles wird gut, das weißt du. Du hast nichts falsch gemacht. Und solange wir bei unserer Aussage bleiben, können die uns am Arsch lecken. O.k., entspann dich. Ich hol dir noch ein Wasser."
*Entspannen, dass ich nicht lache.* Isabell verkrampfte sich nur noch mehr. Doch Patrick hatte Recht, sie musste daran glauben, dass die Fragen ein Ende nehmen würden, dass sie endlich mit sich ins Reine kommen konnte, irgendwann. Sie bereute nichts, weder dass sie ihren Mann in der Vergangenheit getötet hatte noch dass dieses Monster von Mensch seinen, zugestandenermaßen, höchst kaltblütigen Tod gefunden hatte. *Die Zeit wird meine Wunden heilen, nicht ganz, denn die, die tiefe Narben hinterlassen, werden bleiben.* Aber damit konnte sie leben. Isabell nahm dankbar das Glas Wasser von Patrick entgegen und trank es fast leer. Jetzt fühlte sie sich etwas besser, auch das flaue Gefühl im Bauch verschwand. Nur dieser eine Gedanke blieb im Raum. Der, den sie nicht zulassen konnte. Niemals.
„O.k mein Schatz, ich zieh mir was anderes an. Wir sollten bald los. Ich muss auch noch ein bisschen was einkaufen."

„Gut, ich lese inzwischen im neuen Buch, da sollte ich für die Vorlesung morgen doch gut informiert sein."
Isabell kleidete sich um, ein schwarzes Kleid, was auch sonst, und versuchte sich an einem halbwegs natürlichen Make-up. Dafür verschwendete sie nie viel Zeit, außer ein wenig Wimperntusche, Lippenstift in zartem Altrosa und hautfarbenem Puder trug sie nichts auf. Eine Stunde später machten sich die beiden auf den Weg in den Stadtteil, der den Polizeiposten beherbergte, in dem die erneute Befragung stattfinden sollte. Anfangs kam Peters noch zu ihnen nach Hause, zusammen mit einer Kollegin, doch hier, in der Polizeistation, konnten sie die Gespräche aufzeichnen, die Körperhaltung analysieren, sie beim Lügen ertappen. Was ihnen aber bisher nicht gelungen war. Und, da waren beide sicher, den Bullen auch nicht gelingen würde. Peters konnte sie noch so intensiv mit seinen schönen blauen Augen ansehen, sie würde nicht einbrechen. Gemeinsam rüsteten sich die beiden für den anstrengenden Teil der Befragung und lächelten sich aufmunternd zu.

## Dienstagabend

Isabell und Patrick nahmen im kahlen Zimmer Platz. Es sah allerdings nicht so aus, wie man es in den Krimis immer liest oder in den Filmen sieht. Kein Spiegel an der Wand, dafür zwei Kameras in den Ecken unter der Decke montiert. Das Zimmer war kahl, ein Tisch in der Mitte mit vier gegenüberstehenden Plastikstühlen diente als Mobiliar. Sonst nichts. Die Wände grau gestrichen, die Möbel dunkelgrau und schwarz. Ein kleines Fenster mit Milchglasscheibe ließ genügend Licht von außen in den kargen Raum. Isabell und Patrick nahmen zum Fenster hin Platz, Peters und ein neuer Kollege, ein etwas feister Typ mit Vollbart, setzten sich ihnen gegenüber. Doch er hatte freundliche Augen, der neue Bulle. Sein Bauch ragte auch noch über den Tisch. Ein gemütlicher Bär von einem Mann, der, wenn es hart auf hart kam, aber sicher ein hervorragender Polizist sein musste. Sonst wäre er nicht hier, bei einer Vernehmung zu einem Mordfall. Vergewaltigungsfall. Folterfall. Einem sehr komplexen, schwierigen und hässlichen Fall. Der Aktenberg am Tisch zeugte von der Komplexität des Verbrechens. Beide trugen normale Kleidung, keine Uniform. Peters leitete die Befragung ein.
„Frau Bach, wir haben sie beide heute hier hergebeten, um die Vernehmungen noch einmal durchzugehen und mit Ihrer Unterschrift und der Schrift Ihres Sohnes zu bestätigen, dass alles so passiert ist wie von uns aufgenommen. Heute ist mein Kollege von der Mordkommission, Dieter Gruber, mit dabei."
*Dieter, was für ein seltsamer Name für diesen Menschenberg.*
„Ich lasse Sie alles durchlesen, Sie sagen mir, ob es der Richtigkeit entspricht und unterzeichnen die Dokumente. Dann können wir den Fall abschließen. Ein paar Fragen haben wir noch, doch diese sollten uns nicht lange aufhalten."
Isabell zitterte innerlich, von außen ließ sie sich nichts anmerken. *Lass es vorbei sein. Bitte, Endlich.*

„Gut, meine Frage lautet: nachdem Patrick den Mann mit der Eisenstange außer Gefecht schlug, was passierte da? Er hatte viele Verletzungen mehr, sein Gesicht war stark deformiert und außerdem trug er eine Schussverletzung davon. Was trug sich genau zu? Sie sagten, dass Sie wie eine Furie über ihn hergefallen sind und sich zuletzt auch noch die Pistole, die er fallen ließ, schnappten und ihn erschossen. Direkt in die Brust. Auf der Waffe und der Eisenstange befanden sich eure beiden Abdrücke."

Isabell atmete tief durch. Ließ das Erlebte Revue passieren. Das Grauen im Keller, ihren Sohn, der außer Kontrolle geraten war und seine ganze Wut auf den bereits am Boden liegenden Mann ausließ. Seinen Hass, den sie so gut nachvollziehen konnte. Das Blut spritzte in alle Richtungen, bespritzte alle drei. Es war ein so dermaßen gnadenloses Gemetzel, dass sie noch heute erschauerte. Bis ins Mark. Und doch, und doch ...

„Ich nahm meinem Sohn die Stange aus der Hand und habe diesem Mistkerl ins Gesicht geschlagen. Er versuchte gerade wieder aufzustehen. Und dann habe ich noch einmal zugeschlagen. Und sicher noch ein paar Mal mehr. Ich hatte so viel Hass in mir, Schmerz, ich konnte gar nicht mehr aufhören. Patrick hielt mich schließlich zurück. Er meinte, der ist hinüber. Was er aber nicht war. Ich sah, dass sich seine Brust noch hob und senkte. Ich dachte, wenn er wieder aufsteht bringt er mich endgültig um, und meinen Sohn. Da habe ich die Pistole am Boden nah bei der Tür gesehen, die er wohl beim Reinkommen in der Hand hatte. Sie war schussbereit. Entsichert oder wie man das nennt. Ich hob sie auf, ich drückte ab. Der Rückstoß hat mich fast umgehauen. Das war's, dann bin ich zusammengebrochen."

Für ein paar Sekunden herrschte völliges Schweigen im Raum, es war, als stünde die Zeit still. Niemand atmete, niemand rührte sich.

„Was wir bei dieser Aussage nicht verstehen, ist, dass Sie doch sehr schwach waren, sie wurden tagelang im Keller festgehalten. Waren dehydriert. Woher kam die Kraft?"
Die Frage stellte Gruber, der freundlich aussehende, schwergewichtige Bulle.
„Das weiß ich nicht, ich kann es mir selbst nicht erklären. Ich habe die Waffe nach dem Schuss noch weit in den Raum geworfen, dann wurden meine Knie weich."
„Patrick, war es so?"
Peters sah Patrick tief in die Augen.
„Ja, ganz genau so. Ich hätte nichts tun können, mal abgesehen davon, dass sich das alles in ein paar wenigen Minuten abgespielt hat. Die Zeit ist stillgestanden, ich wusste nicht was passiert. Es war einfach nur schrecklich, aber meine Mutter lebte, allein das zählte. Mehr habe ich gar nicht registriert, ehrlich nicht."
Die beiden Polizisten sahen sich an und nickten.
„Gut, das alles haben wir schon so oft von euch beiden gehört, es ist wohl die Wahrheit. Dafür wird es auch kein Nachspiel geben, denn selbst wenn Sie, Frau Bach, den Verbrecher schlussendlich getötet haben, geschah das im Affekt und Schockzustand. Kein Gericht der Welt würde Sie dafür verurteilen. Wir werden es auch nicht an ein Gericht weitergeben und schließen den Fall ab. Der Mann ist tot, es gibt soweit wir wissen keinerlei Verwandte oder sonstige Menschen, die seinen Tod betrauern und Fragen stellen werden. Aber es gibt noch zahlreiche Vergewaltigungs- und auch Mordfälle, die wir untersuchen müssen, die aber nicht in direktem Zusammenhang mit Ihnen stehen. Wir haben das Gebiet bereits über die Grenzen ausgeweitet und seine DNA an alle Polizeiposten geschickt, die unaufgeklärte Fälle zu bearbeiten haben. Wir bitten euch beide, den Schlussbericht durchzulesen und zu unterzeichnen. Mehr kommt nicht auf euch zu. Doch möchte

ich noch einmal auf unseren Psychologen verweisen, der sich mit der Aufarbeitung von Verbrechen sehr gut auskennt und Ihnen und auch Patrick helfen könnte, das schreckliche Geschehen zu verkraften, neu zu beginnen. Ihr werdet Hilfe brauchen."

Isabell fiel ein tonnenschwerer Stein vom Herzen. Es war vorbei. Keine weiteren Fragen mehr.

„Momentan geht es, wir zwei reden viel darüber und versuchen so, alles aufzuarbeiten. Manches möchte ich nicht mehr bereden, nicht hören. Aber wir denken darüber nach, danke."

Peters hielt Isabell einen Stapel Papiere hin, den sie annahm.

„Wir lassen euch jetzt allein. Bitte lest alles durch und setzt dann, wenn alles passt, eure Unterschrift darunter."

Die beiden Polizisten verließen den Raum, Peters drehte sich noch einmal um und blickte Isabell lange in die Augen. Unter dem Tisch drückte sie Patricks Hand. Sie waren frei. Keine Anklagen. Keine Befragungen. Keine Kriminalbeamten. Nun ging es daran, das Erlebte auf die Reihe zu bringen, die Seele heilen zu lassen. Sie machten sich daran die Seiten detailliert zu lesen. Mussten noch einmal alles Revue passieren lassen, sich erinnern. Wussten, dass vieles davon nicht der Wahrheit entsprach und sie mit diesen Lügen leben mussten. Aber diese Lügen waren nichts im Vergleich mit dem Erlebten, all der Grausamkeit, der nunmehr unauslöschlich in Gedanken gefangenen Geschehnisse. Sie blickten sich an, voll Schmerz und doch auch Erleichterung. Isabell liebte ihren Sohn über alles und musste nun auch damit weiterleben, dass er schlimme Dinge gesehen und getan hatte. Nur um ihr zu helfen, ihr Leben zu retten. Das Leben der Mörderin seines Vaters. Dieses Geheimnis würde er nie, niemals erfahren. Das schwor sie sich heute nicht zum ersten Mal. Sie lasen und automatisch kamen die höllischen Bilder wieder hoch. Sehr lebendig. Das böse Grinsen des Feindes. Sein entstelltes Gesicht, nachdem

Patrick ihn mehrmals mit der Eisenstange geschlagen hatte, das viele Blut. Doch auch all ihre Qualen, die er ihr zugefügt hatte. Ihr Bauch zog sich unwillkürlich zusammen, es wurde ihr wieder übel. Doch diese Übelkeit war eine andere, eine noch viel ekelhaftere, denn es half kein Kotzen um sie zu vertreiben. Diese Übelkeit würde ein Leben lang dafür sorgen, dass sie sich elend fühlte, wann immer sie an die Geschehnisse dachte, an die Vergewaltigungen, seine perversen Spiele mit ihr, die Schnitte in ihre Haut mit dem spitzen Messer, ihre Angst, dass er ihr noch mehr Schmerzen zufügen konnte wann immer ihm danach war. Wie sollte sie all das vergessen, wie sollte sie irgendwann einem Mann so vertrauen können, dass er sie anfassen durfte? Intim mit ihr werden konnte? Isabell wusste insgeheim, dass das wohl nie der Fall sein konnte, dazu müsste sie ihr Gedächtnis auslöschen können, und das ging ja nicht. Obwohl sie die Augen des Polizisten, seine sympathische Art mit ihr zu reden, sein Lächeln, nicht vergessen konnte und wollte. Schließlich, bevor sich all das Unaussprechliche zugetragen hatte, wollten sie sich zu einem Date treffen. Das hatte doch etwas zu bedeuten, oder?

„Mum, ich hab alles gelesen. Du?“

„Ja, ich bin auch durch. Lass uns unterschreiben.“

Beide setzten ihre Unterschrift unter das letzte Blatt Papier des Stapels. Isabell atmete hörbar aus.

„Das wäre geschafft. Keine Befragungen mehr. Jetzt kehrt hoffentlich ein wenig Ruhe ein. Lass uns was trinken gehen, da gibt es ein Café um die Ecke.“

„Gute Idee.“

Mutter und Sohn verließen gemeinsam den deprimierenden Ort. Draußen auf dem nicht weniger deprimierenden, in altmodischem mintgrün gestrichenen Gang stand Peters. Er blickte Isabell direkt in die Augen.

„Wir haben alles unterzeichnet. Danke für Ihre Bemühungen.“

„Das ist gut. Nun können wir den Fall abschließen. Geht es euch beiden gut?“
„Ja, es geht uns gut. Wir gehen noch etwas trinken. Um die Ecke.“
„Darf ich mich kurz anschließen?“
Isabells Herz klopfte ein wenig schneller. *Also doch. Er mag mich.*
„Ja, gerne. Aber bitte nicht über das alles reden, o.k.?“
„Versprochen.“
Peters lächelte sein unwiderstehlich charmantes Lächeln, das aus den tiefsten Tiefen seines Herzens zu kommen schien. Auch sein Herz klopfte schneller. Er hatte sich in diese kleine Frau, die so viel Schreckliches durchmachen musste, vom ersten Augenblick an verliebt und war bereit, sich das ohne Einschränkungen einzugestehen. Alles was er sich wünschte war ihr zu helfen, sie durch diese schwierige Zeit zu bringen und ihr Herz zu erobern. Eine Zukunft zu haben, eine wundervolle Partnerschaft. Genau das war es, was er sich sehnlichst wünschte und genau das würde er jetzt beginnen. Sehr sanft, sehr gefühlvoll.

# Ein Kaffee mit Folgen

Isabell und Patrick setzten sich an einen Tisch im Freien, denn die Außentemperatur fühlte sich wunderbar an, herrlich warm und sehr angenehm. Ein laues Lüftchen wehte ihnen gemütlich ins Gesicht. Die Sonne stand bereits tief und sandte ihre letzten Strahlen zur Erde. Isabell bestellte sich bei der gelangweilten Kellnerin ein Bier, Patrick entschied sich für eine Limo.

„Du wirst den Polizisten öfters treffen, oder?"

Isabell wurde von seiner Frage völlig überrascht.

„Ich denke schon. Warum meinst du?"

„Naja, es liegt nahe, dass ihr auch über den Fall sprechen werdet. Was, wenn du dich verplapperst?"

„Ich werde mich nicht verplappern, wie du es so schön nennst. Niemand wird je aus meinem Mund erfahren was wirklich passiert ist. Darum mache ich auch keine Therapie. Du kannst unbesorgt sein."

„Mum, er mag dich und du ihn. Das sieht man. Ihr werdet womöglich mehr sein, vielleicht sogar ein Paar. Was dann? Du wirst ihn immer belügen müssen."

„Es ist keine Lüge, es ist nur nicht die ganze Wahrheit und solange er die nicht kennt, ist alles in Ordnung."

Die echte Wahrheit, ihre persönliche Wahrheit, der Mord an ihrem Mann, den dürfte der Polizist niemals erfahren. Das wäre tatsächlich ein Problem. Doch die wusste nicht einmal ihr Sohn und er war ihr engster Vertrauter. Also konnte es doch kein Problem sein, einem Liebhaber diese eine kleine Tatsache erfolgreich zu verschweigen.

„Ich möchte Chris, also Peters, gerne kennenlernen. Ich bin seit Jahren allein und hatte noch nicht einmal das Bedürfnis, einem Mann nahe zu sein. Das ist jetzt aber anders, auch nach dem Erlebten. Das war schon vorher so, bevor mich der Irre in seiner Gewalt hatte. Ich weiß, es wird schwierig werden, aber ich bin ein großes Mädchen und ich möchte einfach wieder leben, lieben, ich sein. Das alles darf mich nicht ewig verfolgen. Verstehst du das?“

„Aber klar verstehe ich das. Ich mache mir ja nur Sorgen, dass du irgendetwas ausplaudern könntest. Ich gönne dir dein Glück von Herzen, das weißt du doch.“

„Ich weiß mein Schatz. Danke“

Isabell drückte Patricks Hand und strahlte ihn an. Ihn würde sie immer beschützen. In diesem Moment kam Peters im Café an. Sobald er Isabell entdeckte lächelte er. Isabell konnte nicht anders, ihr Herz öffnete sich und sie lächelte ihm entgegen.

„Hallo ihr zwei. Geht es euch gut?“

Er machte sich ernsthafte Sorgen. Das wussten beide. Es tat gut, dass es einen Menschen gab, der sich um ihr Wohl Gedanken machte. Ihre Familie wusste zwar Bescheid, denn Tom, Patricks Cousin, war zum Teil involviert und half auch dabei, sie beide zu finden. Doch sie hatte ihre Schwester überzeugt, dass sie keinerlei Hilfe vonseiten der Familie benötigte, nur Ruhe. Da die Familienbande nicht besonders eng waren und seit jeher jeder seiner Wege ging, stellte das auch kein Problem dar. Isabell musste nichts erklären. Tom seinerseits erhielt eine Therapie, denn das Bild der verstümmelten Leiche, die er gefunden hatte, brannte sich in sein Gedächtnis ein. Aber es ging ihm schon wieder ganz gut, er würde es unbeschadet überstehen. Täglich telefonierte er mit Patrick, sie redeten auch über das Erlebte und so konnten sie gemeinsam den Horror aufarbeiten.

„Ja, danke. Heute ist es hier draußen herrlich. Setzen Sie sich.“

Peters setzte sich Isabell gegenüber und schaute sie direkt an.

„Ich denke ich werde auch ein Bierchen trinken. Für heute ist mein Tag beendet. Ich bin froh, dass wir euren Fall endlich abschließen konnten.“

Peters bestellte sich bei der jetzt doch ein wenig aufgeweckteren Kellnerin ein Bier. Wahrscheinlich wurde sie erst aufmerksamer, wenn ein attraktiver Mann ein Getränk bei ihr bestellte. Sie stöckelte powackelnd von dannen, nicht ohne dem Polizisten vorher einen verführerischen Augenaufschlag zu schenken.
„Also uns hat sie nicht so freundlich gefragt, was wir wollen."
Isabell lachte, Peters stimmte mit ein.
„Patrick ist wohl etwas zu jung für sie und eine Frau ist immer nur Konkurrenz. Überhaupt eine so schöne Frau. Also das habe ich mir sagen lassen, ich kenne mich mit dem weiblichen Geschlecht natürlich nicht so gut aus."
Jetzt lachten alle drei und als die Kellnerin das Bier abstellte und Peters noch einmal frech angrinste, konnten sie nicht mehr an sich halten und brüllten los. Vieles, das sich in den letzten Wochen angestaut hatte, kam mit diesem fröhlichen Lachen zum Vorschein, wurde freigelassen. Das galt für alle drei, denn auch Peters fühlte sich schon lange unwohl, machte sich Vorwürfe und litt daran, dass er Isabell nicht früher gefunden hatte. Sie lachten einfach weiter und als auch noch die Tränen kamen, ging es den dreien am Tisch für einige wenige Momente richtig gut.
„Ach tut das gut. Ich weiß nicht wann ich das letzte Mal gelacht habe!"
Isabell wischte sich die Tränen mit dem Handrücken ab.
„Ja, das stimmt. Lachen ist so gesund und ich tue es so selten. Mein Job ist leider alles andere als lustig. Doch sollte ich mehr darauf achten, privat und Beruf endlich zu trennen."
„Das solltest du."
Ganz wie von selbst ging Isabell zum Du über. Peters schien es gar nicht zu registrieren und antwortete:
„Du hast recht. Ich muss mehr unternehmen, ins Theater gehen, ins Kino, mit einer sympathischen Frau zum Essen. Apropos,

was machst du heute Abend noch? Darf ich dich zum Essen einladen?“

Isabell strahlte ihn an, Patrick lachte.

„Natürlich nur, wenn dein Sohn damit einverstanden ist.“

„Von mir aus gerne.“

Und so vereinbarten sie, dass er sie um 19 Uhr zuhause abholen würde. Isabell war selig, endlich mit ihm allein zu sein. Patrick dagegen blieb skeptisch, auch wenn er seiner Mutter das Glück von Herzen gönnte. Denn allzu schnell fielen Worte, die niemals ausgesprochen werden durften ...

## Der erste gemeinsame Abend

Sie wählten ein gut besetztes italienisches Restaurant und setzten sich in eine Nische. Auf den Tischen brannten Kerzen, die laue Abendluft strömte durch die geöffneten Fenster ins Innere. Ein appetitlicher Duft nach Knoblauch und Gewürzen erfüllte die Luft. Isabell entschied sich für ein Fischgericht und Salat, Peters wählte eine Pizza mit Meeresfrüchten. Dazu tranken sie eine Flasche Merlot und Wasser.

„Es ist sehr schön hier."

„Ja, sehr romantisch. Und das Essen ist vorzüglich, du wirst sehen."

Sie blickten sich tief in die Augen. Isabell spürte ein sanftes Ziehen in der Bauchgegend. Es tat ihr sehr gut. Es fühlte sich richtig an. *Er ist es. Chris.*

„Ich bin hier noch nie gewesen. Aber ehrlich gesagt war ich noch in wenigen Lokalen seit ich hier wohne. Ich gehe sehr selten aus."

„Dann haben wir viel zu entdecken. Es gibt einige gute Lokale in der Stadt. Ich werde dich in das Nachtleben einführen."

Chris grinste. Isabell schmolz dahin. Aber nur kurz, denn jetzt rührte sich etwas in der Magengegend, dass eher sehr unangenehm war. Ihr wurde übel. Rasch erhob sie sich und eilte zur Toilette, die sie schon beim Hereinkommen ausgemacht hatte. Gerade noch rechtzeitig kam sie bis zur Kloschüssel, um sich lautstark zu übergeben. Sie hatte noch nichts gegessen, es kam nur etwas Wein und Schleim. Allein dieser Anblick ließ sie erneut würgen. Doch es befand sich nichts mehr im Magen, das ausgekotzt werden konnte. Mit zittrigen Beinen stand sie auf. Ging zum Waschbecken und trank einen Schluck Wasser. *Nein, nein, nein, das durfte nicht sein. Hilfe!* Sie wusste in dem Augenblick, ihr allerschlimmster Albtraum war wahr geworden: sie war schwanger, bekam ein Kind von ihrem Vergewaltiger.

*Na Klasse. Ein Kind der wahren Liebe.* Jetzt schossen ihr Tränen in die Augen, sie weinte bitterlich. Versuchte sich in den Griff zu bekommen. Nur wie. Sie saß mit ihrem Traummann beim Essen, musste zum Kotzen aufs Klo, was an sich schon recht wenig romantisch war, und kam jetzt mit geschwollenen, weil verweinten, Augen zurück zum Tisch. *Tolles erstes Date. Perfekt. Könnte aus einem Kitschroman stammen.* Nur war es die Wirklichkeit und Isabell las keine Liebesromane. Sie wusch sich das Gesicht mit kaltem Wasser. Schminkzeug hatte sie nicht dabei, in der Hitze des Gefechts hatte sie natürlich ihre Handtasche nicht mitgenommen. Das auch noch. Da hörte sie seine Stimme vor der Tür.

„Isabell, ist alles in Ordnung?"

*Na klar, ich bin schwanger, aber nein nicht von dir. Wie denn. Ich habe so gar kein Problem damit, von meinem Folterer ein Kind zu bekommen, warum auch? Das wünscht sich doch jede Frau verdammt nochmal.*

„Alles gut. Mir wurde nur ein wenig übel. Ich komme gleich."

„Sollte ich das Essen lieber abbestellen?"

*Essen, wie sollte ich jetzt essen?*

„Nein, nein. Ich habe Hunger, echt."

*Das fing ja gut an, schon beim ersten Date tische ich ihm einen Haufen Lügen auf. Wie wärs mit der Wahrheit? Die wird er so oder so erfahren.*

Isabell blickte noch einmal in den Spiegel, befand, dass sie wie ausgespuckt und sehr, sehr bleich aussah, also perfekt, und öffnete die Tür. Chris sah erschrocken auf sie hinab.

„Du siehst gar nicht gut aus, lass uns gehen."

„Danke fürs Kompliment."

„Entschuldige, aber du siehst krank aus. Du bist wunderschön, das weißt du. Aber du bist weiß wie Mehl und hast verschwollene Augen. Du hast geweint. Ich mache mir Sorgen."

„Ich denke, ich muss dir etwas sagen. Das wird dir jetzt nicht gefallen, mir gefällt es auch nicht. Setzen wir uns. Ich möchte etwas essen, mein Magen ist komplett leer. Dann erzähle ich dir was los ist, o.k.?"

Chris nahm Isabells Hand und führte sie zu ihrem Tisch. Sie nahm einen großen Schluck Wasser.
„Ich bin schwanger. Also zumindest glaube ich es."
Er war sprachlos. Wusste nicht was jetzt sagen.
„Nicht von einer Affäre, einer Beziehung. Einem normalen Mann. Nein. Von IHM!"
„Mein Gott, du meinst von deinem Peiniger?"
Isabell konnte nicht antworten, sie nickte nur. Tränen bahnten sich ihren Weg. Chris reichte ihr eine Serviette, ein Taschentuch hatte er nicht dabei.
„Das ist schrecklich. Bist du dir sicher? Es ist ja noch nicht so lange her ..."
„Dass er mich mehrmals vergewaltigt hat? Und nein, er hat kein Kondom verwendet!"
Chris schwieg, schockiert blickte er Isabell an. Sie hatte es ihm fast ins Gesicht gespuckt, ihre Worte trafen ihn wie tausend spitze Nadeln. Und sie war laut geworden. Einzelne Gäste sahen zu ihrem Tisch. Die Situation stand kurz vor einer Eskalation, Isabell zitterte am ganzen Körper. Chris winkte dem Kellner. Verlangte die Rechnung.
„Ich bezahle natürlich auch das Essen. Aber wir müssen jetzt gehen."
Der beflissene Kellner fragte, ob er denn das Essen, welches im Übrigen bereits fertig war, einpacken sollte. Geistesabwesend nickte Chris.
„Wir gehen, beruhige dich. Dann können wir reden, allein."
Er bezahlte, nahm die Pakete mit dem Essen an sich und jonglierte gleichzeitig die verstörte Isabell aus dem Lokal. Irgendwie schafften sie es bis zu seinem Auto, er setzte sie hinein und fuhr zu seiner Wohnung. Dort angekommen half er Isabell aus dem Auto, schnappte sich die Pakete und den Hausschlüssel und bugsierte alles durch die Tür. Dann nahm er seine Angebetete sanft an den Händen und setzte sie auf

die schwarze Ledercouch in der Mitte des kahlen Raumes, das er sein Wohnzimmer nannte. Wie eine Puppe ließ sie sich führen. Sie schien völlig in sich gekehrt zu sein. Er verstaute das Essen in der Küche und holte einen Whisky und zwei Gläser. Damit setzte er sich zu Isabell auf die Couch und goss einen kleinen Schluck der bernsteinfarbenen Flüssigkeit in die Gläser. Das war jetzt besser als Wasser, dachte er.

„Komm, nimm einen Schluck. Das wird dir guttun."

Isabell nahm das Glas hoch und trank es in einem Zug leer. Ohne mit der Wimper zu zucken, sich zu schütteln oder ein Geräusch von sich zu geben, wie es sein sollte, wenn jemand einen dermaßen großen Schluck eines so scharfen Getränkes zu sich nahm, stellte sie das Glas zurück auf den Tisch.

„Danke."

Chris füllte nach.

„Es tut mir leid, dass ich so wenig einfühlsam war. Ich hätte gar nicht erst nachfragen dürfen. Ich fühle mich so schlecht."

„Nein, ich bin ausgeflippt. Das hast du nicht verdient. Ich war ungerecht. Mir tut es leid, dass ich dir den Abend versaut habe."

„Das ist doch lächerlich, nichts ist versaut. Es ist eine verdammte beschissene Situation. Ich bin einfach ein wenig hilflos."

„Ich ja auch. Ich weiß es eigentlich seit gestern, da hat es mit der Kotzerei angefangen. Aber ich habe es verdrängt. Wenig erfolgreich."

Isabell trank das zweite Glas Whisky.

„Darf ich noch eines?"

„Sicher, aber du bist schwanger ... Gott, was bin ich für ein Idiot!"

„Dieses Kind wird niemals zur Welt kommen, das ist doch wohl klar."

„Natürlich nicht."

Chris schenkte Isabell Whisky nach und nahm selbst einen ordentlichen Schluck.

„Dieses verdammte Arschloch. Ich trage seine Brut in mir. Ein Kind des absolut Bösen. Das ist verrückt, das ist unerträglich und so traurig."
Jetzt kamen erneut die Tränen. Chris nahm sie in den Arm und ließ sie weinen. Sehr lange. Als keine Tränen mehr kamen stand er auf um nach etwas wie einem Taschentuch zu suchen.
„Schon gut, ich hab welche in meiner Handtasche."
Dankbar lächelte er sie an.
„Möchtest du heute Nacht hierbleiben? Ich meine nur schlafen, in meinen Armen."
*Du bist ein vollkommener Depp, wie kannst du in so einer Situation so etwas fragen?*
„Ja, gerne."
Isabell war selbst erstaunt über ihre Antwort, aber sie wusste, dass sie sich in Chris' Armen beschützt fühlen würde. Und sie wollte Patrick noch nicht mit der neuesten Entwicklung belasten, nämlich der, dass sein böser Bruder in ihrem Körper heranwuchs. Jetzt galt es, die Sachlage nüchtern zu betrachten und dann zu tun was zu tun war. Eine Abtreibung galt als einzig mögliche Handlung. Alles musste vorbereitet werden, ein Arzt gefunden werden, der Schwangerschaftsabbrüche durchführte. Doch jetzt, hier und heute Nacht, wollte sie in seinen Armen liegen und nicht weiter über die nächsten notwendigen Schritte nachdenken. Ihn fühlen, riechen. Geborgenheit spüren und einen ersten Hauch der Liebe.
„Hast du ein T-Shirt, das ich zum Schlafen anziehen kann?"
„Natürlich."
Isabell kuschelte sich in Chris' Arme. Fühlte sich wohl und dachte für einige Zeit nicht an ihr Leben, dieses nunmehr aufs Neue völlig aus der Bahn geratene Dasein. Es hatte sieben lange Jahre gedauert um zu einem halbwegs vernünftigen, ertragbaren Alltag zurückzufinden. Manchmal wieder lachen zu können. Ein wenig Spaß zu haben. Und jetzt war all das wieder

aus den Fugen geraten. Galt es von vorne zu beginnen, die Scherben zusammenzufügen. Sie wusste, dass es diesmal noch viel schwerer sein würde, denn auch ihr Sohn war Teil des ganzen Schreckens. Und der Lügen. Wobei diese Lügen nie so schwer wogen wie jene aus ihrer Vergangenheit. Sie schaffte es zu lügen, die Wahrheit erfolgreich zu verbergen, sogar vor ihrem Sohn. Es durfte nur nicht passieren, dass längst Vergangenes aufbrach und sich zu den neuen Gräueln gesellte.

Wie sie so in Chris‘ Armen lag, verspürte sie kein Bedürfnis, ihm näher zu kommen. Sexuell. Sie wunderte sich ein wenig darüber, denn eigentlich zog er sie körperlich sehr an. Aber natürlich lagen ihre mehrfachen Vergewaltigungen nicht lange zurück und nicht nur ihre Seele war wund geworden, auch ihr Körper litt darunter. Immer wieder kam es zu Blutungen, offene Wunden in ihrem Inneren mussten erst abheilen. So hatte es der Arzt jedenfalls gesagt. Wie lange dauerte das? Und würde sie überhaupt je wieder Lust verspüren, einem Mann so nahe zu kommen, um ihn in sich zu fühlen? Isabell wusste es nicht und war dankbar, dass Chris sie einfach nur in seinen Armen hielt und gar nicht erst versuchte, sie zu streicheln und damit zu erregen. Sinnlichkeit erst gar nicht aufkommen ließ. Ein einfühlsamer Mann wie er verdiente ihre Liebe. Und wenn sie so weit war, wenn sie offen sein würde für eine Beziehung, dann wird er derjenige sein, das war ihr klar. In ferner Zukunft konnte sie mit ihm lachen, glücklich sein. Eine Partnerschaft aufbauen. Er schätzte auch ihren Sohn und das war ein sehr wesentlicher Faktor, um überhaupt mit einem Mann zusammensein zu können. Bevor sie in einen traumlosen Schlaf versank, sah sie sich und Chris auf einer duftenden Sommerwiese liegend zu den wenigen Wolken am blauen Himmel blicken.

Chris lächelte. Er hielt Isabell eng umschlungen, schützte sie vor ihren Träumen. *Gut, das ist lächerlich, wie willst du jemanden vor seinen Albträumen schützen?* Doch angesichts der Tatsache, dass sie tief und fest schlief, und auch ein klein wenig schnarchte, zeigte ihm, dass sie sich bei ihm geborgen und wohl fühlte und allein darauf kam es an. Sie träumte nicht, ihre Atemzüge erfolgten gleichmäßig rhythmisch. Auch wenn ihr Kopf auf seiner Schulter schwer lastete, er bewegte sich kein Stück, wollte ihren Schlaf keinesfalls unterbrechen. Was hatte diese Frau nicht alles durchgemacht. Und jetzt war sie von der wilden Bestie auch noch schwanger. Wie viel konnte ein Mensch ertragen? Er schwor sich, dass er ihr beistehen würde, bei allem was sie nun tun musste. Chris hatte keine Ahnung, was in einer Frau vorging, die ein Kind vom bösesten Menschen, den sie sich je hätte vorstellen können, erwartet. Von einem Menschen, der sie körperlich und seelisch zugrunde richten wollte. Und es beinahe geschafft hätte. Wie musste sie sich fühlen, zu wissen, dass sein Kind in ihrem Inneren heranwuchs, es bereits feststand ob es ein Junge oder ein Mädchen wurde und welche Augenfarbe das Kind haben würde. Es war noch winzig, aber es lebte bereits. Jede Zelle kannte jetzt schon ihre ganz spezifische Aufgabe. Vor Jahren hatte sich Chris mit dem Wunder des ungeborenen Lebens vertraut gemacht, als seine damalige Freundin schwanger wurde. Sie freuten sich so sehr auf das Baby, aber es sollte nicht sein. Doch dieses Kind war ein Kind des Bösen, es sollte niemals leben. Das verstand er. Auch wenn die paar Millimeter Menschlein da im Körper der schlafenden Isabell nichts für ihre Zeugung konnten. Und nicht gesichert war, dass dieses Kind wie sein Vater sein würde. Böse. Sadistisch. Psychopathisch. Allein der Gedanke daran, wie es sich zugetragen hatte, dass die Zellentwicklung überhaupt beginnen konnte, nach einer dermaßen unerwünschten Befruchtung, reichte aus, um die Schwangerschaft schnellstens zu unterbrechen. Er wusste auch, dass Isabell, wenn sie sagte, sie sei schwanger, schon nach dieser sehr kurzen Zeit Bescheid wusste. Frauen haben ein sehr feines Gespür, dass liegt in ihrer Natur. Er zweifelte keine Sekunde daran. Jetzt galt es sie zu unterstützen, für sie da zu sein. In ihrer Not, dieser nach allem Erlebten zusätzlich so schweren Zeit. Er schloss die Augen und stellte sich eine unbeschwerte Zeit vor, die sie als Paar genießen konnten, ohne an all das zu denken, was passierte. Ohne Mörder, ermordete Ehemänner, Folterer, Vergewaltiger. Einfach ein Leben zu zweit, oder zu dritt mit ihrem Sohn. Mit vielen schönen Momenten, lachen und weinen. Mit Reisen, Feiern, Küssen, Sex, Kuscheln, ja einfach mit allem, was er sich schon seit Jahren sehnlichst wünschte. Er wusste, dass diese kleine Frau in seinen Armen, auch wenn ihre Seele sehr gelitten hatte, stark war und sich gleichzeitig genau dasselbe wünschte wie er. Geborgenheit, Zusammenhalt, Liebe. Mit diesen Gedanken schlief er ein.

„Sein Kopf, er blutet. Warum? Was habe ich getan?"
Chris wusste erst nicht, was los war. Erst langsam wachte er auf, spürte Isabell neben ihm. Verkrampft und scheinbar im Schlaf sprechend.
„Er muss weg, weit weg, in den Fluss."
Sanft schüttelte Chris Isabell an der Schulter.
„Isabell, wach auf, du hast einen Traum. Es ist nur ein Traum."
Doch was beinhaltete dieser Traum. Warum sollte der Verbrecher in den Fluss? Das war absolut unlogisch. Sie wurde in einem Keller festgehalten und gefoltert.
„Was ist? Was ist passiert?"
„Du hast nur geträumt und im Traum gesprochen."
*Verdammt, was habe ich gesagt?* Isabell konnte sich nur in Fetzen an den Traum erinnern. Sie stand neben der Leiche ihres Mannes, der sie mit deformierten Gesichtszügen angrinste. Bitterböse

und mit Blut in den Augen. *Nein, alles, nur das nicht.* Gerade heute Nacht musste sie von IHM träumen und auch noch reden? *Nein, nein, nein. Das wird alles zerstören.*
„Was habe ich gesagt?"
„Du hast gesagt, dass er weg muss, in den Fluss. Ich denke du hast die letzten Erlebnisse mit deiner Vergangenheit zusammengebracht, im Traum ist das möglich. Es tut mir so leid, jetzt wird auch noch alles Alte aufgewärmt."
Isabell wurde augenblicklich eiskalt. Eine Faust legte sich um ihr Herz und drückte zu. Unerbittlich.
„Ich kann mich nicht erinnern. Es tut mir leid, dass ich dich damit geweckt habe."
„Du musst dich nicht entschuldigen. Ich hole dir ein Glas Wasser."
Dankbar trank Isabell ein paar Schluck Wasser und entspannte sich ein wenig. Sie beobachtete Chris genau, versuchte seinen Gesichtsausdruck zu deuten. Hatte sie im Traum mehr preisgegeben, als er ihr sagte? Sie fürchtete sich, wurde beinahe panisch und musste doch ruhig bleiben. Durfte sich nicht zu viel anmerken lassen. So unterhielten sie sich noch lange, sprachen über vieles, nur nicht über das Geschehene, weder aus der nächsten Vergangenheit noch über das Unaussprechliche ein paar Jahre zuvor. Langsam wurden beide müde und irgendwann schliefen sie wieder ein, eng umschlungen, und doch bereits ein Stück voneinander entfernt.

Der Same war gestreut, Misstrauen erwachte.

# 9. KAPITEL

*„Die Welt wird nicht bedroht von den Menschen, die böse sind, sondern von denen, die das Böse zulassen.“*
Albert Einstein, 1879-1955

## Der Arzttermin

Isabell saß im Warteraum ihrer Gynäkologin. Nervös blätterte sie in einem nichtssagenden Frauenmagazin, sah Bilder, die sie nicht wahrnahm. Buchstaben tanzten vorbei, fügten sich zu Worten zusammen, die sie nicht lesen konnte und wollte. Heute erfuhr sie, ob in ihr tatsächlich ein kleiner Mensch heranwuchs, der da einfach nicht hingehörte. Der nicht leben durfte. Der gar nicht erst hätte entstehen dürfen. Mittlerweile hatte sie sich recht gut im Griff, meisterte ihren Alltag, konnte arbeiten, kochen oder putzen, ohne immerzu an ihren Feind denken zu müssen. Mit Chris traf sie sich so selten wie möglich, brauchte Abstand, hatte enorme Ängste, dass er bereits zu viel wusste, nachfragen würde. Sie entschloss sich darum, ihn nicht ständig zu sehen, auch wenn es ihr schwerfiel, denn sie musste sich eingestehen, dass sie sich bereits verliebt hatte. Seine blauen Augen verfolgten sie in ihren Träumen, ihr Herz schlug jedes mal höher, wenn sie auch nur eine kleine Nachricht von ihm bekam. Ein süßes SMS wie es ihr denn geht und schon schwebte Isabell auf Wolke sieben. Jetzt, wo alles in geregelten Bahnen verlief, durfte nichts mehr passieren. Sie musste vergessen können, neu anfangen. Patrick ging es schon viel besser, er legte seine Prüfungen an der Uni problemlos ab und war auf dem besten Weg seinen Abschluss in Rekordzeit zu erlangen. Vergessen schien der Jugend doch wesentlich leichter zu fallen. Nun, immerhin musste er keine Folter ertragen und er hatte auch keine Ahnung von der Vergangenheit.

Das war auch gut so. Und das musste so bleiben, koste es was es wolle. Sie wusste, dass sie imstande war, ihren Sohn mit allen Mitteln zu verteidigen, auch mit ihrem Leben. *So weit wird es nicht kommen, nichts wird mehr passieren, alles ist gut. Jaja, rede es dir nur ein, wir werden ja sehen.*
„Frau Bach!"
Isabell schreckte hoch, sie war die nächste Patientin. Wie sie die gynäkologische Untersuchung hasste, immer schon. Dieses Ausgeliefertsein am Stuhl, nackt, mit weit gespreizten Beinen, die intimsten Körperstellen im grellen Licht präsentiert. Seit vielen Jahren ging sie ausschließlich zu weiblichen Frauenärztinnen, das machte die ganze Angelegenheit zumindest etwas erträglicher für sie. Von Frau zu Frau. Wo nicht nur Empathie, sondern auch die Anatomie übereinstimmte. Die Ärztin begrüßte sie mit einem freundlichen Lächeln.
„Wie geht es Ihnen?"
*Wenn du das wüsstest ...*
„Ich habe ein Problem. Ich wurde mehrfach vergewaltigt, bestimmt haben Sie von dieser Geschichte in der Zeitung gelesen. Das war ich. Nun denke ich, dass ich schwanger bin. Mein Folterer benutzte kein Kondom."
Schockiert blickte ihr Gegenüber sie an.
„Mein Gott, das tut mir ja so leid! Wie fühlen Sie sich? Kommen Sie klar? Haben Sie psychologische Unterstützung?
„Es geht schon, ich komme gut zurecht, danke."
*Ja, klar.*
„Ich kann Ihnen sonst gerne eine sehr gute Psychologin empfehlen, die mit traumatisierten Frauen viel Erfahrung hat."
„Momentan denke ich, dass ich keine psychologische Hilfe benötige. Mir geht es mehr darum, zu wissen ob ich schwanger bin und sollte es so sein, die Schwangerschaft schnellstens zu beenden. Ich will dieses Kind nicht."
„Natürlich, das ist verständlich. Dann sehen wir nach."

Es folgten vorher die üblichen Fragen nach der letzten Periode, ob ihr übel war und so weiter. Danach ging es auf den Stuhl, dieses unheimliche Möbel, das sie so verabscheute. Die Ärztin untersuchte erst die äußeren Geschlechtsorgane auf Verletzungen.
„Sieht alles gut aus.“
*Super.*
Dann machte sie sich an die Untersuchung der Vagina bis zum Muttermund. Und letztendlich kam der Ultraschall zum Einsatz. Am Gesichtsausdruck der Gynäkologin konnte Isabell ablesen was sie ohnehin schon wusste. Alles lag jetzt zwei Monate zurück, Isabell musste also in der achten Woche schwanger sein. Wenn sie es war.
„Sie sind schwanger, ich kann die Herztöne Ihres Kindes ganz deutlich hören.“
Noch bevor die Ärztin sie fragen konnte, ob sie das Herz ihres Fötus da drin hören wollte, sagte sie:
„Bitte, ich will es nicht hören. Ich bin also schwanger, was nun? Wer nimmt Abtreibungen vor? Wie schnell kann ich einen Termin bekommen?“
„Ziehen Sie sich erst mal an, wir besprechen in Ruhe Ihre Möglichkeiten.“
Mit fahrigen Bewegungen schlüpfte Isabell in ihre Kleider und setzte sich der Ärztin am Schreibtisch gegenüber.
„Ich werde das Kind keinesfalls behalten.“
„Das kann ich verstehen. Aber wollen Sie nicht erst die Lage überdenken? Sie sind in einem Alter, wo es schwer ist, überhaupt schwanger zu werden.“
„Niemals, ich will kein Kind von einem Vergewaltiger, von einem so entsetzlichen Menschen. Und jetzt kommen Sie mir nicht mit Psychologen oder Beratungen, oder sonst was. Ich werde dieses Kind nicht behalten. Wenn Sie mir nicht helfen, finde ich eine andere Möglichkeit.“
Die Ärztin verstand.

„Selbstverständlich helfe ich Ihnen. Es ist meine ärztliche Pflicht, Sie über alles aufzuklären, eben auch darüber, ob Sie das Kind behalten wollen und wie wir dann vorgehen. Der Embryo ist bereits gut ausgebildet, Sie sind in etwa in der achten Schwangerschaftswoche. Es muss ein chirurgischer Eingriff vorgenommen werden. Ich erkläre Ihnen genau, was passiert und wo Sie hingehen können. Wenn Sie möchten, vereinbare ich auch noch gleich einen Termin für Sie, lange können wir nicht mehr warten."
„Gut, wer macht das und wie?"
„In der Stadt gibt es eine Klinik für Schwangerschaftsabbrüche, legal, aber gut versteckt. Ich habe schon oft Patientinnen dahin überwiesen. Der Eingriff selbst dauert nur ein paar Minuten und wird unter Vollnarkose gemacht. Sie bekommen nichts mit, haben danach höchstens ein wenig Bauchweh und eventuell Blutungen."
„O.k., dann machen Sie einen Termin da. Ich will es los sein, so schnell wie möglich."
Die Ärztin notierte ein paar Dinge in ihrem PC und griff danach zum Telefonhörer. Sie sprach ein paar kurze Sätze ins Telefon.
„Morgen wäre ein Termin frei. Am Abend, um acht."
„Einverstanden."
Wieder sprach die Ärztin mit dem Gesprächspartner am anderen Ende. Schließlich legte sie auf.
„Sie dürfen mindestens vier Stunden vorher nichts essen und trinken. Hier ist die Adresse."
Sie kritzelte den Straßennamen und eine Telefonnummer auf einen kleinen Zettel.
„Wenn Sie Fragen haben, rufen Sie Dr. Schmidt vorher an. Er erklärt ihnen auch gerne detailliert den ganzen Ablauf."
Isabell nahm das Papierstück an sich und steckte es unbesehen in ihre Jeans.
„Prima, vielen Dank."

Damit verließ sie die Praxis. Morgen schon wurde sie das unerwünschte Wesen in ihrem Bauch los. Ein Stück der grauenhaftesten Episode aus ihrer Vergangenheit. Fast breitete sich so etwas wie ein Lächeln in ihrem Gesicht aus. Die Erleichterung jedenfalls spürte sie tief in ihrem Inneren. *Das stehst du jetzt auch noch durch, das ist doch kein Problem. Da hast du schon ganz anderes erlebt.* Und wie das stimmte. Isabell machte sich auf den Weg nachhause und schöpfte wieder ein wenig Hoffnung, dass endlich alles wieder in geordneten Bahnen verlaufen konnte, dass sie Vergangenes in einen Bereich ihres Kopfes verschieben konnte, wo es gut verschlossen in Vergessenheit geriet. Sie genoss die Sonnenstrahlen und pflückte ein Gänseblümchen, das sich zwischen den Pflastersteinen seinen Weg gebahnt hatte. Es duftete nach Sommer, nach Leben, einem leichten, fröhlichen Leben. *Das wird noch dauern, leicht wird es noch nicht werden, nicht so schnell. Aber es wird, ich muss nur vorsichtig sein, auf der Hut bleiben und mich nicht verplappern.* Niemals durfte Chris erfahren, was tatsächlich alles geschehen war. Es wäre nicht nur das Ende für ihre zarte Liebe, es wäre ihr Ende in Freiheit. Ein für allemal.

# Tod dem Kind im Bauch

Isabell stand vor der verschlossenen Tür im achten Stock eines Hochhauses. Diese Adresse sollte das Institut sein, in dem sie das Kind in ihrem Leib loswerden konnte. Musste. Neben der unscheinbaren Tür befand sich eine Klingel. Der Flur war ziemlich düster, ausgelegt mit dunkelbraunem Teppich, kahlen grauen Wänden und wenig Beleuchtung. Sie betätigte die Klingel und hörte auch sofort Schritte auf der anderen Seite der Tür. Eine pummelige Dunkelhaarige öffnete.

„Frau Bach?"

„Ja."

„Hallo, kommen Sie herein."

Im Inneren sah es ganz anders aus, von düster keine Spur. Die Abtreibungsklinik stellte sich als modern, hell und freundlich heraus. Mehrere Zimmer zweigten vom hell beleuchteten Flur ab, die Türen standen offen. Darin befanden sich typische Klinikbetten. Isabell konnte im ersten Zimmer zwei Betten mit Nachttischen erkennen, weiß, sauber und einladend mit Parkett und Teppichen ausgestattet. Sie wurde in eben dieses Zimmer geführt.

„Bitte suchen Sie sich ein Bett aus. Hier hängen Bademäntel, legen Sie die Kleidung bis auf die Unterwäsche ab."

Die Krankenschwester, Isabell ging davon aus, dass sie eine war, zeigte ihr den Schrank, wo sie ihre Kleider verwahren konnte.

„Der Arzt kommt dann auch gleich und bespricht mit Ihnen den weiteren Ablauf."

Damit verließ sie das Zimmer auch schon und schloss die Tür hinter sich. Im Zimmer war es angenehm kühl. Isabell entkleidete sich bis auf BH und Höschen und streifte den Bademantel über. Dann setzte sie sich aufs Bett und ließ ihren Gedanken freien Lauf. Ließ den Tag Revue passieren, als sie Patrick geboren hatte. Es war keine leichte Geburt und dennoch einer der glücklichsten Tage in ihrem Leben. Als sie endlich seine kleine Hand halten konnte schäumte sie über vor Glückseligkeit. Ihr Sohn hatte ihr immer nur Freude bereitet, war der wichtigste Inhalt in ihrem Leben. Und nun saß sie da und stand kurz vor der Tötung des kleinen, unschuldigen Lebens in ihrem Bauch. Aber welche Wahl hatte sie? Ein Kind zu gebären, das aus einer Vergewaltigung entstammte, aus Hass, Wut und brutalster Folter. Ein Kind, das einfach nicht in diese Welt gehörte, dessen Vater bereits vor sich hin moderte. Der ein Serienkiller gewesen war, ein Mörder ohne Gewissen. Ein Soziopath. Wie viel seines Charakters würde sein Kind abbekommen? Abgesehen davon, dass sie sich auch zu alt fühlte, um noch einmal Mutter zu werden. Ganz zu schweigen von den medizinischen Problemen. Ja eigentlich hätte sie gar nicht schwanger werden dürfen. Und doch kam ihr ein Lied in den Sinn, ein Kinderlied, ein Liedchen, das sie immer ihrem Sohn vorm Einschlafen gesungen hatte, auch wenn singen nicht ihre Stärke war. Doch Kleinkinder lieben Musik, schlafen besser ein. Die erste Strophe von „Schlaf, Kindlein schlaf" fiel ihr ein, machte sich in ihrem Kopf breit und ohne es zu wollen summte sie diese Melodie:

Schlaf, Kindlein, schlaf. Der Vater hüt' die Schaf,
die Mutter schüttelt's Bäumelein,
da fällt herab ein Träumelein.
Schlaf, Kindlein, schlaf.

*Verrückt, das ist total verrückt. Lass das verdammt. Du tötest gerade dein Kind und wirst ihm sicher nie ein Lied vorsingen.*
Und wie von selbst kam die zweite Strophe daher:

Schlaf, Kindlein, schlaf. Am Himmel ziehn die Schaf,
die Sternlein sind die Lämmerlein,

der Mond, der ist das Schäferlein.
Schlaf, Kindlein, schlaf.

Isabell stand auf, ging ein paar Schritte, versuchte sich zu beruhigen und die Misstöne aus ihrem Kopf zu bekommen. *Ich will das nicht. Weg mit dir.* In dem Moment ging die Tür auf und zwei Männer betraten das Zimmer. Beide groß, beide im Chirurgenoutfit, mintgrünes Oberteil, weiße Hose. Der eine hatte lockiges schulterlanges Haar, der andere eine Glatze. Der Lockenmann sprach als erster:
„Guten Tag, Frau Bach, geht es Ihnen gut? Sie sind schneeweiß."
*Super, noch direkter geht es wohl nicht.*
„Ja danke, alles gut."
„Ich bin Dr. Schmidt, ich werde die OP vornehmen, das ist Dr. Erler, der Anästhesist. Ich erkläre Ihnen nach seinen Ausführungen wie wir vorgehen."
Glatze trat ein wenig vor.
„Sie haben nichts gegessen und getrunken?"
„Nein, seit Mittag nicht."
„Sind Sie gegen irgendwelche Medikamente allergisch?"
„Nein."
„Nehmen Sie regelmäßig Medikamente? Und wenn ja, welche?"
„Nein."
„Gut. Ich werde sie sedieren, ein leichtes Narkotikum, hält nur ein paar Minuten an. Aber es ist wichtig, dass Ihr Magen leer ist. Sie werden schnell einschlafen und auch bald nach der Operation wieder aufwachen. Bitte fahren Sie heute nicht mehr mit dem Auto, die Nachwirkungen dauern etwas an."
*Was geht's dich an, wenn ich fahre. Sicher fahre ich.*
„Nein, ich werde von meinem Sohn abgeholt."
*Der nicht weiß, dass ich da bin, der gar nichts weiß von diesem Bastard in meinem Körper.*

„Gut, dann bereite ich alles vor."
Damit verließ Glatze den Raum und ließ sie mit dem durchaus attraktiven Gynäkologen zurück.
„Ich habe hier ein Dokument, das Sie bitte durchlesen, ausfüllen und unterschreiben. Sollten Sie Fragen dazu haben, einfach rufen. Wir werden Folgendes machen: bevor Dr. Erler Sie in die Kurznarkose versetzt, untersuche ich Sie. Ich weiß, dass Ihre Ärztin die Schwangerschaft bereits festgestellt hat, aber ich muss wissen wie und wo genau der Fötus liegt. Danach werden Sie ein wenig schlafen und ich nehme die Ausschabung vor. Alles ist ganz unkompliziert, Sie werden danach maximal kleinere Blutungen haben und ein wenig Bauchweh. Die Curettage ist die beste Form des Schwangerschaftsabbruches. Sehr sicher, sehr präzise. Haben Sie Fragen?"
„Nein, legen Sie los."
„Sind Sie auch ganz sicher?"
„Ja, natürlich."
„Gut, dann sehen wir uns gleich. Die Krankenschwester kommt Sie holen."
Der fesche Arzt verließ das Krankenzimmer. Jetzt wurde sie doch ein wenig nervös. Was, wenn die Narkose fehlschlug, sie einschlief und nicht mehr aufwachte? Es wäre eigentlich wunderbar, dachte sie, aber was macht Patrick dann? Nein, sterben kam nicht infrage. Es musste alles gutgehen und würde es ja auch mit Sicherheit. Isabell las das Blatt Papier durch, auf dem so Fragen standen wie wann sie denn die letzte Periode hatte oder ob sie an irgendwelchen allergischen Reaktionen litt. *Nichts dergleichen, unterschreiben, fertig. Ich will es hinter mir haben.* Sie setzte sich wieder aufs Bett und wartete. Es dauerte nicht lange, da kam die pummelige Schwester und holte sie mit einem freundlichen Lächeln ab, begleitete sie zwei Türen weiter in das Behandlungszimmer. Ein Raum, weiß, mit einem zu einem gynäkologischen Stuhl umfunktionierten Bett. Später würde

sie verstehen, warum ein Bett. Jetzt kam es ihr seltsam vor. Der attraktive Arzt stand an dem Ende mit den Fußstützen.
„Bitte ziehen Sie Ihren Slip aus und hängen Sie ihn hier an den Haken."
Isabell tat wie befohlen, den Rest konnte sie anbehalten. Sie legte sich auf das Bett. Die Beine musste sie spreizen, die Füße in die Stützen legen. Der Gynäkologe verschwendete keine Zeit und machte sich gleich ans Werk. Während er sie mit Ultraschall untersuchte kam der Anästhesist und trat an ihre linke Seite.
„O.k., da passt altes, kannst loslegen."
Ohne einen Piecks zu spüren setze der glatzköpfige Arzt die Injektion und noch fast im selben Moment schlief Isabell. Sie träumte nichts, sah nur Schatten. Spürte Leichtigkeit. Und wurde kurz wach, als sie in ihr Krankenbett gelegt wurde. Direkt von dem Bett aus, auf dem die Abtreibung stattfand. Schlief wieder ein.

*Ein Mann lächelte sie an. Blaue Augen. Wirre Haarlocken. Durchaus als attraktiv zu bezeichnen. Groß, gut gebaut. Er nahm ihre Hand, führte sie über eine duftende Wiese mit hohem Gras. Margeriten blühten, Gänseblümchen und Dotterblumen, es musste Frühling oder schon Sommer sein. Er führte sie weiter, jetzt schneller, an das Ende der Wiese. An einen Abgrund. Wo kam der her? Wieso endete die schöne Wiese so abrupt? Sie blickte in die Tiefe und konnte im Graben keinen Boden sehen. Es sah eher so aus, als befänden sie sich im Himmel, auf einer himmlischen Wiese, und die Erde war so viele Kilometer entfernt einfach nicht mehr auszumachen. Er führte sie näher und näher an die bodenlose Schlucht. Jetzt stemmte sie sich gegen ihn, krallte sich in seinen Arm. Der Mann blickte sie an. Sein Gesicht veränderte sich plötzlich, das sympathische Lächeln verschwand und machte einer bösen Fratze Platz. Das plastische Böse, denn nichts anderes konnte die sichtbare und spürbare männliche Gestalt sein, zog sie mit einer Kraft, der sie einfach nichts entgegenzusetzen hatte, noch näher an den Höllenschlund. Und stieß sie. Isabell fiel und fiel und fiel ...*

Sie wachte auf. Und wusste sofort wo sie sich befand. Kein böser Mann warf sie in einen Abgrund, niemand wollte ihr hier schaden. In diesem Institut war sie sicher und sie war es los, das Balg, das unerwünschte Wesen in ihrer Gebärmutter. Sie hatte es geschafft. Atmete erleichtert auf. Auf dem Nachttisch stand eine Tasse Tee, etwas Traubenzucker und ein belegtes Brötchen. Sie hatte seit Stunden nichts gegessen und getrunken. Auf der Stelle gelang das auch nicht. Noch einmal schloss sie die Augen, versuchte sich zu entspannen. *Alles ist gut, es ist vollbracht, du wirst nicht die Mutter eines vom absolut Bösen gezeugten Kindes. Jetzt zahlst du noch die Gebühr für die Abtreibung und dann bist du weg und kommst auch niemals wieder hierher.* Sie musste lächeln, denn der Arzt wäre glatt eine neue Schwangerschaft wert. Jetzt nahm sie einen Schluck des gesüßten Tees und biss auch in das Traubenzuckerstück. *Energie, ich brauch ein wenig davon, denn ich fahre mit dem Auto heim. Basta.* Gleich ging es ihr besser. Sie setzte sich ganz auf und stellte fest, dass sie ihren Slip trug, mit einer Binde darin. Für alle Fälle, es kann ein wenig nachbluten, wurde ihr gesagt. Nicht schlimm. Hier wurde auf die Patienten geachtet, auch wenn sie wusste, dass Institute wie dieses immer in der Kritik standen. Ungeborenes Leben zu vernichten empfanden viele Menschen als äußerst verwerflich. Auch wenn wahrscheinlich jede Frau, die hierherkam, einen guten Grund dafür hatte und selbst entscheiden konnte, was sie mit ihrem Körper anstellte. Ob sie ein Kind gebären und für lange Zeit versorgen wollte oder konnte. Ob sie es überhaupt zur Welt bringen konnte, aus gesundheitlichen, nicht ausschließlich materiellen Gründen. Es gab aber auch so viel Leid, so viel Ungerechtigkeiten gegenüber Frauen. Männer schlugen Frauen, Männer vergewaltigten Frauen, Männer nahmen sich was sie wollten und ließen die Frau dann ganz oft im Stich. Frauen wurde in diesen Räumlichkeiten geholfen, sie konnte nicht dankbarer sein. Langsam kleidete sie sich an und setzte sich auf das Bett. Sie wartete, denn der Arzt würde noch einmal ins Zimmer kommen, erklären wie es gelaufen ist, ihr vielleicht eine Schmerztablette geben und sein Geld kassieren. Schon öffnete sich die Tür. Aber erst erschien die Krankenschwester.

„Fein, Sie haben den Tee getrunken und ein wenig gegessen. Wie geht es Ihnen?"

„Danke, ich fühle mich gut."

„Das ist schön."

Sie nahm das ausgefüllte Dokument an sich und auch das vereinbarte Geld. Isabell hätte noch zehnmal mehr bezahlt, so froh war sie über die Möglichkeit, hier einen Schwangerschaftsabbruch vornehmen lassen zu können. Anonym.

„Dr. Schmidt kommt noch zu Ihnen, ein bisschen Geduld noch. Soll ich Ihnen noch einen Tee bringen?"

„Nein, danke."

Es vergingen ein paar Minuten, dann betrat der ansehnliche Facharzt den Raum.

„Wie geht es Ihnen?"

„Mir geht es gut. Sehr gut."

„Es ist alles bestens gelaufen. Vielleicht kommt es zu kurzen Nachblutungen, aber ich gehe davon aus, dass es nicht unangenehm wird. Natürlich besteht immer die Gefahr einer Infektion. Sollten Sie also starke Schmerzen oder extreme Blutungen bekommen, rufen Sie mich sofort an. Grundsätzlich gibt es keinen Grund, nach ein paar Monaten nicht wieder schwanger zu werden."

„Das habe ich nicht vor. Dafür bin ich zu alt."

„Ich wollte es nur erwähnt haben. Es gibt keine bleibenden Schäden, Ihre Gebärmutter wird sich schnell vom Eingriff erholen."

„Danke, Dr. Schmidt."
„Ich wünsche Ihnen alles Gute."
Er blickte ihr lange in die Augen. Wahrscheinlich wusste er ein wenig von ihrer Geschichte, erwähnte das aber mit keinem Wort.
„Danke, jetzt wird es schon wieder werden."
Sie reichten sich die Hände. Der Arzt verließ das Zimmer, gleich danach ging auch Isabell aus dem Raum und aus dem Institut. In den schlecht beleuchteten Flur, zum Lift. Fuhr die acht Stockwerke abwärts. Ging hinaus in den kühlen Abend. Mit einem Albtraum weniger.

## Eine offene Wunde

Er rief an, schickte SMS. Viele, immer wieder. Isabells Herz klopfte jedes Mal bis zum ultimativen Zerspringen, aber sie hatte zu viel Angst, seine Gespräche anzunehmen, seine Nachrichten zu beantworten. Irgendwann würde sie es tun müssen, er zeigte sich interessiert an einer Verbindung, einer Partnerschaft, einer Beziehung. Und war mit Sicherheit genau der Typ Mann, den sie mehr als attraktiv fand. Sie hatte noch nicht mit ihm geschlafen und versuchte das so lange wie möglich zu verhindern. Auch wenn sie es wollte. Und wie. Denn allein das Zusammenkuscheln fühlte sich wunderbar an. Er roch gut, schmeckte gut. Doch schon einmal hatte sie im Schlaf Dinge preisgegeben, die er niemals wissen durfte. Was, wenn das wieder passierte. Was, wenn sie noch viel mehr ausplauderte? Sie hatte sich bereits verliebt, sehnte sich nach dem gutaussehenden Cop, doch wenn sie ihn zu nah an sich heranließ, öffnete sie ihm möglicherweise in einem unbedachten Moment ihr Herz, auch ohne dabei zu schlafen. Sie wusste, dass es passieren konnte, denn nichts wünschte sie sich mehr, als sich einem Menschen anvertrauen zu können, alles endlich aussprechen zu können, zu erzählen, was tatsächlich passiert war. Gleichzeitig wusste sie, dass das nichts als Probleme verursachen würde, die ihr, und sogar ihrem Sohn, rechtlich enormen Ärger bescheren konnten. Und das Ende einer Beziehung, die noch gar nicht begonnen hatte eine solche zu sein. Denn welcher Polizist ließ sich auf eine Partnerschaft mit einer Verbrecherin ein? Die sie nunmal war, Affekt hin oder her. Wenn sie ihren Mann nur getötet und danach die Polizei gerufen hätte, wäre wohl alles halb so schlimm ausgegangen. Ein guter Anwalt hätte dafür gesorgt, dass sie nicht mal in den Knast gekommen wäre, oder maximal ein, zwei Jährchen. Hätte, wäre, könnte ... alles reine Spekulation, denn sie handelte anders. Sie tötete den schwerverletzten Mann auf dem Boden, der im Übrigen ihr Ehemann war, und entsorgte auch noch die Leiche. Sie war schuld. Basta. Dass sie davonkam lag nicht an ihrem Charme, nein, es lag daran, dass keine Beweise gegen sie zu finden gewesen waren. Was für ein Glück. Und auch die zweite Episode mit dem zweiten toten Mann in ihrem Leben stellte sich ein wenig anders dar, als sie beide, Patrick und sie, es erzählten. Natürlich war es nachvollziehbar, dass sie den Mann totschlug und auch noch erschoss, aber ganz so war es nicht gewesen. Und das durfte einfach niemand wissen. So viel Vertrauen schenkte sie keinem Menschen auf der Welt. Noch nicht einmal Chris. Schon gar nicht Chris. Sie konnte sich den Blick aus seinen blauen Augen vorstellen, wenn er davon erfuhr, was sie tatsächlich alles getan hatte. Und es würde kein freundlicher Blick sein, kein verstehender. Eher ein sehr trauriger. Und dann würde er sie verabscheuen, so schnell er konnte das Weite suchen. Sie vor den Richter bringen, das musste er sogar. Also blieb ihr nichts anderes übrig als zu schweigen und ihm so gut es ging aus dem Weg zu gehen. Sie hatte auch schon eine Ausrede parat, warum sie das tat.

Patrick war nicht im Haus, er besuchte über das Wochenende seinen Cousin. Die beiden jungen Männer verbrachten viel Zeit miteinander, das tat ihnen gut. Sie konnten über Geschehenes sprechen, sich austauschen, sich auffangen, wenn die Erinnerungen zu brutal wurden, zu echt, zu real. Es läutete an der Haustür. Isabell saß auf der Terrasse und las in einem medizinischen Fachbuch. Sie erschrak. Wer konnte das sein? Draußen stand Chris, mit einem Blumenstrauß in der Hand. Weiße Lilien, sie liebte weiße Lilien. Er wusste das.
„Chris, hallo."
Mehr Worte fielen ihr nicht ein. *Verdammt, was macht er hier?*
„Hallo Isabell, darf ich reinkommen?"

„Sicher, entschuldige. Komm rein."
Sie nahm die Blumen an und bedankte sich. Der Duft der Lilien betäubte kurz ihre Sinne, so intensiv rochen die weißen Schönheiten. Stellte die Blumen in eine Vase. Lenkte sich ab, um ihn nicht ansehen zu müssen.
„Was ist los?"
*Na super, gleich in die Vollen ...*
„Magst du etwas trinken?"
„Ein Wasser bitte."
„Lass uns auf die Terrasse gehen, reden wir."
Sie füllte zwei Gläser mit Mineralwasser und ging ihm voran durch die Wohnung auf die Terrasse.
„Warum antwortest du nicht auf meine Nachrichten? Hebst nicht ab wenn ich dich anrufe?"
Isabell blickte ihn an, hätte ihn am liebsten geküsst. Doch nein, das durfte sie nicht. Sie musste auf Abstand gehen, jetzt erst recht. Denn er wollte Antworten und die konnte sie ihm nur bedingt geben.
„Ich habe abgetrieben."
Dieser Satz stand wie eine Gewitterwolke in der Luft zwischen ihnen. Und war gleichzeitig die einzige Ausrede, die sie ihm auftischen konnte. Er musste verstehen, dass das nicht einfach für sie war.
„Wann?"
„Vorgestern. In einer Abtreibungsklinik. Die gibt es hier."
Chris nahm ihre Hand.
„Wie geht es dir damit?"
*Was für eine blöde Frage.* Doch konnte sie jetzt sagen, dass alles gut war? Dass es ihr nichts ausmachte? War das nicht zu herzlos? Musste er sie dann nicht erst recht für eine kaltherzige Frau halten, die so ohne einen Gedanken daran zu verschwenden, völlig gefühllos ihr Kind tötete? Ein eigentlich unschuldiges Wesen? Denn was konnte das winzige Leben dafür, dass sie

vergewaltigt wurde, dass es trotz des Ausnahmezustands, der Gewalt, zu einer Befruchtung einer Eizelle kam? Nichts, das Kind konnte nichts dafür und trug doch die DNA ihres Feindes in sich. Darum war die Tötung die einzig richtige Entscheidung. Doch nein, sagen konnte sie das nicht.
„Ich habe Bauchschmerzen, es blutet. Aber nicht schlimm."
„Das meinte ich nicht. Wie geht es dir seelisch damit?"
*Ja wie geht es mir seelisch, super natürlich.*
„Ich habe es noch nicht so recht realisiert. Irgendwie fühle ich mich erleichtert und dann wieder traurig. Es ist ein Auf und Ab, eine kleine Achterbahnfahrt der Gefühle."
*Wo hast du bloß den bescheuerten Spruch her.*
Chris kam zu ihr und nahm sie in die Arme. Drückte sie ganz fest an sich. Strich über ihr Haar. Streichelte sie. Sanft und so liebevoll. Ihr kamen die Tränen. Jetzt weinte sie tatsächlich. In der ganzen Zeit nach der Folter konnte sie nicht weinen. Vielleicht weil sie Schmerzen hatte, wütend war, aber nie weil sie traurig war. Sie ließ den Tränen einfach freien Lauf.
„Das ist gut, wein ruhig. Ich bin für dich da."
Nun gab es kein Halten mehr, Isabell schluchzte und heulte. Konnte endlich alles aus sich ausfließen lassen, den ganzen Kummer, die Qualen, das schlechte Gewissen, die Trauer. Denn sie trauerte um ihr Leben, das sie einst hatte. Ein unbeschwertes Leben. Nicht immer glücklich, aber doch ganz passabel. Mit einem Kind, das sie mit jeder Faser ihres Herzens liebte. Auch ihren Ehemann hatte sie einst geliebt, das ließ sich nicht verleugnen. Sie hatte Freundinnen, einen großen Bekanntenkreis, feierte Partys, Grillfeste, Geburtstage. Ging im Sommer schwimmen, wanderte auf Berge. Im Winter fuhr sie mehr schlecht als recht die verschneiten Pisten hinab, aber auch das bereitete ihr großen Spaß. Immer zusammen mit ihrem Kind. Alles war gut, davor. Und jetzt? Jetzt lebte sie in permanenter Angst, dass die Wahrheit ans Tageslicht

kam. In ihren Albträumen wurde sie von dunklen Gestalten verfolgt, immer wieder bedroht, oft sogar mit einem gewaltigen Messer verletzt, blutete. Doch niemals war sie tot. Immer wachte sie voll der Schrecken, der unaussprechlichen Grausamkeiten in diesen Träumen auf und wünschte sich in eine andere Zeit. Doch sie befand sich in der Gegenwart, die sie hasste. Die sie nur ertrug, weil sie für ihren Sohn stark sein musste.
Chris holte sein Taschentuch hervor und reichte es ihr. Sie schnäuzte sich geräuschvoll und wischte sich das Gesicht ab.
„Entschuldige, ich will dich nicht vollheulen."
„Du musst dich nicht entschuldigen, ich bitte dich. Ich kann das sehr gut verstehen. Dein Albtraum ist noch nicht lange her und nun auch noch das. Ich bin für dich da, hörst du? Nimm es an, nimm meine Hilfe an, meine Liebe."
Oh Gott, er hatte Liebe gesagt. Isabell schluckte schwer. Er hatte dieses Unwort in den Mund genommen und ganz sicher meinte er es auch noch ernst damit.
„Chris, ich denke ich bin nicht die Richtige für dich. Ich bin ein Häufchen Elend. Kaputt. Was sollst du mit so einer Frau?"
„Du bist nicht kaputt, du bist tief verletzt und wirst einige Zeit brauchen, bis du wieder wie vorher bist. Lass dir Zeit damit, trauere ruhig um ein Leben, das nie wieder so wird wie es vorher war."
*Wie kann er das so genau wissen?*
„Das kann wohl dauern. Ich dachte ich bin schon ein Stück weiter."
„Meine Liebe, das braucht Zeit, sehr viel Zeit. Ich weiß das nur zu gut, denn tagtäglich werde ich mit den Opfern von Gewalttaten konfrontiert. Du solltest über psychologische Hilfe nachdenken. Sag nicht sofort nein, ich weiß ja, wie du darüber denkst. Aber es kann wirklich helfen sich mit Außenstehenden zu unterhalten, mit geschulten Therapeuten. Ich kann dir nicht

versprechen, dass es schnell geht mit der seelischen Heilung, aber es wäre ein Schritt dahin."

Isabell dachte über seine Worte nach. Er hatte recht, sie benötigte Hilfe, das wusste sie. Sie musste aufpassen, dass sie keinen gröberen psychischen Schaden erlitt. Keine schwere Psychose oder wie man die seelischen Qualen nannte, die einen nicht mehr schlafen ließen, ständig an den erlebten Horror erinnerten. Die einen zittern ließen. Wo man schließlich Dinge tat, die man nie tun wollte. Drogen nehmen, Schlaftabletten, Alkohol trinken. Nur um das Bewusstsein zu betäuben. So weit wollte sie es nicht kommen lassen, aber wie verhindern? Eine Therapie kam nicht infrage, zu groß war die Gefahr, dass sie etwas aussprach, das ungesagt bleiben musste.

„Es hilft schon, wenn du mich in den Arm nimmst."

*Falsche Schlange. He, das tut echt gut. Sicher, aber aus deiner ganzen Scheiße hilft es dir auch nicht. Halt, fange ich jetzt schon an eine Psychopathin zu werden? Hallo? Mit wem rede ich da? Bist du mein Gewissen? Dann halt die Klappe, hörst du?*

Was Chris auch sogleich tat. Er setzte sich auf ihren Stuhl und nahm sie auf seinen Schoß. Umarmte sie. Ließ sie für Minuten, die sich wie Stunden anfühlten, nicht mehr los. So saßen sie einfach nur da. Ein kleiner Vogel hatte es sich im Rosenstrauch gemütlich gemacht und beobachtete die Menschen unter ihm. Ein Pärchen, eng umschlungen, mit vielen Geheimnissen. Ein Pärchen, das nie eines sein durfte.

# 10. KAPITEL

*Kain und Abel*

*Ein grauer Stein*
*Am Wegesrand.*
*Kain und Abel.*
*Abel geht vorüber.*
*Kain bückt sich.*
*Ein roter Stein*
*Am Wegesrand.*
Manfred Schröder, 1938

## Das Déjà-vu

Isabell wachte auf. Sie war nicht allein, war das erste, das sie bemerkte. Neben ihr, in ihrem Bett, schlief Chris, er lag auf dem Rücken. Schnarchte ganz leise. Ganz entspannt. Es war noch dunkel. Oder auch mitten in der Nacht, was spielte es für eine Rolle? Sie war nicht ganz nackt, trug Slip und T-Shirt. Auch der schlafende Mann neben ihr trug Kleidung, wenn auch nicht besonders viel. Gerade seine Boxershorts hatte er noch an. Sie hatten wohl nicht miteinander geschlafen. Wieso nur konnte sie sich an nichts erinnern? Irgendwann hatte sie eine Flasche Rotwein geöffnet, die sie vermutlich komplett austranken. Wahrscheinlich gingen sie betrunken ins Bett, wobei, er trank nichts. Nie. Hatte sie etwas gesagt? Sich verraten? Nein, wohl eher nicht, sonst würde er nicht so relaxt in ihrem Bett liegen und schlafen. Isabell bewegte sich langsam aus dem Bett, sie musste pinkeln. Es war heiß im Zimmer. Sie öffnete leise die Terrassentür und ließ frische, kühle Nachtluft herein. Denn es war definitiv mitten in der Nacht, was ihr ein Blick auf den Radiowecker neben dem Bett bestätigte: gerade einmal ein Uhr. Sie setzte sich auf die Kloschüssel und urinierte. Wusch sich Hände und Gesicht und ging barfuß auf die Terrasse. Suchte den Mond. Aber es war stockdunkel, noch nicht einmal Sterne konnte sie am Himmel über sich ausmachen. Es duftete nach Gras. Sie setzte sich in den Gartenstuhl und tastete nach der Flasche auf dem Tisch. *Leer, na wunderbar. Du hast eine ganze Flasche Wein ausgetrunken! Er wird sich jetzt denken, du bist eine Säuferin.* Doch sie hatte keinerlei Kopfschmerzen, keinen Kater. Nach einer kompletten Flasche Wein? *Bestimmt hat auch Chris ein Glas mitgetrunken. Wieso auch nicht.* Die Flasche Mineralwasser stand auch noch auf dem Tisch, sie nahm direkt daraus einen Schluck. Ihre Zunge fühlte sich pelzig an. Schmeckte nicht gut. *Ich gehe jetzt nochmal ins Bad und putze mir die Zähne.* Was sie auch gleich tat. Danach legte sie sich zu Chris ins Bett.

Er spürte sie. Nahm sie in den Arm. Und dann passierte das, was schon längst überfällig war. Sie streichelten einander, küssten sich, immer intensiver, immer inniger. Die Streicheleinheiten wurden ausgeweitet, er streifte ihren Slip ab, zog ihr das T-Shirt über den Kopf, drückte sie an sich, entfernte seine Unterhose. Sie spürte seine Erektion. Er nahm ihre Brüste in die Hände, spielte mit den Brustwarzen. Leckte daran. Sie wurde nur noch erregter, öffnete wie von selbst die Beine, lud ihn ein. Aber er ließ sich Zeit, erkundete ihre heiße, feuchte Weiblichkeit mit den Fingern, spielte mit der Klitoris, bis sie es nicht mehr aushielt. Und endlich drang er in sie ein, tief und erst ganz langsam bewegte er sich in ihr. Dann immer schneller. Gemeinsam erklommen sie den Gipfel, erreichten einen wunderbar befriedigenden Orgasmus. Umarmten sich und fingen noch einmal an sich zu streicheln, liebten sich, bis sie gesättigt waren. Die Uhr zeigte vier am Morgen. Sie schliefen ein. Es war das erste Mal, dass Isabell keinen Albtraum hatte,

sondern einfach einschlief und erst aufwachte, als sie Kaffeeduft aus der Küche schnupperte. Was für eine Nacht! Isabell streckte sich. Chris, bekleidet mit seiner Boxershorts, ging mit zwei Tassen am Bett vorbei Richtung Terrasse.
„Wie magst du deinen Kaffee? Milch? Zucker? Ich hab alles reingetan, so auf Verdacht hin."
„Ist auch völlig egal, er riecht herrlich, der Kaffee. Ich gehe aber noch schnell duschen, o.k.?"
„Sicher, ich setze mich schon auf die Terrasse, es ist ein herrlicher Tag."
Isabell duschte und fühlte sich lebendig, so gut wie schon lange nicht mehr. Sie ließ auch keinerlei trübsinnige Gedanken zu, nicht für diesen herrlichen Moment. Nur einen Tag glücklich sein, allein dafür lohnte es sich, einmal an nichts zu denken, dass ihr Leben jetzt immer beherrschte. Sie trocknete sich ab und schlüpfte in frische Unterwäsche. Dann zog sie ihre Shorts an und ein Top, fertig. Die Haare ein wenig frisieren, mehr brauchte es nicht. Sie gesellte sich zu Chris auf die Terrasse. Sein Lächeln begrüßte sie und ihr Herz schlug zehnmal schneller als normal. Sie küsste ihn. Schmeckte ihn, liebte ihn in diesem Augenblick mit einer Intensität, die sie an sich selber nicht kannte. Sie setzte sich neben ihn und kostete ihren Kaffee, zu süß, nie gab sie Zucker in die Tasse, zu hell, sie schüttete maximal ein paar Tropfen Milch in die braune Brühe, und doch schmeckte der Kaffee einfach wunderbar. Sie hatte in ihrem ganzen Leben nie besseren Kaffee getrunken. *Das also macht die Liebe mit mir? Ich trinke scheußlichen Kaffee und sage dass er super schmeckt? Na Klasse.*
„Ich mag Zucker im Kaffee, nur keine Milch, aber er ist lecker. Du bist ein guter Kaffeekocher."
Ein wenig Ehrlichkeit musste sein, sie konnte ihn doch nicht nur loben, besonders angesichts der Tatsache, dass er ihr dann immer den Kaffee mit Zucker und Milch zubereitete. Chris lachte.

„Ich habe nicht gewusst wie du ihn trinkst, die nächste Tasse gelingt mir besser."
Sie küsste ihn.
„Schon gut, der ist fantastisch. Danke. Es ist lange her, dass mir ein Mann Kaffee gekocht hat."
„Dann wird es Zeit, dass ich das öfter mal übernehme. Natürlich nur wenn du mich lässt."
„Sehr gerne."
*Was, was sagst du da? Spinnst du? Du darfst ihn nicht in dein Leben lassen! Ruhe, heute nicht, heute werde ich nicht auf dich hören. Vergiss es.*
Chris strahlte sie an und lehnte sich zurück. Er fühlte sich wohl, fast schon zuhause. Wenn nicht die Vergangenheit wäre, dann wären sie ein perfektes Paar. Nur ganz kurz ließ Isabell diesen Gedanken zu, dann legte sie den Schalter wieder um.
„Was möchtest du heute unternehmen? Es ist Samstag, wir könnten an den See fahren. Ich habe frei."
„Alles was du möchtest. Ich habe sturmfreie Bude, Patrick kommt erst morgen heim."
Chris strahlte sie an.
„Das ist super. Ich fahre kurz nachhause und hole meine Badesachen und ein bisschen was zum Umziehen. Bis zum Essen bin ich wieder da. Ich lade dich natürlich ein."
„Schön, ich habe schon Hunger. Ist ja auch fast Mittag."
„Ja, wir haben augenscheinlich ziemlich lang geschlafen."
„Oder auch nicht."
Isabell grinste anzüglich. Chris nahm sie in den Arm und küsste sie ausgiebig.
„Am liebsten würde ich dich gar nicht mehr loslassen."
„Musst du ja nur kurz. Du bist gleich wieder da und ich ziehe mir in der Zwischenzeit was Respektableres an. So kann ich in keinem Restaurant auftauchen."
Zusammen standen sie auf. Chris zog sich die lässig über das Bett geworfene Jeans an und streifte sein schwarzes T-Shirt

über. Er nahm sich seine Schlüssel vom Küchentisch und küsste Isabell noch einmal bevor er das Haus verließ. Schließlich schloss sich die Tür hinter ihm und Isabell war allein. Ihr Herz schlug heftig. Sie sperrte die Tür ab, auch wenn sie wusste, dass er bald wieder hier sein würde. Ihre Angst, doch auf einen weiteren bösen Menschen zu treffen, war einfach da, immer. Vielleicht hatte ihr Folterer ja einen Bruder? Cousin? Freund? Jemanden, der sie bereits beobachtete und ihr wieder wehtun würde. *Jetzt hör aber auf, du hast gesagt heute gibt's keine negativen Gedanken. Zieh dich um, mach dich hübsch, freu dich auf den Tag mit deinem Polizisten. Das ist ein guter Mann. Er kann dich glücklich machen. Und wenn es nur für eine kurze Zeit ist.* Isabell riss sich zusammen, suchte in ihrem Kleiderschrank nach dem passenden Outfit für den Tag. Zog sich ein knielanges, schwarzes, was sonst, Sommerkleid über. Überhaupt bestand ihr Schrank aus schwarzen Klamotten. Immer schon. Nur hie und da zeigte sich ein Stück mit ein wenig Farbe, etwas Pinkes, Graues und Blaues stach hervor. Doch diese Farben, diese Kleidungsstücke galten als Fehlkäufe und zierten ihren Schrank aus einem Grund: um ein wenig farbliche Differenz darin zu haben und die schwarzen Sachen leichter auseinanderhalten zu können. Eine völlig irrwitzige Form der Ordnung, aber genau die ihre. Sie fand sofort was sie suchte, weil sie wusste wo sie suchen musste. Rechts von Pink hingen die Kleider, links davon die Blusen. Und so weiter. Es klappte bestens. Wenn auch für die meisten Menschen unverständlich. Isabell ging ins Bad und legte ein wenig Make-up auf. Nur etwas Wimperntusche und ein bisschen Puder. Mehr brauchte es nicht, denn heute strahlte sie eine innere Schönheit aus, die nicht übermalt werden musste. Sie frisierte ihre Haare und befand, dass alles so wie es war, passte. Dann machte sie sich noch eine Tasse Kaffee, diesmal ohne Zucker, und setzte sich auf die Terrasse. Und wartete. Auf ihn, ihren Liebhaber für kurze Zeit. Oder sollte es doch länger andauern, sollte ihre Beziehung doch eine Chance haben? Sollte sie es möglicherweise schaffen, ihm nichts zu erzählen und ihre Geheimnisse tief in der letzten Ecke ihres Kopfes aufzubewahren, fest verschlossen? Den Schlüssel zu ihren Erlebnissen einfach metaphorisch wegwerfen? Die dunklen Seiten ihres Lebens vergessen machen, für immer? Es könnte funktionieren, sie war eine starke Frau. Und sie wollte dieses neue, leichte, schöne Leben nicht so einfach wieder hergeben. Sie wäre geborgen. Dafür musste sie kämpfen. Denn sie war sich sicher, dass es sich lohnte. Fehler durfte sie sich allerdings keinen erlauben, nicht einmal einen winzigen. Ein falsches Wort und er wäre alarmiert. Er war schließlich Polizist, verhörte Verbrecher andauernd, wusste worauf er achten musste, wenn sie etwas sagten. Die Körpersprache. Die Stimmlage. Die Augen. Es war zutiefst gefährlich sich in ihrer Situation mit einem Cop einzulassen. Und doch. Es könnte klappen, war eine enorme Herausforderung, aber eine wundervolle. Sie hörte sein Auto auf den Parkplatz fahren. Rannte schnell zur Tür, damit er nicht mitbekam, dass sie hinter ihm gleich wieder alles verschlossen hatte, doppelt und dreifach.

„Hallo meine Schöne, hast du Hunger?"

„Ja, ich bin fast schon am Verhungern. Wohin möchtest du fahren?"

„Ich dachte meine Lieblingspizzeria könnte auch die deine werden."

„Das hört sich fantastisch an, ich schlüpfe nur noch in meine Schuhe und hole die Handtasche."

„Darf ich meine Sachen gleich bei dir lassen?"

„Ja sicher, bring alles rein."

Chris stellte eine kleine Reisetasche im Vorraum ab. Zusammen verließen sie das kleine Häuschen. Isabell sperrte wie üblich zweimal zu. Kontrollierte die Tür. Und noch einmal. Chris sah ihr interessiert dabei zu. Sagte aber nichts. Er verstand. Sie fuhren in seinem Audi Richtung Innenstadt und plauderten ganz oberflächlich über das schöne Spätsommerwetter. Die langen, warmen Abende. Die sie jetzt zusammen genießen konnten. Außer er hatte Dienst. Oder sie musste ganz dringend einen Text fertigstellen. Aber sie einigten sich im Stillen darauf, dass sie so viel wie möglich Zeit miteinander verbringen wollten. Am Ziel angelangt gingen sie Hand in Hand ins Lokal. Chris wurde von einem dunkelhaarigen Kellner mit einem freundlichen Lächeln begrüßt. Ein wohlwollender Blick auf Isabell und er führte sie fröhlich und ein wenig unverständlich plappernd zu einem Tisch am Fenster. Sofort entzündete er die Kerze auf dem Tisch. Und genauso schnell war er mit zwei Speisekarten zur Stelle.

„Was darf ich zu trinken bringen?"

Sie entschlossen sich für eine Flasche Merlot und eine Flasche Wasser.

„Was kannst du empfehlen?"

„Was magst du besonders? Pizza? Fisch? Pasta?"

„Naja, eigentlich alles."

Sie lachten.

„Ich empfehle vorher Vitello Tomato, dann Spaghetti Frutti di Mare und zum Abschluss das hausgemachte Tiramisu."

„O.k., das ist zwar ziemlich üppig, aber ich möchte wissen was du gerne isst."

„Du kannst auch gerne Salat essen oder Fisch. Was du magst."

„Nein, schon gut. Wir essen was du vorgeschlagen hast und ich muss mir gar nicht erst den Kopf zerbrechen, was ich will. Das ist super, das gefällt mir."

„Es wird dir schmecken."

„Davon gehe ich aus."

Sie lächelte ihn spitzbübisch an. Der Wein wurde serviert, Isabell sollte probieren.

„Sehr gut."

Sie stießen mit den langstieligen Gläsern an, ein feiner Klang war zu hören.
„Auf uns."
„Auf uns."
*So kann es ewig weitergehen. Wie schön das ist!*
Das Essen erwies sich als ausgesprochen delikat, Chris hatte nicht zu viel versprochen. Sie verputzten alles bis auf den letzten Rest und tranken die Flasche Wein leer. Zum Abschluss genehmigten sie sich noch einen Espresso, dann verließen sie gut gelaunt das Restaurant. Hand in Hand schlenderten sie zum Auto. Außenstehende sahen ein strahlendes Pärchen, verliebt und glücklich. Das waren sie auch. Noch. Nichts ahnend, dass sich bald alles ändern würde, fuhren sie zu Isabells Haus. Und sahen sofort die aufgebrochene Tür.
„Mein Gott, ein Einbruch."
Chris holte sein Handy aus der Jackentasche.
„Du bleibst im Auto, ich rufe Verstärkung. Es kann sein, dass da noch jemand drinnen ist."
„Am helllichten Tag, wer bricht am Tag ein?"
Isabell war zu schockiert um sich zu rühren, alle ihre Ängste wurden auf einmal bestätigt.
„Sein Bruder."
„Was? Wessen Bruder? Was meinst du?"
„Ich habe immer Angst davor gehabt, dass er einen Bruder hat."
„Wer?"
„Mein Folterer."
„Das ist völlig absurd, wieso sollte sein Bruder bei dir einbrechen?"
„Rache, er will sich rächen."
„Wofür?"
„Ich habe seinen Bruder ermordet."
„Isabell, du hast niemanden ermordet. Und wir haben genau

recherchiert, es gab keine Verwandten. Er hat keine Geschwister, das kannst du mir glauben."
„Ich gehe jetzt hinein, du bleibst im Auto."
Chris stieg aus, vorher nahm er vorsichtshalber seine Waffe aus dem Handschuhfach. Isabell reagierte geschockt. Eine Waffe, sie hatte die ganze Zeit hier vor ihr gelegen. Was an sich nicht weiter seltsam war, Chris war ein Bulle. Schnell ging er die paar Schritte zur Haustür, die ein paar Zentimeter offen war. Isabell hatte sie zwar doppelt abgeschlossen, aber die Tür an sich war ein Witz. Sicherheit sieht anders aus, dachte Chris bei sich. *Das bisschen Holz kann selbst ein Kind aufstemmen.* Trotzdem war ein Einbruch mitten am Tag äußerst seltsam. Er zog die Tür ganz auf. Alles war still. Der Vorraum leer. Er richtete den Blick nach rechts in die offene Küche. Von seiner Position aus konnte er diese nicht ganz einsehen, musste sich also ins Haus vorwagen.
„Hier ist die Polizei. Ergeben Sie sich!"
Stille. Er wandte sich nach rechts, in der Küche war niemand. Dann ging er vorsichtig zum Durchgang in den großen Wohnraum. Er überblickte den ganzen Raum, den Schreibtisch, die Couch, das Himmelbett. Niemand. Unter das Bett konnte er von hier aus nicht sehen. Aber er sah sofort, dass die Terrassentür offen stand. Entweder konnte der Einbrecher hinaus entkommen oder aber er befand sich im Bad oder in Patricks Zimmer. In dem Moment hörte er Sirenen, Verstärkung rückte an. Chris ging zur Tür zurück und wartete auf die zwei Streifenbeamten, die zur Unterstützung angerückt waren. Schnell gab er die Erkenntnisse weiter, was er bisher feststellen konnte, und dazu eine Aufteilung der Wohnräume. Zusammen machten sie sich auf die Suche nach dem Einbrecher. Sehr vorsichtig um eventuelle Spuren nicht zu vernichten. Sie observierten den Wohnraum gemeinsam, dann bewegte sich ein Polizist durch die Terrassentür, Chris und der zweite Mann durchsuchten

das Bad und öffneten behutsam die geschlossene Tür zu Patricks Zimmer.
„Ist da wer? Kommen Sie heraus!"
Stille empfing sie. Patricks Zimmer lag im Dunkeln, denn ein dicker schwarzbrauner Vorhang versperrte die Sicht von außen und ließ wenig bis gar kein Licht in den Innenraum. Chris drückte auf den Lichtschalter an der Wand. Sofort wurde der großzügige, wenig möblierte Raum in Licht getaucht. Ein Bett, ein Schreibtisch mit zwei Computerbildschirmen, einem Haufen Bücher und Papieren, ein offener Kleiderschrank, eine mit Kleidern und weiteren Büchern vollgeräumte Couch und ein Schaukelstuhl. Keine Chance sich hier irgendwo zu verstecken, auch unter dem Bett war das nicht möglich, da es sich um ein niedriges Feuilletonbett handelte. Ebenso fanden sie keinen Einbrecher unter Isabells Himmelbett. Hier wäre zwar genügend Platz gewesen, um einen erwachsenen Mann, oder natürlich auch eine Frau, zu verbergen. Aber die Räume waren leer. Jetzt konnte die Spurensicherung antreten, die auch gleich per Funk informiert wurde. Vorher aber kontrollierten sie Isabells Terrasse und den Garten. Der Täter verschwand zweifellos ungesehen. Allerdings sichteten die Beamten Fenster im anschließenden Gebäude oberhalb Isabells Terrasse und dem offenen Garten, sodass es eventuell Zeugen gab, die einen Mann, oder eine Frau, denn es gab schließlich auch Einbrecherinnen, wenn die Statistik auch nur einen sehr geringen Anteil ausmachte, und die Person über den Zaun klettern gesehen hatten. Ob der Einbrecher durch die Haustür oder über die Terrasse entkam blieb offen. Nun musste festgestellt werden ob er etwas mitgenommen hatte. Es zeigte sich alles sehr mysteriös, denn auch auf Isabells Schreibtisch stand noch der PC, ein geschlossener Laptop lag daneben und auch der Fernseher stand an Ort und Stelle. Es gab keine Schäden, nichts lag auf dem Boden herum. Immerhin hatte Chris ein paar Stunden

vorher zusammen mit Isabell die Wohnung verlassen und auch jetzt nach dem Einbruch sah alles sehr aufgeräumt und sauber aus. Er musste Isabell jetzt in die Räumlichkeiten holen, sie musste alles kontrollieren, Veränderungen feststellen. Da, ein Ruf von draußen, Schreie. Chris eilte durch die Terrassentür und sah die beiden Streifenpolizisten mit einem kleinen Mann in ihrer Mitte aus dem Nebengebäude kommen. Er war dunkelhäutig, schlampig gekleidet, schmutzig. Und schimpfte ununterbrochen in einer fremdartigen Sprache.

„Den hier haben wir im Schuppen gefunden. Sein Maurerhammer liegt noch hinten. Die Spurensicherung soll ihn untersuchen."

„Dann haben wir wohl den Einbrecher."

Scheint ein Obdachloser zu sein. Aber was er gesucht hat wissen wir nicht. Er spricht nicht mit uns."

„Das wird er, spätestens wenn er hinter Gittern sitzt."

Isabell trat auf die Terrasse.

„Isabell, kennst du den Mann?"

„War er es?"

„Wir gehen davon aus, er wurde in deiner Scheune gefunden."

„Er kommt mir bekannt vor, ist ganz sicher schon öfter die Straße entlang gegangen."

Sie ging auf den zappelnden Mann zu.

„Was hast du hier zu suchen verdammt nochmal?"

Sie brüllte den kleinen Mann derart an, dass er zusammenzuckte und keinen Laut mehr von sich gab. Er starrte sie aus großen braunen Augen an. Sagte aber nichts. Isabell schubste ihn an der Schulter und schrie ihn an.

„Isabell, bitte, komm weg von ihm. Wir werden ihn verhören, er wird schon sprechen."

„Was wollte das Arschloch, warum bricht er bei mir ein. Das ist so furchtbar. Er ist einfach durch meine Wohnung spaziert, hat alles angefasst. Wie sollte ich mich je wieder sicher fühlen?"

Chris nahm die nun weinende Frau fest in die Arme. Die Polizisten führten den schweigsamen Einbrecher aus dem Haus.
„Pssst, alles wird gut, ihr kommt jetzt erstmal zu mir. Ich habe genug Platz in der Wohnung. Beruhige dich. Wir müssen jetzt nachsehen, ob etwas fehlt. Was aber angesichts der Tatsache, dass er mit leeren Händen vorgefunden wurde, eher unwahrscheinlich ist."
„Lass uns zuerst im Nebengebäude nachsehen."
Sie gingen zur offenen Tür. Isabell blickte in den Raum, es sah alles aus wie immer. Staubig, aber alles an Ort und Stelle. Einzig der Hammer auf dem Boden gehörte nicht ihr.
„Das ist nicht meiner."
Ja, das wissen wir schon, er muss damit die Tür aufgebrochen haben."
Isabell blickte sich nochmal um. Nichts schien verändert und doch hatte sich augenblicklich alles verändert. Nie mehr würde sie diesen Raum betreten können, ohne an den Einbrecher zu denken. *Verdammt, wer war der Kerl? Ein Bekannter meines persönlichen Teufels?* Verwandt konnte er kaum mit ihm sein, er musste irgendwo aus dem arabischen oder nordafrikanischen Raum stammen.
„Hier ist alles an Ort und Stelle."
„O.k., dann lass uns in den Wohnräumen nachsehen."
Isabell schaute sich alles genau an. Den Schreibtisch, ihre Bücherregale, Patricks Zimmer, die Lade mit den Dokumenten. Und da sah sie es, ein Blatt Papier, das auf der Dokumentenmappe lag. Klein, zusammengefaltet, ganz sicher nicht von ihr. Warum sollte sie ein einzelnes Blatt auf die Mappe legen?
„Das hier, das gehört hier nicht her."
„Bist du sicher?"
„Ja, da lag vorher nichts. Und ich kann mir nicht vorstellen, dass Patrick den Zettel hineingelegt hat."
„Warte, wir müssen es vorsichtig herausnehmen, am besten warten wir bis die Spurensicherer kommen."

„Nein, ich will jetzt wissen was das ist. Nimm es raus, bitte"
„O.k., einen Moment."
Chris zog einen Gummihandschuh aus seiner Lederjackentasche, er hatte immer welche dabei, und streifte ihn sich über die rechte Hand. Vorsichtig nahm er das Blatt Papier aus der Lade. Entfaltete es.

ICH WEISS, DASS DU ES BIST

Isabell wurde kreidebleich, ihre Knie gaben nach, sie wurde ohnmächtig. Chris fing sie gerade noch auf und legte sie vorsichtig auf der Couch ab. Gleichzeitig rief er einen Krankenwagen, eine Ohnmacht konnte gesundheitliche Folgen nach sich ziehen. Diese Frau bedeutete ihm alles auf der Welt, also nur nichts riskieren, auch wenn das vielleicht Außenstehenden ziemlich übertrieben erscheinen musste. Gerade fuhren weitere Fahrzeuge vor, die Spurensicherung kam heute gleich mit zwei Teams an.
„Wir waren gerade in der Gegend, so geht es schneller."
Chris war mehr als dankbar und blieb bei Isabell. Er wies die in weiße Overalls gekleidete Mannschaft, bestehend aus insgesamt sechs Männern, an, wo sie den Hammer finden würden und übergab das Schriftstück mit genauer Beschreibung des Fundortes. Sofort machten sich die erfahrenen Leute des Teams an die Arbeit, untersuchten die Einbruchstelle, die Böden, einfach alles. Isabell kam gerade wieder zu sich, als der Krankenwagen auf den Parkplatz fuhr.
„Still, bleib liegen. Es kommt gleich ein Arzt."
„Ich brauche keinen Arzt, ich muss mit dem Mann reden, dem Einbrecher. Wer hat ihn angewiesen den Zettel hier abzulegen? Ich muss das wissen."
„Wir werden es herausfinden, keine Sorge. Er sitzt bereits im Vernehmungszimmer, ich muss auch gleich hin. Aber erst bringe

ich dich in meine Wohnung, vorher solltest du untersucht werden. Ich möchte sicher sein, dass es dir gutgeht. Und du solltest auch Patrick informieren. Ihr werdet einen Schlüsseldienst brauchen, ein neues Schloss. Besser noch eine neue Tür."
„Was soll das heißen? Denkst du, es wird wieder eingebrochen?"
Und in dem Moment wusste sie, dass es diesmal nicht ein kleiner Obdachloser sein würde, der für ein paar Euros ein Schriftstück ablegte und einfach aus lauter Neugier nicht wieder sofort verschwand. Bestimmt wollte dieser zerlumpte Mann erst sehen, was Verwertbares es in dem Haus gab. Denn er sah nicht nach einem gut situierten Menschen aus, der gemütlich in einem schmucken Haus lebte. Eher kam er aus einem Loch gekrochen, von dem sie nicht wissen wollte, wo es sich befand. Isabell wurde mehr und mehr bewusst, dass ihr schlimmster Albtraum noch nicht zu Ende war. Wie konnte das sein? Wie konnte es immer noch weitergehen? Wer steckte dahinter? Wie sollte sie entkommen? Sie atmete schwer und ihr wurde schwindlig.
„Ruhe, bleib ruhig."
Ein in Rot und Gelb gekleideter Sanitäter betrat den Wohnraum. „Sie ist kurz ohnmächtig gewesen."
„Wie lange?"
„Nur ein, zwei Minuten."
„Das ist lange genug. Wie ist Ihr Name?"
Er richtete seine Frage direkt an Isabell. Schaute ihr mit einer Stablampe in die Augen. Kontrollierte die Reflexe.
„Ich heiße Isabell Bach."
Er fragte sie weiter nach dem heutigen Tag, dem Standort. Isabell beantwortete brav alle Fragen und fühlte sich immer unwohler. Denn tief aus ihrem Inneren kamen Schatten hervor, ihr Magen schien sich umzudrehen. Das Herz schmerzte, jemand drückte es mit eiserner Faust zu.

„Mir ist schlecht."
Sie übergab sich. Auf Chris Schuhe. Der bewegte sich noch nicht einen Schritt zurück, sondern strich ihr beruhigend durchs Haar.
„Wir werden sie besser mitnehmen, zur Beobachtung."
„Ja gut, ich denke, das ist das Beste. Was benötigt sie?"
„Eigentlich nichts, ich denke morgen kann sie schon wieder nachhause. Ich möchte nur auf Nummer Sicher gehen. Und einen Psychotherapeuten hinzuziehen. Ein Wohnungseinbruch ist immer ein traumatisches Erlebnis."
Isabell hörte von Ferne seine Worte, konnte aber nichts darauf erwidern. Ihre Kleidung blieb von der Kotze verschont, sie legte sich wieder zurück auf die Couch. Der Sanitäter legte eine Infusion und schon waren zwei weitere medizinische Hilfen mit einer rollbaren Trage zur Stelle, mit der sie die schwache Isabell gemeinsam in den Krankenwagen bugsierten. Chris kam zu ihr, er hatte die Handtasche dabei. Darin befanden sich ihr Handy und natürlich die wichtigsten Dokumente.
„Ich komme so schnell wie möglich ins Spital. Erhol dich. Das Handy ist in der Tasche, falls du Patrick heute schon Bescheid geben möchtest. Aber ich denke es reicht morgen."
Er küsste sie. Streichelte noch einmal über ihr Haar und stieg aus dem Krankenwagen. Der auch gleich losbrauste.

Chris war mehr als verstört über den Brief. Was konnte das bedeuten? Er dachte an Isabells Worte, ob der Mörder, ihr Peiniger, einen Bruder hatte, einen anderen Verwandten, dass er sich rächen würde. Das war doch absurd. Wo sollte so ein Mann herkommen? Sie hatten alles durchforstet, mit allen möglichen Zeugen gesprochen. Es gab einfach nicht den geringsten Ansatz, dass es einen Mann gab, der Isabell erneut in seine Gewalt bekam, sie höchstwahrscheinlich endgültig töten würde. Er musste den gesamten Fall noch einmal aufrollen.

Und diesen kleinen Einbrecher mehr als genau befragen. Er würde ihm die Wahrheit, wenn es sein musste, herausprügeln.

Isabell befand sich in einem Krankenzimmer. Sie musste lange geschlafen haben, denn es war bereits dunkel. Sie fühlte sich müde, schlapp und ausgelaugt. Allein die Tatsache, dass alles von vorne beginnen würde, raubte ihr jede Lebensenergie. Am liebsten wäre es ihr, einfach einzuschlafen und nie wieder aufzuwachen. Denn wie sollte sie dem neuen Angreifer entkommen? Es gab ihn, dass wusste sie jetzt. Er war da draußen, wartete auf sie, wartete auf den perfekten Zeitpunkt, um noch einmal ihr Leben zu zerstören. In Stücke zu reißen, ihre Seele zu zermalmen. Hatte sie die Kraft, sich der Tortur noch einmal zu stellen, noch einmal lebendig davonzukommen? Jetzt, hier in diesem Bett, konnte sie es sich nicht vorstellen. Sie würde sich ergeben müssen, den Feind, der es sich zum Ziel gesetzt hatte, sie zu töten, sich zu rächen, einfach sein Werk vollenden lassen. Woher nur kam er? Wieso wusste sie die ganze Zeit, dass es nicht zu Ende war? Spürte es intuitiv? Es war immer nur ein Mann gewesen, der sie quälte. Oder? Konnte sie das mit Sicherheit sagen? Vieles verschwamm in Schmerzen, vieles konnte sie nicht klar erkennen. Konnte es sein, dass die ganze Zeit ein zweiter Mann dabei war? Ihr im Folterkeller manchmal Wasser brachte oder Essen? Sie aber nicht berührte. Der zusah. Oder auch nicht. Vielleicht war es aber auch ein Mann, der wusste was mit ihr passierte, der ihren Folterer beobachtete, der aber nichts unternahm, um ihr zu helfen? Ein Psychopath, der sich daran aufgeilte, dass sie litt? Es gab viele Vielleicht, Wenn und Aber. Nur keine definitiven Hinweise. Sie konnte sich an keinen zweiten Mann erinnern. Es fiel ihr nur ein Wort ein, HILFE! Nur, wer würde sie beschützen können? Chris? Konnte er auch Patrick beschützen? Immerhin hatte er mitgeholfen, die Bestie zu töten, ja hinzurichten und könnte damit durchaus in den Fokus des neuen Verbrechers geraten. Die einzige Hilfe würde tatsächlich von der Polizei kommen. Das wusste sie. Und sie schlief ein.

Die Wohnung war auf alle Spuren hin untersucht worden. Es gab nur diese eine, alles wies auf den kleinen, ausländischen Mann hin, den sie auf frischer Tat ertappt hatten. Chris hatte dafür gesorgt, dass ein Schlüsseldienst das Schloss reparierte und gleich ein Sicherheitsschloss einbauen lassen. Er war sehr beunruhigt. Das weiße Blatt Papier ging ihm nicht aus dem Kopf. Er hatte große Angst um Isabell und auch um ihren Sohn. Die Worte darauf waren eindeutig eine Drohung. Aber welcher Art? Er wusste, dass sie es war? Was war? Wer war? Da Isabell daraufhin kollabierte, ging er davon aus, dass zumindest sie genau wusste, was mit den Worten gemeint war. Der Satz wurde mit einem PC ausgedruckt, in Großbuchstaben. Gerade wurde unter Hochdruck daran gearbeitet, herauszufinden, auf welchem PC das Schriftstück geschrieben und danach ausgedruckt wurde. Die IT-Spezialisten hatten schon Dinge herausgefunden, die er nie für möglich gehalten hätte. Sie konnten mit ein bisschen Glück den Standort tatsächlich eruieren. Doch das konnte dauern. Jetzt galt es den Einbrecher zu vernehmen.

Sie saßen im kleinen Vernehmungszimmer. Die Wände grau, der Boden grau, selbst die Möbel waren grau. Ein freundliches Zimmer sah anders aus, aber es ging auch nicht um Freundlichkeit, wenn ein Verbrecher befragt wurde. Da Chris eigentlich außer Dienst war, saß bereits sein Kollege mit dem schweigsamen Mann im Raum. Er beobachtete die beiden durch die Scheibe, ein anderer Kollege ebenfalls.
„Sie sitzen seit einer Stunde da drin, er hat noch kein Wort gesagt."

„Wissen wir seinen Namen?"
„Nein, nichts."
„Welche Sprache spricht er?"
„Wir wissen es nicht, irgendeine afroasiatische Sprache jedenfalls. Die drei Worte, die er bisher gesagt hat, klangen danach. Wir holen gerade einen Dolmetscher, einen Türken. Er kennt angeblich alle afrikanischen und asiatischen Sprachen und die Mischsprachen auch noch. Wenn er von irgendwo da ist, werden wir es bald wissen und vielleicht auch endlich mit ihm kommunizieren können. Oder auch nicht, wenn er weiterhin nichts sagt. Es ist deprimierend."
„Gibt es anhand seiner Fingerabdrücke keine Identifikation?"
„Nein, er scheint völlig illegal ins Land gekommen zu sein und ist wohl auch nie auffällig geworden."
„So eine Scheiße, wie sollten wir erfahren, wer ihm den Zettel in die Hand gedrückt hat?"
„Maximal mit Geduld wie's aussieht."
„Aber wir haben keine Zeit. Frau Bach schwebt in höchster Gefahr, auch ihr Sohn."
„Ja, ich weiß. Wir sollten sie unter Polizeischutz stellen."
„Gut, Frau Bach ist noch im Krankenhaus, ein Polizist steht vor ihrer Tür. Ihren Sohn lasse ich jetzt abholen und fürs Erste hierher bringen."
„Alles klar, ich werde mich in einer halben Stunde mit Köhler da drin abwechseln. Wir kochen das Arschloch schon noch weich."
„Na hoffentlich."
Damit verließ Chris den deprimierend engen Überwachungsraum und ging zu seinem Schreibtisch. Sofort informierte er die Kollegen im Nachbarort und gab den Standort, den er in den Akten gefunden hatte, durch. Patrick war umgehend bei seinem Cousin abzuholen. Dessen Adresse hatten sie noch vom schlimmen Vorfall im Archiv. Auch er war involviert, musste eine entstellte Leiche sehen und hatte mit Sicherheit

noch daran zu knabbern. Und jetzt begann alles von vorne. Das durfte einfach nicht sein.

Patrick machte große Augen, als ihn zwei Polizeibeamte abholten. In kurzen Sätzen erklärten sie dem verdutzten jungen Mann, was passiert war.
„Ich möchte zu meiner Mutter!"
„Vorerst nicht, ihr geht es aber gut. Sie schläft soweit wir wissen und ein Polizist bewacht ihr Zimmer. Wir sollten dich aufs Präsidium bringen."
Patrick packte seine kleine Reisetasche, eigentlich wollte er ja bei Tom bleiben. Tom kam mit bleichem Gesicht auf ihn zu.
„Nicht wahr oder? Es geht wieder los? Es ist nicht vorbei?"
„He, Alter, beruhig dich. Ich weiß noch gar nichts, es wurde zuhause eingebrochen und Mum fiel wohl in Ohnmacht. Es gibt ein Schreiben. Einen Drohbrief. Aber mehr weiß ich noch nicht. Hör zu, bleib auf jeden Fall zuhause und sperr die Tür zu, o.k.?"
„Du meinst ich könnte auch in Gefahr sein?"
„Nein eigentlich nicht, wieso auch? Aber sicher ist sicher. Du warst ja nicht wirklich dabei. Also in dem Keller. Ich aber schon. Deswegen die Vorsichtsmaßnahme."
Tom umarmte seinen Cousin, schlug ihm auf die Schulter.
„Du machst das schon, wir bleiben in Kontakt, o.k.?"
„Sicher."
Er setzte sich in den Polizeiwagen und fühlte sich im Inneren auch gleich wieder etwas sicherer. Angst breitete sich aus, Angst um seine Mutter, aber auch um sein eigenes Leben. Er hatte den Verbrecher getötet. Gab es jemanden, der das wusste? Wer konnte das gesehen haben? Es war doch niemand da? Denn wo hätte sich dieser Jemand verstecken sollen und warum? Patrick lief es eiskalt den Rücken hinunter, er hätte heulen können vor Angst. Aber so was tun richtige Männer nicht, schalt er sich.

# Im Krankenhaus

Isabell wurde durch ein kratzendes Geräusch wach. Es musste mitten in der Nacht sein. Im Zimmer war es bis auf ein Nachtlicht völlig dunkel. Was war das? Sie fühlte sich schon besser. Nicht mehr so müde. Langsam setzte sie einen Fuß nach dem andern auf den Boden. Ein glatter, kalter Laminatboden. Wo standen ihre Schuhe? Sie trug einen Krankenhauskittel und ihre Unterwäsche darunter. Vorsichtig erhob sie sich und sank gleich darauf zurück auf die Matratze. Doch der kurze Schwächeanfall machte ihr keine Sorgen, eher das Geräusch vor der Tür, dass jetzt in ein Rumpeln überging. Fiel da jemand um? Sie ging auf die Tür zu, die in dieser Sekunde geöffnet wurde. Sehr langsam, lautlos. Isabell stand dahinter. Wer auch immer hereinkam, konnte sie nicht sehen. Eine dunkle Gestalt kam ins Zimmer, komplett in Schwarz gekleidet, auf jeden Fall männlich. Riesig. Er ging auf das Bett zu, sah, dass sich niemand darin befand und richtete seinen Blick auf die geschlossene Badezimmertür, die sich links neben der Eingangstür befand. *Das ist deine Chance, hau ab solange du es kannst.* Gerade als der Mann die Türschnalle des Bades herunterdrückte, schlich sich Isabell an ihm vorbei Richtung Krankenhausflur. Sie roch ihn, denn sie kam ihm ziemlich nahe. Nur knapp einen Meter trennte die beiden Körper voneinander. Seinem Körpergeruch nach hatte sich der Typ schon länger nicht mehr gewaschen. Isabell nahm das in Bruchteilen von Sekunden wahr und wusste, dass sie diesen Geruch sehr gut kannte. Und rannte augenblicklich laut schreiend los. Aus den Augenwinkeln sah sie den Polizisten am Boden liegen. Außer Gefecht, eine zuverlässige Wache, Klasse. All das spielte sich in kürzester Zeit ab, der Sekundenzeiger rückte gerade einmal weiter. Aber sie hatte großes Glück, denn eine Schwester kam alarmiert aus einem der Zimmer, als sie die Schreie hörte.

„Hilfe, helfen Sie mir, er ist in meinem Zimmer!“
Die Schwester überblickte sofort die Situation, immerhin waren alle instruiert, wenn ein Polizist vor einem der Zimmer Wache hielt. Sie drückte auf einen Knopf ihres kleinen Piepsers. Sofort hörte Isabell Schritte, es wurde hell im Flur.
„Ruf die Polizei, der Verbrecher hat die Wache verletzt und befindet sich noch im Zimmer.“
In dieser Sekunde sahen sie einen schwarz gekleideten Mann mit Sturmhaube, der aus dem Zimmer stürmte und direkt auf sie beide zukam. Der Pfleger aus dem anderen Zimmer war noch zu weit weg. Isabell und die Schwester wussten nicht wie ihnen geschah, so schnell ging alles. Er rannte an ihnen vorbei, nie zuvor hatte Isabell einen Menschen so schnell laufen sehen.
„Ich krieg dich, Schlampe.“
Und damit war er an ihnen vorbei und stieß den jungen Pfleger einfach zur Seite. Ehe sie alle wussten was gerade passiert war, war es auch schon vorüber. Nachzulaufen machte keinen Sinn. Die Schwester lief in die Wachstation und meldete dem Portier und dem Wachpersonal den Vorfall. Alles innerhalb kürzester Zeit und doch wusste Isabell, dass er das Gebäude bereits verlassen hatte, denn die Station befand sich im Erdgeschoss des Krankenhauses. Ihr neuer Feind, ihr neuer Peiniger rannte tatsächlich wie der Wind und war verschwunden, noch bevor sie es registrierten. Die Türen gingen immerhin automatisch auf, vom Inneren kam jeder raus, die ganze Nacht. Hervorragend. Der Pfleger stürmte zu dem am Boden liegenden Polizisten und untersuchte ihn auf Puls und mögliche Verletzungen. Er atmete. War am Leben. Jetzt füllte sich der Flur, weiteres medizinisches Personal, Ärzte, alle kamen aus verschiedensten Räumen. Kümmerten sich um den Polizisten. Isabell stand einfach nur da. Es hatte also erneut begonnen.

Chris kam in aller Eile zu Isabell, die mittlerweile im Wachzimmer auf der Station saß und ein Beruhigungsmittel erhalten hatte. Dem Polizisten ging es gut, er hatte gerade einmal eine Beule davongetragen. Keine Gehirnerschütterung, keine weiteren Verletzungen. Was den ermittelnden Beamten zeigte, dass sich der neue Täter wesentlich von Isabells Monster unterschied. Nicht so gewaltbereit und vielleicht auch schneller zu finden war. Es handelte sich um keinen Serienmörder, der es bestens verstand, sich unsichtbar zu machen, auf der Lauer zu liegen und dabei für lange Zeit unentdeckt zu bleiben. Hier war ein Laie am Werk, ein Racheengel, der, da war sich Chris sicher, Fehler machen würde. Oder vielleicht schon gemacht hatte.
„Isabell, es tut mir so leid!"
Isabell ließ endlich ihren Tränen freien Lauf.
„Nicht schon wieder, nicht schon wieder."
„Wir haben ihn bald, das verspreche ich dir. Der Einbrecher sitzt noch immer im Verhörraum, sie haben jetzt einen Dolmetscher gefunden, der seine Sprache spricht. Er wird uns den Namen nennen oder zumindest Angaben zum Mann machen können. Bald haben wir ihn."
„Wo ist Patrick?"
„Im Präsidium, keine Sorge, er ist in Sicherheit."
„Gott sei Dank."
Isabell fiel ein Fels vom Herzen. Ihrem Sohn durfte nichts passieren. Er musste geschützt werden.
„Komm, ich nehme dich jetzt mit auf die Polizeistation. Zieh dir deine Kleider an, ich begleite dich."
Zusammen gingen sie ins Zimmer, in dem schon die Spurensicherung arbeitete. In den letzten Tagen hatten sie viel zu tun. Isabell schnappte sich ihr Kleid und ihre Schuhe und verschwand kurz im Bad. Sie wusch sich die Tränen aus dem Gesicht. Kleidete sich an, sah im Spiegel die tiefen Ringe unter den Augen. Sie hörte draußen laute Stimmen.

„Frau Bach sollte über Nacht hierbleiben."
„Hier ist sie nicht sicher, es geht ihr gut. Schlafen kann sie auch bei uns auf dem Präsidium. Dort ist sie aber jedenfalls sicher. Ich lasse sie keinesfalls hier."
„Wir sollten die Patientin selbst fragen."
Isabell trat aus dem Bad.
„Die Patientin will hier rasch weg. Muss ich etwas unterschreiben? Immer her damit."
Der Arzt sah sie mit großen Augen an. War sich keiner Schuld bewusst, hatte in seinen Augen doch der Polizist vor der Tür versagt. Doch Chris ließ es auf keine Diskussion ankommen, er wollte schnellstmöglich aus dem Gebäude und seine Geliebte in Sicherheit wissen. Isabell unterschrieb die Entlassungspapiere, da sie auf eigenen Wunsch das Krankenhaus verließ.
„Wenn Sie ein paar Schlaftabletten hätten, wäre ich dankbar. In fremden Betten schlafe ich grundsätzlich nicht sonderlich gut und in meinem eigenen werde ich wohl so schnell nicht mehr schlafen können."
„Ich hole Ihnen was."
Der Weißkittel zog grimmig von dannen, um Isabell ein paar Pillen zu holen, die ihr dann aber eine sehr viel freundlichere Schwester brachte. Sie erklärte ihr kurz wie sie die kleinen weißen Pillen einzunehmen hatte und wünschte ihr alles Gute.
„Ich möchte bei der Vernehmung zusehen. Ich bin jetzt hellwach. Darf ich?"
„Wenn du möchtest, natürlich."
Die beiden verließen das Spital und fuhren Richtung Polizeistation. Isabell konzentrierte sich auf ihre Atmung, so beruhigte sie sich immer noch am besten. Sie zählte bis fünf beim Einatmen und nochmal bis fünf beim Ausatmen. Das half.
„Wie geht es dir?"
„Ich bin unverletzt, ich habe geschlafen. Aber ich habe Angst, eine Riesenangst. Ich fühle mich alles in allem ziemlich durch

den Wind, stehe gerade ein bisschen neben mir, verstehst du? Das kann nicht mehr lange so weitergehen. Echt nicht. Ihr müsst ihn finden. Nochmal schaffe ich das nicht."

Chris drückte ihre Hand.

„Das werden wir, ich bin guter Dinge. Er ist kein Profi, er wird Fehler machen."

„Wieso meinst du, dass er kein Profi ist?"

„Er hat dem Polizisten nur eins drübergehauen, wir wissen noch nicht womit. Er hat ihn nicht ermordet, nicht mit einer Spritze betäubt. Also nichts getan, was ein Killer machen würde. Außerdem war er laut, immerhin fiel der Kollege einfach vom Stuhl. Kein professioneller Verbrecher hätte das zugelassen."

„Ich verstehe. Also steht die Chance gut, dass ihr ihn findet."

„Wenn wir ihn nicht schon haben, vorhin kam eine Meldung rein, dass sie einen schwarz gekleideten Mann in näherer Umgebung des Spitals aufgegriffen haben. Mit einer Sturmmütze in der Tasche. Er ist also auch noch strohdumm."

„Das wäre ja fantastisch!"

„Ja, mal sehen, wir sind gleich da."

Sie betraten das schlichte Gebäude durch einen Nebeneingang.

„Kann ich erst zu Patrick?"

„Natürlich."

Patrick saß vor einem Computer und spielte ein Kartenspiel. Mutter und Sohn fielen sich in die Arme.

„Geht es dir gut? Du bist so blass."

„Mir geht's gut Liebling, ich bin so froh, dass du in Sicherheit bist."

„Das hätte aber auch schiefgehen können im Krankenhaus verdammt, wie konnte das passieren?"

Seine Frage richtete sich an Chris. Der sah zerknirscht aus, denn Patrick hatte recht. Eigentlich durfte so etwas nicht passieren. Isabell nahm ihren Freund in Schutz.

„Peters kann nichts dafür. Mehr als einen Polizisten vor mein Zimmer zu stellen geht ja nicht. Es ist doch nochmal gutgegangen. Ich möchte jetzt aber wissen, wer der kleine Einbrecher ist und wer der Mann mit der Sturmmütze."
„Was, ihr habt ihn schon?"
„Das ist nicht sicher. Kommt einfach mit, ich bringe euch in den Abhörraum."
Sie drängten sich in den kleinen Raum. Derselbe Kollege von vorhin saß wieder da, sein Partner hatte die Vernehmung wieder übernommen. Durch das Fenster konnten sie den fremdartig aussehenden Mann, einen weiteren ähnlich dunkelhaarigen und dunkelhäutigen Mann mit Hakennase und den Polizisten ausmachen. Der Polizist erklärte die Lage.
„Er spricht wohl marokkanisches Arabisch. Der Dolmetscher brachte ihn zumindest so weit zuzugeben, dass ihn ein Mann beauftragt hatte, den Zettel in der Wohnung abzulegen. Wohin wurde wohl nicht vereinbart, er hielt es für eine schlaue Idee, den Zettel zu verstecken. Weiter sind die zwei noch nicht. Ist nicht sehr gesprächig, der Gute."
„Das kleine Männlein ist bei uns eingebrochen? Wenn ich den erwischt hätte, hätte er eine ordentliche Tracht Prügel und ein paar Arschtritte bekommen."
Chris musste lächeln, Isabell lachte. Zum Glück waren sie beide nicht zuhause, niemals durfte man solche Menschen unterschätzen.
„Ich bin gleich wieder da, ich sehe mal, ob sie den schwarzen Mann schon im anderen Vernehmungszimmer untergebracht haben."
Isabell und Patrick blieben im Nebenraum des Vernehmungszimmers und hörten interessiert zu. Doch aus dem Einbrecher war nicht viel herauszukriegen. Der Dolmetscher versuchte gerade zu erfragen, wie er denn auf die Idee kam, mit dem Maurerhammer einzubrechen. Keine Antwort. Das konnte

noch dauern. Sie machten es sich auf den Plastikstühlen so gemütlich wie möglich.

Im anderen Vernehmungsraum saß ein breitschultriger, unrasierter Mann mit Bürstenhaarschnitt. Er saß allein im Raum, den Kopf hielt er gesenkt, die Hände auf dem Tisch verschränkt. Jetzt betrat sein Kollege das Zimmer. Setzte sich dem Mann gegenüber. Musterte ihn. Dann fing die Vernehmung an. Name, Adresse. Doch auch dieser Mann zeigte sich mehr als ungesprächig. Da hatte Chris eine Idee. Er klopfte auf die Scheibe.
„Wir machen eine Gegenüberstellung. Wir zeigen dem Einbrecher den Typ. Er wird reden, oder sich irgendwie verraten."
„Das ist eine gute Idee."
Die sogleich in die Tat umgesetzt wurde. Isabell und Patrick wurden solange in den Aufenthaltsraum geführt und wussten nicht was die Beamten jetzt vorhatten. Es klappte, der kleine Marokkaner zappelte nervös und nickte. Dann plapperte er drauflos. Der Dolmetscher übersetzte.
„Er hat wohl Angst vor diesem Berg von Mann. Bekommen hat er hundert Euro. Für einen Junkie wie ihn viel Geld. Den Hammer hat ihm der Typ in die Hand gedrückt, vorher hatte er wohl das Haus ausgekundschaftet und wusste, dass man da ganz leicht eindringen konnte. Ihr habt den Mann."
Damit war der Fall des Einbrechers gelöst und auch der Auftraggeber war bereits gefasst. Jetzt musste der Zusammenhang zu dem Serienmörder gefunden werden. Das konnte aber dauern. Und man konnte dem Mann bis jetzt nicht viel mehr als Körperverletzung gegenüber einem Wachebeamten zur Last legen. Wie Isabell und Patrick weiterhin vor ihm schützen? All das würde noch viel Zeit brauchen. Jetzt wollte er Isabell und Patrick erst einmal zu sich nachhause fahren.

Patrick schlief tief und fest im Gästezimmer. Isabell sah sich um. Eine typische Junggesellenwohnung, kein Schnickschnack. Aber durchaus gemütlich. Sie setzte sich auf die schwarze Ledercouch. Chris kam zu ihr, küsste sie.
„Wie geht es dir?“
„Ich bin erleichtert, aber ich bin nicht ganz zufrieden. Dieser Mann, er wird wieder freikommen, was dann?“
„Erst müssen wir seine Motivation herausfinden, vielleicht ist alles ganz harmlos. Es könnte durchaus sein, dass er nur ein Trittbettfahrer ist. Er könnte dich aus ganz anderen Gründen gewählt und deinen Peiniger noch nicht einmal gekannt haben.“
„Ja, wir müssen abwarten.“
Aber Geduld war nicht Isabells Stärke. Und dann traf sie eine Entscheidung, die ihr ganzes Leben noch einmal über den Haufen werfen würde. Ohne die Konsequenzen zu bedenken. Auch nicht die Konsequenzen für ihren Sohn. Aber sie verschaffte sich eine Absicherung. Es musste sein, so konnte sie nicht weiterleben. Jetzt nicht mehr.
„Du musst mir etwas versprechen. Du wirst, nachdem was ich dir jetzt sagen werde, tun, was du als Cop tun musst. Aber du wirst dafür sorgen, dass es Patrick an nichts fehlt. Bitte. Versprich es mir.“
Verwundert blickte Chris sie an.
„Ich verspreche es dir, auch wenn ich etwas verwirrt bin.“
„Abwarten, gleich wirst du verstehen.“
Sie schluckte. Atmete einmal tief ein und aus.
*Ich werde ihm die ganze Wahrheit erzählen, nur nicht, dass Patrick das Arschloch getötet hat. Aber wie alles begonnen hat, das werde ich ihm erzählen. Vielleicht komme ich dann ins Gefängnis. Vielleicht auch nicht. Aber ich muss reden. Heute. Hier. Ich muss mich ihm anvertrauen.*

Und dann erzählte sie. Von dem Moment an, als sie ihren Mann mit der gusseisernen Pfanne erschlug. Sie ließ ein paar Details

weg, wie das, dass sie ihn hinterher noch erstickte. Alles musste er nun auch nicht wissen. Sie erzählte ihm von der Leichenbeseitigung.
„Was hätte ich tun sollen? Er lag bereits ein paar Stunden in der Küche. Tot. Wie hätte ich das den Sanitätern oder Polizisten erklären sollen? Also fasste ich einen Entschluss."
Sie erzählte ihm von den Mühen, die Leiche zu verpacken und ins Auto zu bugsieren, wie sie diese danach in den Fluss geschafft hatte. Und die ganze Zeit fühlte, dass sie beobachtet wurde. Und dann erzählte sie, wie sie das erste Mal auf ihren Peiniger traf. Was passierte. Die Vergewaltigung im Wald. Und dass das nicht das Ende der Geschichte war.
„Du wusstest nur, dass ein Mann wahrscheinlich in meinem Haus eingebrochen war, dass er sich versteckte. Dass es der Verbrecher war, der schon lange gesucht wurde. Du wusstest aber nicht, dass er auf mich wartete, mir einen Zettel hinterließ, er mich gefunden hatte und vollenden wollte, was er begann."
Sie erzählte von jener grausigen Nacht, da er vom Dachboden herunterkam, wo ihn sogar das Sonderkommando nicht finden konnte, und es zum blutigen Showdown kam. Sie ihm Fallen baute, grässliche Wunden beibrachte. Er aber flüchten konnte. Schwerverletzt, aber nicht tot. Und dann berichtete sie ihm, wie sie am nächsten Tag in den Wald fuhr, um ihn zu erledigen, endgültig. Was ihr nicht gelungen war, wie sie Jahre später erkennen musste. Sie sagte ihm auch, dass Patrick das alles nicht wusste. Auch wenn er mit Sicherheit Verständnis für ihr Handeln hätte, sie wollte nicht, dass er es erfuhr. Niemals. Jetzt blieb es ihm wohl nicht erspart.

Isabell lehnte sich müde in die Polsterung. Chris war sprachlos. Er wusste, dass sie ein Geheimnis mit sich herumtrug, er ahnte nur nicht, dass es dieses war.

„Ich brauche einen Drink."
Er stand auf und schenkte sich einen Whisky ein.
„Magst du auch einen?"
„Ja, bitte."
Chris kam mit zwei gut gefüllten Gläsern zur Couch und setzte sich neben Isabell. Wie vorher auch schon. Er nahm keinen Abstand zu ihr.
„Ich bin schockiert, aber vielleicht nicht ganz so, wie du denkst. Natürlich muss ich das alles erst einmal verarbeiten. Aber grundsätzlich muss ich sagen, dass ich dein Geheimnis wahren werde. Warum schlafende Hunde wecken."
„Ehrlich?"
Isabell starrte ihn fassungslos an. Mit allem hatte sie gerechnet. Mit Schimpftiraden, Schweigen, Weinen um ihre Liebe. Aber das?
Er stellte sein Glas auf den Tisch. Nahm ihr ihres aus der Hand. Blickte ihr in die Augen. Tief und intensiv, ohne zu blinzeln.
„Ich schwöre, dass ich niemals zu irgendjemandem ein Sterbenswörtchen sagen werde. Und ich schwöre, dass ich auf dich und deinen Sohn aufpassen werde, für immer."
Isabell weinte, war gerührt und zutiefst erleichtert. Sie konnte nun loslassen, sich in seine Arme schmiegen und ein neues Leben beginnen.
Doch konnte sie das wirklich? Konnte sie ihm vertrauen? Immerhin war er Polizist, sein Streben galt der Gerechtigkeit. Was, wenn er es sich anders überlegte, mit dem Wissen um ihr Tun nicht leben konnte? Wenn die Beziehung nicht hielt?

Die Saat der Unsicherheit war gesät ...

Und bei all diesen Gedanken kam noch einer mit rasender Geschwindigkeit auf Isabell zu: wer war ihr neuer Angreifer?

War es mit seiner Verhaftung zu Ende? Sie wusste, es gab noch lange keine wirkliche Ruhe in ihrem Leben, doch sie würde es meistern, ihr verrücktes, teilweise ziemlich kaputtes und unstetes Leben. Sie schaffte das.

# Der Mörder

*Jasmin und Rosen schicken mit Macht*
*Weihrauchwolken durch die Sommernacht.*
*Plötzlich auf dem Hügel im Gebüsch ein Lärm,*
*Ein einziger Schrei gellt: Hermann ... Herm...*
*Und heraus stürzt vom kahlen Hügel zum Tann*
*Mit ausgebreiteten Armen ein Mann.*
*Wie still liegt das Land.*

*In der Rechten ein Messer, das perlt noch rot,*
*Damit stach er dort oben sein Mädchen tot.*
*Die Augen groß offen, von Lachen gepackt,*
*Die Brust im zerrissenen Hemde nackt,*
*So läuft er, erreicht er den Wald, den Weg*
*Und verschwindet über den Brückensteg.*
*Wie still liegt das Land.*

*Jasmin und Rosen schicken mit Macht*
*Weihrauchwolken durch die Sommernacht.*
*Der Vollmond glitzert auf Turm und Teich,*
*Zieht ruhig weiter durchs Himmelreich.*
*Der Halm steht auf, wo der Mörder lief,*
*Und das Blut oben schreibt einen Liebesbrief.*
*Wie still liegt das Land.*

Detlev von Liliencron, 1844-1909

# Danksagung

Ich danke meiner Familie, speziell Daniel meinen Sohn, der mich immer ermutigte weiter zu tun, wenn mein Ideenfluss mal stockte und auch meiner kürzlich verstorbenen Mutter. Ich danke auch Claudia, meiner besten Freundin, die an meine Laufbahn als Autorin glaubt. An vielen feinen Abenden haben wir über mein Schreiben diskutiert und uns stundenlang unterhalten.

Ein besonderer Dank gilt meinen treuesten Fans, allen voran Cindy und Kerstin, die mein Buch WALDESNACHT als Erste rezensierten und mich immer wieder nach dem Folgebuch fragten. Das hat mich stets motiviert.


Ein Buch zu schreiben ist für mich ein emotionales Erlebnis der besonderen Art. Selbstverständlich entstammen alle Personen meiner Fantasie. Isabell musste zwar schon ihr zweites Abenteuer bestehen, aber auch sie ist reine Fiktion.


Feedback und Rezensionen an:
libriamici@texterin-korrektorin-autorin.net

## Kurzvita Silvia Bacher:

Geboren 1965 in Eberstein/Kärnten/Österreich. Lebt mit Sohn und Hängebauchschwein Sigi in Klagenfurt am Wörthersee. Arbeitet als Journalistin, Texterin und Autorin für Tageszeitungen, medizinische Fachzeitschriften, Frauenmagazine, sowie als Co-Autorin und Ghostwriterin für medizinische Ratgeber und Sachbücher.

In ihrer Freizeit widmet sich Silvia Bacher ihrem Hängebauchschwein Sigi, dem Garten und natürlich dem Lesen. Neben medizinischer Fachliteratur zählt auch der Psycho-Thriller zu ihrem Hobby. Als ausserordentliche Studentin der Psychologie wuchs ihr Interesse an Tätern und Opfern und alsbald wandte sie sich der Krimi-Literatur zu.

Nach mehreren medizinischen Ratgebern und Sachbüchern erste Erfolge mit ihrem Debüt:
„WALDESNACHT“ Thriller, Romanverlag
ISBN: 978-0615903675, auch als eBook erhältlich

www.texterin-korrektorin-autorin.net

Love Boom Bang